Fröken Molly och kavallerimajoren

En söt historisk romans om hästar, skandal och funnen familj

Catherine Bilson

SHENANIGANS PRESS

Innehållsförteckning

Kapitel ett

DE FÖRSTA STRÅLARNA AV gryningen sträckte sig långsamt över Belle Havens böljande ägor och kastade ett skört, gyllene ljus genom stalldörrarna när Molly Bell steg in med raska steg, de skarpa ögonen svepande över raden av spiltor som badade i morgonens stilla sken. Hon drog ett djupt andetag och njöt av den välbekanta, jordiga doften av hö som blandades med läder och hästarnas lite myskiga arom.

"God morgon, mina skönheter", mumlade hon och sträckte sig för att stryka mulen på ett vackert brunt sto som gnäggade till hälsning. "Redo att börja dagen?"

Med inövad effektivitet rörde sig Molly mot foderkammaren, stegen knappt hörbara på det halmströdda golvet. Händerna arbetade vant igenom hennes vanliga morgonrutin: hon vägde upp och blandade rätt foder för varje individ, bar ut hinkarna och tittade sedan till hästarna medan de åt. Varje moment utförde hon med en precision som vittnade om år av övning och en intuitiv förståelse för sina skyddslingar. Hästarna svarade på hennes närvaro, öronen spetsades framåt, näsborrarna vidgades när de tog emot hennes omsorg.

"Lugn nu, Apollo", sjöng hon mjukt till en särskilt eldig fux som vek undan när hon strök ner mot kotan och uppmanade honom att lyfta en hov. "Jag snor dig inte från frukosten."

Apollo frustade, de mörka ögonen följde varje rörelse hon gjorde medan hon fortsatte sin morgonrond. Mollys starka, säkra händer gled över hästens päls, letande efter minsta tecken på obehag eller skada. Nöjd klappade hon honom, och fick bara ett buttert snäpp med tänderna till svar för besväret.

"Du är en slyngel, vet du det?" sa hon med ett skratt. "Inget sånt när du kommer till Sandhurst, min gosse. Spara det till fransmännen."

Molly rörde sig med följsam säkerhet från spilta till spilta, trygg bland de stora djuren på ett sätt som avslöjade hur hemma hon var hos dem. Doften av färskt hö blandades med stallets jordiga arom, en trösterik kombination som talade om hem och uppgift. Varje häst fick en mjuk beröring, ett viskat ord och en noggrann genomgång.

”Lugn nu, Bramble”, koade hon till ett ungt brunt sto som kastade på huvudet men fann ro under Mollys lugnande närvaro. ”Du är lika kavat som alltid, eller hur?”

Bramble svarade med ett mjukt gnägg och puffade Molly på axeln som för att instämma. Med en sista klapp gick Molly vidare, tankarna redan på nästa uppgift.

Förberedelserna inför leveransen av dessa hästar till Sandhurst var ingen liten sak, och Molly visste att varje detalj måste sitta. Hon gick till sadelkammaren, där rader av träns, sadlar och ryktlådor var pedantiskt ordnade. Hon drog fram en väl använd liggare och bläddrade i sidor fyllda med prydlig, exakt handstil.

”Treåringarna till Sandhurst”, muttrade hon för sig själv och lät fingret löpa nerför listan. ”Apollo, Bramble, Thunder... allt förstklassigt blod.”

Hon bockade av varje namn och gick i tankarna igenom deras träningsframsteg och lynnen. Dessa hästar var mer än bara djur för henne; de var partners, var och en med sina egenheter och styrkor. Apollos orubbliga mod, Brambles heta temperament, Thunders råa kraft – alla skulle de spela en avgörande roll i sin framtid som stridshästar åt officerarna i den brittiska armén.

Molly försökte att inte tänka för mycket på den brutala sanningen att få av de hästar som Belle Haven årligen levererade till armén någonsin skulle komma hem igen när de väl skeppats över till Kontinenten. Efter tio år hade hon lärt sig att härda sitt hjärta.

”Nu ska vi se över er utrustning”, sa hon och gick för att inspektera den packning som lagts fram för resan. Sadlarna synades efter slitage, tränsen polerades tills de blänkte och ryktgrejer packades med omsorg. Hon stannade till för att försäkra sig om att varje pryl höll hennes högt ställda krav, medan huvudet surrade av logistik och tidsscheman.

"Får inte glömma sjukväskan", påminde hon sig själv och stoppade ner en liten trälåda med salvor, bandage och annat nödvändigt i sadelväskorna som hennes egen häst skulle bära. Hennes grundlighet var född ur erfarenhet; hon visste hur snabbt en småsak kunde bli ett stort problem utan rätt förberedelser.

Hon backade ett steg och överblickade den organiserade röran med kritisk blick. Allt verkade vara i sin ordning, men det fanns alltid ytterligare något att tänka på, ännu en detalj att fullända.

"God morgon, Molly." Claras mjuka röst skar igenom de rytmiska ljuden av hästar som tuggade hö och hovar som prasslade i halmen.

"Morgon, Clara", svarade Molly och såg upp när två av hennes systrar närmade sig, Clara med ett drömskt uttryck. Anna släntrade efter, händerna hårt om ett litet anteckningsblock.

"Går du igenom listan för Sandhurst?" frågade Clara och lade ena handen på boxdörren medan hon kikade in.

"Ja", sa Molly och höll upp en lista med varje hästs namn, ålder och kondition samt den ryttare de var avsedda att paras ihop med på Sandhurst. "Jag vill försäkra mig om att allt stämmer. Vi har inte råd med några misstag — varenda häst är redan betald, och vi vill inte behöva betala tillbaka någon!"

"Förstås", suckade Clara, blicken dröjde vid listan innan den gled över till hästarna. "Jag önskar att jag kunde följa med. Det låter som ett sådant äventyr, att hjälpa dem komma till rätta med sina nya ryttare!"

"Kanske nästa gång", sa Molly vänligt. Clara var bara sjutton, mot Mollys tjugotre; Molly kunde inte se deras far tillåta Clara att resa inom det närmaste året eller två. "Din närvaro här är ovärderlig, det vet du."

"Det säger alla", skrattade Clara lätt, "men det gör inte saken lättare."

"Nå, jag har gjort klart foderberäkningarna", sköt Anna in och viftade lite med sitt block för att få deras uppmärksamhet. "Varje häst får precis rätt mängd för resan och första veckan på Sandhurst. Ingen risk att fodret tar slut eller att de äter för mycket, och sedan har du underlaget så att Sandhurst kan beställa rätt mängder framöver."

"Tack, Anna", sa Molly, uppriktigt imponerad av sin systers noggrannhet. Hon tog emot blocket och skummade siffrorna, nickade belåtet. "Det här är perfekt."

"Bidrar gärna", sa Anna med en blygsam leende, men stoltheten i hennes ögon gick inte att ta miste på.

"Clara, kan du hjälpa mig att packa resten av utrustningen?" frågade Molly och vände uppmärksamheten tillbaka till sin äldsta syster. "Det är en hel del kvar att få ordning på."

"Självklart", sa Clara ivrigt och klev närmare högen med grejer. "Visa vad som ska göras."

"Börja med de här sadlarna", instruerade Molly. "Se till att remmarna sitter ordentligt och att stoppningen är hel. Och hittar du någon sliten fläck så säg till på en gång."

"Uppfattat", sa Clara, kavlade upp ärmarna och satte igång. Hon hanterade varje del varsamt, lät fingrarna följa lädret som om hon ville lägga det på minnet. Anna hjälpte till, vände en tung sadel upp och ner och höll den så att Clara kunde granska undersidan.

"Utmärkt", kommenterade Molly och kände en våg av tacksamhet över systrarnas stöd. "Jag vet inte vad jag skulle göra utan er två."

"Vi är ju ett team, eller hur?" sa Clara. "Och även om jag inte kan vara där, så är jag med dig i tankarna."

"Jag också", lade Anna till mjukt. "Kom bara ihåg allt vårt slit när du imponerar på officerarna på Sandhurst."

"Det kan du tro att jag gör", sa Molly, hjärtat svällt av kärlek till familjen. "Varenda steg på vägen."

"God morgon, flickor", kom en välbekant röst från stalldörrarna.

Molly rätade på ryggen, torkade bort en svettpärla i pannan och vände sig om. Där kom hennes adoptivfar, Sir Richard Bell, med raska steg. Det mörka håret var rufsigt av vinden, och de klarblå ögonen bar alltid en värme som fick henne att slappna av.

"God morgon, far", svarade hon, ett leende spelade kring läpparna. "Sov du gott?"

"Sannerligen", sa han med ett skratt. "Fast jag måste erkänna att tankarna på den här leveransen till Sandhurst höll mig vaken längre än vanligt."

"Förståeligt", sa Molly och nickade. "Det är ett stort åtagande."

"Det är det", höll han med, stannade bredvid henne och knep lätt om hennes axel. "Och jag ville gå igenom logistiken med dig en sista gång innan du ger dig av. Din minutiösa planering har som alltid varit ovärderlig."

"Tack, far", sa Molly, och en varm stolthet spred sig i henne. "Jag har sett till att allt är i ordning. Hästarna är i toppskick, och vi har packat all nödvändig utrustning och proviant för resan."

"Utmärkt", sa Richard och gav henne ett lugnande leende. "Jag tvivlar inte på att du sköter allt galant. Du har alltid haft en ovanlig hand med de här djuren."

"År av övning", svarade hon anspråkslöst. "Och en djup kärlek till dem, förstås, utöver din ovärderliga utbildning!"

"Det är just därför jag litar blint på dig i den här uppgiften", sa han allvarligt. "Din expertis är oöverträffad, Molly. Nu går vi igenom träningsschemat och Sandhursts specifika behov."

"Givetvis", sa Molly och grep en läderbunden anteckningsbok på närmaste arbetsbänk. Hon slog upp en sida med prydliga anteckningar och tabeller. "Här har vi det. Jag har lagt upp ett träningsprogram för varje häst utifrån deras nuvarande nivå och Sandhursts krav. Såklart beror det också på förmågan hos de rekryter de paras ihop med, men jag kan knappast tänka mig att någon av dem inte kan rida."

"Visst, de är ju alla gentlemäns söner; de flesta rider utmärkt, även om du kan få några Londonpojkar som tycker att en galopp i Hyde Park är hårt arbete. Det här är imponerande", mumlade Richard medan han skummade sidorna. "Du har tänkt på varenda detalj."

"Självfallet", svarade Molly, ögonen glittrade. "Vi har inte råd att trampa fel, särskilt inte när Belle Havens anseende står på spel."

"Helt rätt", sa han uppskattande och nickade. "Vi börjar med Thunder. Han har visat anmärkningsvärda framsteg sedan förra bedömningen. Du vet att jag ogillar att rida in dem som tvååringar; de har inte vuxit i kropparna än, men arméns behov..." Han lät resten hänga i luften med en ångerfull axelryckning.

"Thunder bygger muskler fint", sa Molly, lika beklämd över nödvändigheterna som kriget tvingade dem till. "Jag har justerat hans schema med mer uthållighetsarbete, vilket borde förbereda honom väl för Sandhursts krav."

"Klokt tänkt", sa Richard. "Och Apollo? Han hade problem med vänster galoppfattning, om jag minns rätt."

"Ah, Apollo", sa Molly med ett varmt leende åt den temperamentsfulla fuxen. "Jag har lagt in riktade övningar för att rätta till den övergången. Det går långsamt, men han gör stadiga framsteg."

"Utmärkt", sa Richard, uttrycket mjuknade. "Din hängivenhet är verkligen remarkabel, Molly. Jag begriper inte hur du bär dig åt."

"Passion och uthållighet, far", sa hon enkelt. "Våra dyrbara hästar förtjänar inget mindre."

"Det gör de sannerligen", höll han med, stängde boken och mötte hennes blick. "Och det gör du också, Molly. Ditt arbete här är ovärderligt. Nu ser vi till att allt är redo för resan. Sandhurst väntar, och jag tvivlar inte på att du gör oss stolta."

Molly visste att Richard helst skulle ha kört hästarna till Sandhurst själv, som han gjort varje år det senaste decenniet, men tyvärr hade prinsregenten skickat ett brev bara för två dagar sedan och begärt hans närvaro i London. Belle

Havens själva existens hängde på prinsens fortsatta beskydd – mer än en gång hade armén försökt lägga beslag på de ston och hingstar som utgjorde Belle Havens oumbärliga avelsstam – och bara prinsens direkta order hade hindrat det. När prinsen kallade, måste Richard fara.

Molly hade däremot hjälpt Richard att leverera hästarna till Sandhurst och få dem i ordning med sina nya ryttare de senaste fyra åren. Hon visste att hon kunde sköta uppgiften ensam, och hon var oerhört stolt över att Richard gått med på att låta henne försöka.

Ett litet pirr av nervositet blandades med stoltheten när hon tänkte på vad som väntade på Sandhurst. Tidigare år hade hon sett hur officerare och kadetter först talade förbi henne och vände sig till Richard, och hur deras minspel knappt dolde förvåningen när han hänvisade till hennes sakkunskap. Hon hade vant sig vid höjda ögonbryn, skeptiska blickar och då och då ett nedlåtande leende. Somliga hade till och med försökt rätta henne tills Richard ingrep, även om de blev färre efter att ha bevittnat hennes hand med de mest temperamentsfulla hästar.

Den här gången skulle det bli annorlunda. Hon skulle anlända inte som Richard Bells dotter, utan som Belle Havens representant, ensam ansvarig för hästar värda små förmögenheter och avsedda för strid. Omedvetet rätade hon på axlarna. Hon kunde hästar bättre än någon man på Sandhurst – deras lynnen, deras träning, deras behov. Om herr officerarna inte kunde se förbi hennes kön och erkänna hennes kompetens, var det deras förlust, inte hennes.

Richard nickade åt Molly innan han styrde stegen mot hingststallet, där han skulle tillbringa större delen av dagen med att motionera Belle Havens fyra hingstar, så att de inte blev uttråkade eller frustrerade i sina spiltor i väntan på betäckningssäsongen. Molly var just på väg att återgå till sitt arbete när hon fick syn på Lady Theresa Bell, hennes bästa vän och adoptivmor, komma gående från herrgården. Hon bar en bricka med nybakat bröd och rykande te, och ansiktet lyste upp när hon såg Molly.

"Theresa! Du läste mina tankar", utbrast Molly, torkade händerna på förklädet och räckte fram för att ta emot brickan.

"Jag tänkte att du kunde behöva lite påfyllning", svarade Theresa varmt. "Och kanske lite sällskap?"

"Alltid", sa Molly och ledde vännen till en bänk i närheten. Doften av nybakat bröd blandades med den jordiga stallukten av hö och häst, välbekant och tröstande.

"Hur ser det ut inför resan?" frågade Theresa medan hon hällde upp te i två koppar.

"Hektiskt men smidigt", svarade Molly och tog en klunk av det varma teet. "Vi är nästan klara. Vi ger oss av före gryningen i morgon, med sjutton hästar att leverera. Det är trettioåtta engelska mil till Sandhurst, så vi bör vara framme vid tretiden på eftermiddagen."

"Det låter underbart", sa Theresa med glimten i ögat. "Ibland önskar jag att jag kunde vara lika modig och kapabel som du. Jag tycker om att rida, förstås, men att ta ett koppel halvtränade stridshästar till en militärskola..." Hon skakade på huvudet.

"Underskatta inte dig själv, Theresa", tillrättavisade Molly milt. "Belle Haven skulle inte fungera utan dig i hjärtat av allt."

"Tack, Molly", sa Theresa mjukt och tittade ner i koppen, en rodnad spred sig över kinderna. "Skål för en trygg resa och en framgångsrik säsong på Sandhurst."

"Sannerligen", höll Molly med och höjde koppen till en skål. De delade en stunds behaglig tystnad och njöt av den enkla men djupa vänskapsband som smitts mellan dem på ett barnhem i London, och hållit genom åren sedan dess.

Friden bröts plötsligt av ett skarpt gnägg från en av spiltorna. Mollys lyhörda öron snappade genast upp oron i ljudet. Hon ställde ifrån sig koppen och skyndade till källan.

"Vad är det, flicka lilla?" viskade Molly lugnande när hon närmade sig det unga stoet Dulcinea, som skiftade oroligt i sin spilta. En snabb kontroll avslöjade ett litet sår på bakbenet, precis vid hasen.

"Hur bar du dig åt med det där då?" sa Molly med ett halvt skratt. "Jag svär, hästar kan skada sig på tomma intet!" Hon såg sig omkring och fann en liten sticka som stack ut ur träväggen mellan spiltorna. "Var det den? Din lilla toka!" Varsamt drog Molly ut den blodiga stickan och stoppade den i fickan för att kasta den säkert senare.

Theresa skrattade, gick till sadelkammaren efter sjukväskan och kom tillbaka för att hålla Dulcineas huvud stadigt så att Molly kunde arbeta.

"Håll still, hjärtat", koade Molly, mjuk i handen när hon skickligt rengjorde såret med en fuktig trasa och masserade in en salva, samtidigt som hon mumlade lugnande ord. Dulcinea stillnade gradvis under Mollys säkra vård, och blicken blev mjuk av förtroende.

”Blir hon bra?” frågade Theresa framme vid Dulcineas huvud, pannan rynkad av oro.

”Ja, det är bara en skråma”, svarade Molly. ”Hon är som ny snart. Jag tänker inte ens lägga förband, bara smörja på salva några dagar.”

”Du är fantastisk, Molly”, sa Theresa, uppriktigt imponerad. ”Du är lika bra med hästarna som Richard... det är som om ni kan deras språk.”

”Kanske är det jag som kan det”, sa Molly med en blinkning och gav Dulcinea en sista klapp innan hon återvände till Theresa. ”Eller så talar de mitt.”

”Hur som helst är det en gåva”, sa Theresa. ”Och en som kommer att tjäna dig väl på Sandhurst.”

”Tack, Theresa”, svarade Molly, varm av tacksamhet. ”För allt.” Theresa var hela anledningen till att Molly fanns på Belle Haven; de två hade varit hästtokiga flickor på samma barnhem i London, Theresa sex år äldre. När Theresa fick lyckan att väljas till guvernant åt Richard Bells adoptivdöttrar rymde Molly för att följa efter, och Theresa övertalade Richard att låta henne stanna. Det dröjde förstås inte länge innan Richard insåg vilken skatt han hade rakt framför sig, och när han gifte sig med Theresa adopterade han också Molly in i sin okonventionella familj.

”Du är hjärtligt välkommen, min kära.” Theresa lade armen om Mollys axlar. ”Nu. Jag vet att du har packat allt för hästarna; du har inte lämnat minsta detalj åt slumpen. Men har du lagt så mycket som ett enda klädesplagg i din egen koffert?”

Mollys skuldmedvetna min avslöjade sanningen, och Theresas skratt klingade ljust. "Fröken Molly! Upp till ditt rum med dig genast och packa! Bagagevagnen far i eftermiddag för att vara framme före er, och jag tänker inte ha dig på Sandhurst med bara de klänningar du kan trycka ner i sadelväskorna!"

"Jag har arbete kvar", invände Molly. "Jag packar innan vagnen går. Jag lovar."

"Se till att du gör det." Theresas blick var milt förmanande, men hon sa inget mer utan tog de urdruckna tekopparna och brickan och återvände till huset, och lät Molly fortsätta med sitt.

Molly knäade vid sin träkista i det enkla rummet längst bak i herrgården, vek prydligt ihop kläderna och lade ner dem med omsorg. Varje plagg tycktes bära ett minne, en bit av hennes resa från London till Belle Haven.

Hon tog upp en väl använd bok om hästanatomi som Richard gett henne, med hundöron och fylld av hennes egna kråkfötter. Ett leende drog i hennes läppar när hon lade ner den i kofferten. Hur många nätter hade hon inte suttit böjd över sidorna, ivrig att förstå varje liten nyans hos sina älskade hästar?

"Behöver du hjälp?" Claras röst bröt tystnaden, och Molly vände sig om och såg sin syster i dörröppningen, det ljusa håret glödde som en gloria i solskenet.

"Alltid", svarade Molly med varm blick. "Du vet att jag är hopplös på att packa effektivt."

Clara skrattade. Hon gick tvärs över rummet och började vika en klänning som Molly slängt lite hur som helst på sängen.

"Har du din hatt?" frågade Clara och sneglade på Mollys tjocka svarta hår som just nu föll fritt över axlarna.

"Självklart", sa Molly och hämtade den från byrån. "Jag skulle aldrig våga möta officerarna på Sandhurst utan den."

"Inte med den där vilda manen", retades Clara mjukt. "De kommer tro att det är en hästsvans!"

I samma stund dök Anna upp, det nätta ansiktet allvarligt. "Glöm inte den här", sa Anna och räckte Molly en liten, sirligt snidad trälåda. "Din lyckobringare."

"Ah, ja", sa Molly, tog lådan och öppnade den för att avslöja en liten häst i silver. "Den vill jag inte lämna hemma."

"Se till att ha den nära", rådde Anna. "Den ger dig tur på resan."

"Tack", sa Molly, rörd av systrarnas omtanke. Hon skulle sakna dem under den månad hon räknade med att stanna på Sandhurst.

Medan de arbetade tillsammans fylldes rummet av aktivitet och skratt, och varje syster bidrog på sitt sätt. Till slut var kofferten full, och det enda som återstod var sakerna som ratats för resan, utbredda runt rummet i väntan på att läggas undan ordentligt.

"Då lastar vi", sa Clara, och hon och Anna tog kofferten mellan sig. Molly log varmt när hon såg dem bära ut den ur rummet. Anna var en liten varelse, med halvkinesiskt påbrå, och Clara inte mycket större, men uppvuxna på Belle Haven hanterade de hästar som vägde tio gånger mer än de själva utan att blinka och var långt starkare än de såg ut.

De tog sig ner till gårdsplanen mellan huset och stallet där vagnen stod redo. Två arbetshästar var redan förspända, pälsarna glänste i solskenet. En våg av förväntan blandad med ansvar sköljde genom Molly när hon hjälpte till att säkra sina saker bland högarna av utrustning och säckar med foder.

"Och nu är det dags att byta om till middagen." Anna drog Molly i handen. "Kom. Mamma har ordnat en särskild avskedsmiddag för dig och far, innan ni reser i morgon. Det blir lammstek och treacle tart!"

"Två av mina favoriter", skrattade Molly, och hjärtat svämmade åter över av kärlek till familjen. "Jag borde titta till hästarna igen, bara..."

"Det borde du inte." Clara skrattade åt henne och grep hennes andra hand. "Kom nu! Vi hjälper dig att tvätta håret. Det bör du göra innan du far!"

Det var faktiskt skönt att tillbringa en eftermiddag med systrarna, medgav Molly, när de hjälpte henne bada och torka hennes långa, tjocka svarta hår framför elden innan de klädde sig för middagen. Och ännu bättre var kvällen med familjen, en underbar middag i matsalen och sedan timmar i salongen med samtal och skratt, Richard och Theresa sida vid sida i soffan som alltid, döttrarna samlade omkring dem. När Richard tog Theresas hand när hon ställde ifrån sig tekoppen undrade Molly i hemlighet om de två någonsin ångrat att de inte fått egna barn. Sex döttrar, och alla adopterade.

Men när hon såg deras självklara ömhet och förståelse, förstod hon att biologi inte definierade en äkta familj. De band de delade, smidda av kärlek och omsorg, var starkare än blod.

När timmen blev sen och de yngre flickorna skickades i säng, lade sig en mjuk stillhet över Belle Haven. Eldens värme spred ett milt sken över rummet, och Molly satt och blickade in i flammornas skiftande ljus, njöt av de dyrbara stunderna före resan till Sandhurst.

”Molly”, bröt Richards djupa röst tystnaden, och hon såg upp och mötte hans blick. ”Du vet hur mycket vi litar på ditt omdöme och din skicklighet med hästarna.”

Molly nickade, hjärtat svällde av stolthet över orden. Richard strödde inte komplimanger omkring sig, men när de kom bar de tyngd.

”Vi har fullt förtroende för dig”, lade Theresa mjukt till. ”Men kom ihåg att du inte är ensam. Vi finns alltid här, vad som än händer.”

Mollys ögon glänste av tacksamhet när hon tog in deras ord, kände tyngden av deras stöd och kärlek. ”Tack, Richard, Theresa. Jag hade inte kunnat önska mig en bättre familj, eller mer än vad ni redan gett mig.”

Theresa sträckte ut handen, fann Mollys och gav den en lugnande tryckning. ”Du har arbetat så hårt för det här, Molly. Din målmedvetenhet och passion lyser igenom i allt du gör. Sandhurst kommer se det också.”

Richards blick var stadig, fylld av stolthet och en skymt av oro. ”Lovar du mig en sak bara, Molly”, sa han mjukt.

"Ta hand om dig där ute. Hästarna lyder dig, men glöm inte att se till ditt eget välmående. Låt inte de där rekryterna försöka bestämma över dig bara för att du är kvinna. Jag vet mycket väl att det inte finns en bättre ryttare i England än du, och snart vet de det också."

Molly nickade högtidligt, och deras omtanke svepte om henne som en varm mantel. "Jag lovar", sa hon, och lät sedan ett busigt leende spricka fram. "Jag ska försöka att inte göra bort dem alltför mycket!"

Richard och Theresas varma skratt följde henne när hon önskade dem god natt och gick uppför trappan till sitt rum, samma rum hon bott i ända sedan hon kom till Belle Haven som en förrymd föräldralös. Theresa hade många gånger erbjudit henne ett finare rum, men Molly föredrog detta... inget av familjerummen gav lika god utsikt över stallen.

Hon satte sig vid fönstret, och den svala nattluften bar med sig mjuka ljud av hästar som rörde sig i sina spiltor där nere. Månljuset badade gårdsplanen och kastade långa skuggor som dansade över marken som gastar. Alltför full av förväntan för att sova ännu satt hon och drack in den välbekanta, älskade atmosfären tills ögonlocken började tynga, och till slut gav hon sig själv lov att gå till sängs.

Kapitel två

MAJOR TIMOTHY BLAIR-FORTESCUE, ANDRE son till earlen av Bridgnorth, gick av och an i förmaket i familjens londonska stadshus, den tjocka Aubussonmattan dämpade ljudet av hans steg. Han knöt händerna i frustration, tvingade sig sedan att andas djupt och lät dem falla öppna längs sidorna. Pannan veckade sig och han masserade tinningarna med fingertopparna medan han försökte tänka ut vad han nu skulle göra. Han kände sig så förbannat värdelös och hade ingen aning om hur han skulle ändra på det.

Den rika, präliga inredningen gjorde inget för att förbättra hans humör. Möblemanget var i utsirad mahogny, stolar och soffor klädda i tjock sammet och brokad. Tunga gardiner i siden damast inramade fönstren, och en utsirad bronsklocka tickade minuterna på spiselkransen. Tickandet hörde han knappt, förstås, och det var en del av problemet.

Tim stannade vid ett av de höga fönstren och lät blicken glida ut mot gatan nedanför. Han kunde åtminstone se stadens myller, även om han inte kunde höra det. Hans värld var dämpad, nästan tyst, och det fick honom att känna sig ensam, mitt i London.

Dörren öppnades bakom honom och han vände sig om för att se vem det var, rätade på ryggen och satte ansiktet i en mask av lugn beslutsamhet. Hans mor kom in i rummet, ögonen glittrade av upphetsning, och han suckade. Lady Bridgnorth var alltid upphetsad över något, och just den där blicken kände han alltför väl igen från sin barndom.

I dag bar hon en klänning i klar lavendel som framhävde hennes slanka, flickaktiga figur och ungdomliga ansikte. Ärmarna var puffade och snittade med vitt, och livet var kantat med intrikat spets och små sidenrosor. Tims mun ryckte till av förströdd munterhet. Hans mor hade alltid älskat starka färger och invecklade mönster och påstått att de fick henne att känna sig ung och full av energi. De flesta som mötte henne trodde inte att hon var gammal nog att vara Tims mor, än mindre ha en annan son som var nästan åtta år äldre.

"Älskade Timothy!" Hennes glädje över att hitta honom ensam var uppenbar. "Jag var just på väg att skicka en lakej efter dig! Jag måste tala med dig om något."

Tim korsade armarna och studerade henne med uttryckslöst ansikte. ”Verkligen”, sade han efter en lång stund. Hennes ljusa, flickaktiga röst var fullkomligt begriplig, och han förbannade åter tyst de värdelösa läkarna som inte kunde förklara varför han fortfarande kunde höra de högre tonerna medan de djupare var dämpade till nästan tystnad.

Lady Bridgnorths leende mattades något, men hon tog sig samman och satte sig på en av de mjuka sofforna, bredde ut kjolarna och gestikulerade åt honom att slå sig ned. Han stannade kvar vid fönstret, och hon gav en liten suck innan hon fortsatte.

”Tim, jag vet att det här är en svår tid för dig, men vi måste tänka på framtiden. Du är tillbaka i England nu, och det finns så många ljuvliga unga damer som ivrigt skulle vilja göra din bekantskap.” Hon tog upp en bunt papper från bordet och började bläddra. ”Här har jag en lista över möjliga kandidater – alla med god hemgift, förstås – och jag tänkte att vi kunde gå igenom dem tillsammans. Jag vet att du inte var intresserad av äktenskap tidigare, men nu när du är pensionerad från armén...”

”Jag är inte pensionerad, mor”, avbröt Tim med hård röst. ”Jag är sjukskriven. Jag har all avsikt att återgå i aktiv tjänst, och jag har skickat ett brev till min befälhavare och begärt omplacering.”

Lady Bridgnorth spärrade upp ögonen och lade papren åt sidan. ”Men – men, Timothy, du är *döv*!” utbrast hon.

”Jag är inte döv.” Tims röst var spänd. ”Jag har förlorat en betydande del av hörseln, men jag behöver inte höra perfekt för att skjuta fransmän. Jag kan slåss, och jag kommer att slåss, så länge jag fortfarande förmår." Han såg att hon var på väg att invända, och han höjde handen för att hejda henne. "Jag har redan fattat mitt beslut, mor."

Hon öppnade munnen och slöt den igen, läpparna pressade till en tunn linje. Hon sänkte blicken och sysselsatte sig med att släta till kjolarna. Tim kände ett sting av skuld över att göra henne besviken, men han kunde inte ändra sig. Han måste återgå i aktiv tjänst. Hans regemente var fortfarande där ute i Spanien. Hans vänner, hans bröder i vapen, stred och dog. Han kunde inte överge dem.

"Jag har en avtalad tid på Horse Guards i förmiddags", sade Tim in i tystnaden. "Jag hoppas få order om att återvända till Spanien vid första möjliga tillfälle. Förlåt, mor."

Lady Bridgnorth nickade utan att möta hans blick, och Tim suckade. Han korsade rummet, böjde sig ned och kysste hennes kind lätt. Hon skänkte honom ett svagt leende men sade inget när han rätade på sig och gick ut ur rummet och vidare ned mot stallgården bakom huset.

Byggnaden Horse Guards var en av de största i London; dess kolonnprydda portik och massiva, välvda fönster gav den en imponerande prakt som verkade avsedd att få den som gick in att känna sig liten och obetydlig. Tim var varken liten eller lättskrämd, men han kände ändå hur modet svek honom en aning när han räckte sin inbjudan till vakten och blev visad till rätt expedition.

Atmosfären där inne var sval och formell, väggarna prydda med porträtt av framstående generaler och amiraler, och officerarna som Tim passerade i korridoren var lika strama i minen som avskräckande. Han var medveten om sin uniform, så välskuren som den var, stövlarna polerade till hög glans och värjan vid sin sida. Han visste att han såg ut som en major vid 14th Light Dragoons in i minsta detalj, även om hans rörelser kändes något stela och onaturliga.

Hans uppvaktning väntade, och de tre männen bakom det massiva skrivbordet reste sig för att hälsa när han kom in. "Major Blair-Fortescue. Stig på."

"Tack, sir." Tim hälsade respektfullt och tog sedan den stol som erbjöds. Han kände deras blickar på sig, mätande och värderande, och tvingade sig att sitta stilla och rakryggad, möta deras blickar utan att vika undan. Han måste. Han behövde fästa sig vid hur deras läppar formade orden för att kunna gissa vad de sade med någon säkerhet.

"Ni har begärt omplacering till aktiv tjänst", sade generalmajor Armstrong, den högste närvarande officeren, och Tim nickade.

"Ja, sir. Jag anser mig fortfarande tjänstduglig, trots mina skador."

Generalens ögonbryn höjdes något. "Er hörselförlust är... betydande, såvitt jag förstår."

Tim svalde; strupen blev plötsligt torr. "Ja, sir. Jag har förlorat en stor del av hörseln, det stämmer. Men jag är inte helt döv, och jag tror att jag fortfarande kan vara regementet till nytta. Jag kan fortfarande slåss och leda män i strid."

En lång tystnad följde, och Tim tvingade sig att hålla händerna stilla, att inte knyta dem till nävar i knät. Han kände hur käkarna spändes när han kämpade för att inte säga mer, för att låta officerarna fatta sitt beslut utan ytterligare vädjanden.

Till slut suckade generalmajor Armstrong. "Jag är ledsen, major Blair-Fortescue. Ert mod förtjänar all heder, och få skulle inte vara stolta över att ha er i sin stab. Men er hörselförlust gör er till en belastning i fält. Ni skulle inte kunna höra order, och era män skulle inte kunna lita på er i stridens hetta."

"Men…" började Tim, med hettan stigande i ansiktet.

"Jag beklagar", sade generalmajoren igen med fast röst. "Vårt beslut är slutgiltigt. Ni kommer inte att omplaceras till aktiv tjänst."

"Jag förstår." Tim fick anstränga varje uns av sin viljestyrka för att inte skrika åt de högre officerarna.

"Ni kan naturligtvis fortsätta tjänstgöra i en icke-stridande roll. Det finns många möjligheter för en officer med er erfarenhet och talang. Jag diskuterar dem gärna med er."

"Tack, sir, men jag måste avböja." Tims röst var spänd; ryggen var stel när han reste sig och hälsade. "Jag har ingen önskan att bli en pappersvändare."

Generalmajorens mun ryckte till i något som kunde ha varit ett leende, även om Tim inte kunde vara säker. "Som ni vill, major. Jag önskar er lycka till i era framtida värv. Ni har gjort England och Hans Majestät stora tjänster, och vi tackar er för det."

Tim hälsade igen, vände på klacken och lämnade rummet. Han lade knappt märke till de andra officerarna i korridoren när han tog sig ut ur byggnaden; huvudet kokade av frustration och besvikelse.

De skulle inte ta emot honom igen. Han skulle aldrig återvända till 14:e.

Greven av Bridgnorths arbetsrum var en oas av lugn jämfört med den överdådiga salongen. Mörka trämöbler, däribland ett stort skrivbord belamrat med böcker och papper, och några jakttroféer på väggarna gav rummet en något maskulin prägel, men det var bekvämt och inbjudande, möblerna väl använda och elden sprakade muntert i spisen.

Tim klev in i arbetsrummet, fortfarande i sin välpressade uniform. Hans far, som satt vid skrivbordet, såg upp och log. "Åh, Timothy. Kom och sätt dig."

"Tack, far." Tim flyttade sig till en stol framför skrivbordet och slog sig ned, med ryggen rak. Han kände sig obekväm, malplacerad i den stillsamma, dämpade miljön. Hans far var en återhållsam man, inte lagd för stora känsloyttringar, och Tim hade aldrig känt sig helt till mods i hans sällskap.

"Jag förstår att du var på Horse Guards i dag", sade fadern med avmätt röst. Han talade högt och formade orden tydligt, uppenbarligen medveten om att Tim behövde den hjälpen för att förstå.

"Ja, sir." Tim knöt händerna i knät. "Jag fick avslag på min begäran om omplacering till aktiv tjänst."

"Jag förstår." Grevens ansikte förblev uttryckslöst. "Det måste ha varit ett hårt slag."

"Det var det." Tim såg ner på sina händer och sedan upp på sin far igen. "Jag vet inte vad jag ska göra nu."

"Din mor har säkert många planer för dig", sade greven torrt, och Tim kunde inte låta bli att le.

"Det har hon sannerligen. Men jag är inte... jag vill inte gifta mig än. Jag är inte redo."

"Det ska du inte heller, om du inte vill." Greven lutade sig tillbaka i stolen och satte fingertopparna mot varandra. "Du är fortfarande ung, Timothy. Det finns ingen brådska. Din bror är redan gift och har söner; du behövs inte för att säkra Bridgnorths ätt."

Tystnaden drog ut mellan dem, och Tim kände en stickande frustration. "Så vad ska jag göra, far? Sitta med armarna i kors och inte göra någonting?"

Grevens uttryck mildrades något. "Du måste följa din egen väg, min pojke. Om du inte vill gifta dig, låt bli. Om du önskar återgå i tjänst, kanske du kan finna ett annat sätt att tjäna ditt land. Det finns många sätt att vara till nytta, Timothy. Du behöver bara hitta det som passar dig."

Tim teg och grunnade på faderns ord. Moderns enträgna krav på att han skulle hitta en välförsedd brud för att grunda sin egen egendom och sitt eget eftermäle tedde sig plötsligt rätt krasst. Han kunde inte föreställa sig att hans far någonsin skulle vara så krass, även om han visste att greven hade gift sig med grevinnan för hennes betydande hemgift.

Greven av Bridgnorth, en filosofiskt lagd och introspektiv man, var så olik Lady Bridgnorth som natt och dag. De älskade varandra på sitt sätt, men Tims far föredrog sitt avlägsna gods i Yorkshire och hundarnas sällskap framför Londons societetsvirvel där hans hustru lyste så klart, och Tim hade ofta känt likadant, även om han inte fullt ut insett det förrän nu.

Kanske borde han ta faderns råd och återvända till Bridgnorth en tid, för att fundera på vad han ville göra härnäst.

"Tack, far", sade han till slut. "Jag ska begrunda dina ord noga."

Greven nickade. "Det gläder mig att höra, Timothy. Vad du än beslutar, så vet att du alltid har mitt helhjärtade stöd."

När han lämnade faderns arbetsrum stannade Tim ett ögonblick på tröskeln, frustrationen spände i axlarna. Han hade ingen lust att gifta sig, ingen egentlig lust att dra sig tillbaka på landet, men han hade heller ingen aning om vad han ville göra i stället.

Han steg målmedvetet genom stadshuset, ignorerade tjänarnas nyfikna blickar och hämtade sin hatt och kappa i hallen. Dörren öppnades när han närmade sig, lakejen på vakt gav honom en snabb bugning, och Tim klev ut på gatan igen, slog hatten mot låret för att skaka av dammet innan han satte den på huvudet.

Den tjocka, rökiga luften på den livliga London-gatan slog emot honom som ett slag, och han ryckte till men tvingade sig att gå vidare och ignorera ringningen i öronen. Ljuden runtomkring var otydliga, dämpade av skadan på hörseln, men han kunde fortfarande uppfatta den böljande rytmen i röster, dunsen och skramlet från hästhovar och vagnar mot gatstenen, det dämpade vrålet när två kuskar råkade i gräl vid en närbelägen korsning.

Tim trängde sig genom människomyllret och såg dem knappt. En blomsterförsäljerska fångade dock hans uppmärksamhet, en storbystad kvinna i hätta och förkläde, med korgen full av färggranna blommor. "En penny buketten, fina blommor! En penny buketten!" skrek hon gällt och log mot honom när han gick förbi.

Han vände bort blicken och var nära att stöta ihop med en grupp barn som lekte med ring och käpp. "Ursäkta", mumlade han, osäker på om de kunde höra honom. De skuttade i väg, skrattande och ropande till varandra, och han kände ännu ett sting av ensamhet. Han hade inga syskon att tala med, brodern var långt borta på sitt skotska gods; inga kusiner i hans egen ålder, inga vänner att tala om. Männen han hade tjänstgjort med i armén var allt han hade, och nu hade han kastats ut ur deras led.

Det var en besk pill att svälja.

Den modemedvetna tesalongen var inredd med fint porslin, skira spetsdukar och välklädda gäster. Kristallkronor gnistrade i taket, och där låg ett konstant sorl av samtal, ett dämpat klirr av silver mot porslin och doften av te och småbröd. Borden var små, avsedda för högst fyra personer, och stolarna nätta, feminina, med söta, blommiga dynor.

Lady Bridgnorth suckade nöjt och lät blicken glida leende runt. "Åh, vilket förtjusande ställe! Jag har velat komma hit i evigheter och äntligen är vi här! Jag hoppas att du tycker om det, käre Tim?"

Tim tyckte att det var det mest löjliga, krimskramsfyllda ställe han någonsin satt sin fot i. "Det är väldigt... fint", sade han och försökte att inte låta alltför sarkastisk.

Modern strålade. "Du är en sådan rar pojke som tar med mig hit. Nu har jag ljuvliga nyheter! Jag är bjuden till Lady Lavingtons bjudning på landet nästa månad, och jag har frågat om jag får ta med dig. Jag är säker på att du kan hitta någon förströelse i Lavingtons stora bibliotek, om inte annat."

"Jag är inte mycket för husbjudningar, mor", sade Tim och bet tillbaka en suck. Han kunde ha förstått att hon inte skulle ge upp så lätt. "Och jag är säker på att Lady Lavington kommer att ha gott om unga män där som är betydligt mer intresserade av hennes ogifta döttrar."

"Åh, pfft!" Lady Bridgnorth knäppte upp sin solfjäder och viftade den framför ansiktet. "Lady Lavington blir förtjust över att ha dig där, Tim, det vet jag. Jag har redan fått ett brev från henne som bekräftar vår inbjudan och hon skriver att hon ser fram emot att träffa dig."

Tim suckade. "Mor, jag uppskattar dina ansträngningar, men jag vill verkligen inte paraderas framför en samling unga debutanter som någon slags pristjur."

Hans mors uttryck blev slugt. "Ah, men om det fanns några damer där som inte var debutanter? Kanske några unga änkor eller äldre jungfrur? Kanske till och med några utan titel, som fröken Theresa Madeley? Jag vet att du aldrig skulle överväga en köpmansdotter, men det finns nuförtiden mycket förmögna herrar som har vackra och väl uppfostrade döttrar. Lady Lavingtons far är bankir, vet du. Båda missarna Lavington har enorma hemgifter, femtio tusen pund var!"

Det där hade Tim inte vetat, och han brydde sig inte heller, men när han såg sin mors hoppfulla min kunde han inte förmå sig att dämpa hennes humör. "Jag ska överväga det", sade han, och hon log.

"Tack, min käre gosse. Jag tror faktiskt att du kan finna det roligare än du väntar dig. Lady Lavingtons husbjudningar är berömda för sina nöjen."

Hur mycket Tim än avskydde tanken på att paraderas runt för att roa en bunt förmögna unga damer – och deras mödrar – kände han sig ganska skyldig över att göra sin mor besviken. Han skulle hitta något annat sätt att underhålla henne, beslöt han. Det minsta han kunde göra för henne var att låta henne tro att hon hade vunnit den här omgången. Han pressade fram ett leende, tog upp den löjligt lilla tekoppen och svepte det blommigt doftande teet i en enda klunk.

Innerst inne önskade han sig konjak, men han hade druckit väl mycket av den varan sedan han insett att hörseln inte skulle komma tillbaka, ville inte bli en fylleslusk. Att dränka sorgerna var ingen väg ut ur hans nuvarande knipa. Medan han stängde öronen för sin mors pladder när hon började räkna upp de arvtagerskor hon hoppades presentera för honom, övervägde han sina alternativ. Kanske fanns det ett sätt att kringgå sina överordnades beslut på Horse Guards? Han var ju trots allt en earls son och släkt med några mäktiga män.

Tim satte sig spikrakt upp när idén slog honom. Hans gudfar! Lord Sattlebury hade varit earlen av Bridgnorths närmaste vän sedan barndomen, och Sattlebury var nu Lord Liverpools högra hand, självaste krigs- och kolonialministern! Om någon kunde beordra Tims återgång till aktiv tjänst var det väl Lord Liverpool. Han skulle skriva till Lord Sattlebury omedelbart. Eller, medgav han med en tyst suck när hans mor krävde hans uppmärksamhet, troligen efter middagen när Lady Bridgnorth lät honom få lite tid för sig själv.

När han den kvällen befriats från sina plikter mot familjen skyndade Tim uppför trappan och slog sig ner vid det lilla skrivbordet i sitt sovrum, med rak rygg och pannan rynkad av koncentration medan han skrev, skenet från stearinljuset kastade skuggor på väggarna bakom honom. Rummet var dunkelt, den enda vaxljusveken var den enda ljuskällan, men han märkte det knappt. Ett litet porträtt av hans regemente, 14:e lätta dragonerna, och en medalj som tilldelats honom för tapperhet i strid var de enda personliga inslagen i det annars ganska spartanska rummet, men de räckte för att påminna honom om vad han hade förlorat.

Min käre gudfar, skrev han. *Jag hoppas att detta brev når er väl. Jag skriver för att uttrycka min djupa besvikelse över att ha blivit fråntagen aktiv tjänst och i stället tilldelad en administrativ post.*

Allteftersom han skrev rörde sig hans hand i beslutsamma drag över papperet. Hans handstil var prydlig och exakt, en spegling av den disciplinerade hjärnan bakom.

Jag förstår att min senaste skada har lämnat mig med ett handikapp och att ni kan hysa farhågor om min förmåga att utföra mina plikter. Jag försäkrar er dock att jag mer än väl kan fullgöra mina åligganden. Min hörsel kan vara nedsatt, men mina andra sinnen är lika skarpa som alltid, och jag är mer beslutsam än någonsin att bevisa mig.

Tim stannade upp, käkarna hårt spända av frustration och pennan krampaktigt i handen. Han var inte redo att ge upp det liv han byggt som soldat. Men han visste att generalmajor Armstrong inte var en man som lät sig bevekas av känslomässiga vädjanden. Han måste lägga fram ett logiskt resonemang, ett som skulle övertyga hans befälhavare om att han fortfarande var tjänstduglig.

Jag har redan ordnat så att en personlig ordonnans tilldelas mig, en som ska säkerställa att jag kan kommunicera effektivt med mina män. Jag är övertygad om att jag kommer att kunna ge och följa order utan svårighet.

Med pannan rynkad i koncentration återupptog Tim skrivandet, pennan rörde sig långsammare nu när han noga vägde sina ord. Han ville försäkra sig om att han fick sagt allt som behövde sägas, men han ville inte låta gnällig eller desperat.

Jag har tjänstgjort vid 14:e lätta dragonerna i åratal, och jag är stolt över att kalla mig en av dess officerare. Jag har alltid gjort min plikt efter bästa förmåga, och jag är fast besluten att fortsätta göra det. Jag ber er vördsamt att ingripa och be Lord Liverpool att uppmana mina överordnade att ompröva sitt beslut och låta mig återgå till aktiv tjänst.

Med högaktning, major Timothy Blair-Fortescue, 14:e lätta dragonerna

Tim lade ifrån sig pennan med en suck, lät blicken dröja vid underskriften ett ögonblick innan han vek ihop brevet och förseglade det med en klick lack. Han skulle sända det på morgonen, beslöt han, reste sig och sträckte på sig. Han hade gjort allt han kunde; nu hoppades han bara att hans gudfar skulle fatta rätt beslut.

Det tog ännu mindre tid än Tim hade hoppats innan ett svar kom, bara två dagar. Han kallades tillbaka till Horse Guards, till generalmajor Armstrongs tjänsterum, ensam den här gången.

Generalmajor Armstrongs kontor var precis så formellt och imponerande som Tim kunde föreställa sig, med mörka trämöbler, röd matta och väggar täckta av militära minnessaker. Ett porträtt av kung Georg III hängde bakom skrivbordet, och ett par korslagda svärd var uppsatta ovanför eldstaden. Det var ett rum utformat för att inge bävan och respekt, och det gjorde det med den äran.

Generalmajor Armstrong lyfte blicken från pappersarbetet när Tim steg in, hans skarpa blick vägde av. "Major Blair-Fortescue", sade han kort. "Varsågod och sitt."

Tim gjorde honnör, hållningen stel när han tog den anvisade stolen. "Tack, sir."

Armstrong lutade sig tillbaka i sin egen stol, uttrycket outgrundligt. "Lord Sattlebury skickade vidare ert brev till mig", sade han och angav ett papper på skrivbordet.

Tims käkar hårdnade. "Jag är soldat, sir. Jag vill återgå till aktiv tjänst", pressade han fram mellan sammanbitna tänder.

"Och jag önskar att jag inte vore min fars arvtagare, alltför viktig för att riskeras bortom Englands trygga kuster", sade Armstrong torrt. "Men vi får inte alltid som vi vill, eller hur?"

Tims händer knöt sig i knät. "Jag är mer än kapabel att fullgöra mina plikter, sir. Jag har redan ordnat med en personlig ordonnans."

Armstrong suckade. "Det är inte det, major. Jag hyser inga tvivel om att ni fortfarande skulle kunna vara en effektiv officer. Men faktum kvarstår att ni är döv på ena örat och att det andra inte är vad det varit." Han höjde ett blad, och Tim bet ihop tänderna; han kände igen den medicinska rapport som hade fällt honom. "I stridens hetta är kommunikation avgörande, och jag kan inte riskera att ha en officer som kanske inte hör en order."

Tims frustration kokade över. "Så jag ska ställas åt sidan, då? Lämnas att ruttna på någon obetydlig post i en avkrok?"

Armstrong skakade på huvudet. "Knappast. Inte med tanke på att ni har vänner i höga ställningar, unge man. Men redan innan Lord Sattlebury ingrep hade jag rekommenderat er till ett mycket prestigefyllt uppdrag."

Det fick Tim att hejda sig. "Vilket uppdrag, sir?"

Armstrong tog upp ett förseglat kuvert från skrivbordet och räckte det till honom. "Era order, major. Ni ska inställa er vid Royal Military College i Sandhurst för att tillträda en tjänst som instruktör."

Tim stirrade på kuvertet i misstro. "Instruktör? Sir, med all respekt, jag är soldat, inte skollärare!"

"Ni är en av de mest erfarna officerarna i Hans Majestäts armé", sade Armstrong skarpt. "Ni har sett fler fälttåg än de flesta män som är dubbelt så gamla som ni, och ni har en rikedom av kunskap att föra vidare till nästa generation officerare. Jag kan inte tänka mig någon mer kvalificerad för tjänsten."

Tim skakade på huvudet, käkarna hårt spända. "Jag är hedrad av ert förtroende, sir, men jag måste tacka nej. Jag tänker inte släppas på bete som en gammal stridshäst."

"Major", sade Armstrong, tonen nästan mild, "detta är inget straff. Det är en möjlighet. En möjlighet att forma den brittiska arméns framtid. Tror ni verkligen att jag skulle slösa bort er begåvning på en meningslös post?"

Tim stirrade på kuvertet i händerna, blicken blev dimmig. Han hade aldrig sett det så. Han hade varit så fokuserad på vad han förlorade att han inte hade övervägt vad han kunde vinna.

"Tänk på det", manade Armstrong. "Ni har en chans att göra skillnad, major. Att se till att de officerare som kommer efter er är lika skickliga och hängivna som ni. Är inte det värt något? Vad är alternativet, trots allt? Sälja er grad och bli en sysslolös gentleman?"

Den tanken var fullkomligt motbjudande. Tim drog ett djupt andetag, fingrarna lossnade, och sade det enda han rimligen kunde säga. "Jag accepterar uppdraget, sir."

"God man." Armstrong log, ett sällsynt uttryck i hans fårade ansikte. "Jag vet att ni inte kommer att göra mig besviken."

Tim reste sig och gjorde honnör igen. "Tack för ert förtroende, sir."

"Ur ledet, major." Armstrong återgäldade honnören. "Gud vare med er."

Tim lämnade kontoret med brevet hårt i handen. Han hade mycket att tänka på, och inte mycket tid att förlika sig med sin nya tjänst.

Tims rörelser var målmedvetna när han vek sina uniformer och packade sin utrustning. Arméns disciplin satt i ryggmärgen, och han tog väl hand om sina ägodelar, även om han hade ganska lite som han önskade packa. Porträttet av officerarna vid 14:e lätta dragonerna, hans regemente, hängde på en vägg, och han hade en medalj för tapperhet som han hade stoppat i en låda. Han stannade nu för att titta på den, höll den lilla silvermedaljen i handen länge innan blicken flyttade till porträttet.

Resignation stod skrivet i hans ansikte när han suckade och lät blicken dröja vid ansiktena på männen han hade kämpat sida vid sida med i åratal. Han sänkte huvudet, slöt ögonen och andades djupt. När han såg upp igen var hans uttryck mjukare.

Han hade fått en tjänst och eftersom han inte hade något val annat än att ta den, skulle han göra sitt bästa. Armstrong hade rätt. Den här uppgiften hade värde, och om Tim inte själv kunde återansluta till sitt regemente, kunde han åtminstone sända välutbildade unga officerare i sitt ställe. Tim lade medaljen åt sidan för att packa tillsammans med brevet från Horse Guards, och porträttet också, även om han inte visste var han skulle hänga det i sina nya kvarter. Kanske skulle han låta bli. Han tog upp medaljen igen och vände på den i handen. Den var graverad med datumet och platsen för hans hjälteinsats, och han slöt ögonen kort och mindes för ett ögonblick Spaniens brännande hetta, de sårades och döendes rop, kanonernas dova dån.

Han ville egentligen inte tillbaka. Det erkände han för sig själv, i sitt eget sinnes tystnad. Han hade varit alldeles för nära döden den dagen, räddad bara av hans bäste väns ännu större hjältemod, som hade burit Tim från slagfältet efter att hans häst skjutits under honom och Tim legat skadad och omtöcknad på marken. Skulden skulle förfölja honom, men att inte återvända var en välsignelse.

I stället skulle han åka till Sandhurst och göra sin plikt så gott han kunde och förtjäna sina kollegers respekt där. Och kanske, om han hade tur, skulle han finna en ny roll där hans begåvningar kom till sin rätt.

Han lade varsamt ner medaljen i asken, stängde den och gjorde färdigt packningen, redo att resa i gryningen.

Tim satt i vagnen och blickade ut genom fönstret medan landskapet susade förbi i en suddig ström. Pannan var svagt rynkad och blicken fjärran när han begrundade sin nya tjänst i Sandhurst.

De mjukt böljande kullarna och de avlägsna gårdarna, djuren som betade i hagarna, allt tedde sig som en fridfull kontrast mot Tims inre oro. Som soldat var han van vid handling, vid kamratskapet med sina officerare, vid stridens rus. Han hade lett anfall, utkämpat dueller och räddat liv. Nu skulle han bli instruktör, undervisa unga män i de färdigheter han slipat under år av hård tjänst.

Han erinrade sig några av sina stoltaste ögonblick: hur han ledde sin trupp i ett djärvt anfall mot en överlägsen fiendestyrka, hur han tillfångatog en fransk officer och hans män, hur han räddade en sårad kamrat under tung eld. Han hade dekorerats för tapperhet, befordrats för sina insatser. Skulle kadetterna i Sandhurst respektera hans bedrifter, eller se honom som en relik från en svunnen tid, trots att han skulle vara mindre än ett decennium äldre än de yngsta av dem?

Earlens ord från kvällen innan kom tillbaka till honom: "Du är soldat, Tim. Det är det enda du någonsin har velat vara. Och nu ska du lära pojkar hur man blir soldat. Du borde känna dig hedrad."

Det borde han. Och ändå ...

Hans tankar avbröts av en stöt när vagnen slog i en grop i vägen, och han såg ut genom fönstret igen. De passerade över ett kargt hedlandskap, tunn dimma som ringlade kring skira träd, när de närmade sig Sandhurst.

Tims hjärta slog lite snabbare när han tänkte på vad som väntade. Han var fast besluten att göra det bästa av sin nya tjänst, att bevisa att han fortfarande hade något att ge armén. Han skulle träna de unga kadetterna till att bli de bästa soldater de kunde bli, och kanske skulle han, genom att göra det, finna någon form av tillfredsställelse.

Till sist stannade vagnen, och Tim öppnade dörren och klev ut, stövlarna slog i marken med en stadig duns. Han rätade sin kragrock och började sedan gå mot den största av de imponerande stenbyggnaderna, med målmedvetna steg.

Byggnadernas storslagenhet och soliditet vittnade om institutionens långa historia, och de gyllene stenmurarna glänste i den sena eftermiddagssolen. Runt honom rådde ett kaos med ordning i: kadetter marscherade i formation medan deras officerare kommenderade, och hästar travade över exercisfältet, ryttare som övade manövrar.

Tim höll blicken rakt fram, ignorerade blickarna som kastades efter honom när han gick längs gången. Hans hållning var stel, axlarna sträckta, och han höll händerna knutna för att hindra dem från att darra.

Han var fast besluten att göra ett gott intryck här, att visa att han var kapabel och värdig den post han fått. Men han kunde inte låta bli att känna en gnutta bävan när han närmade sig den massiva stenbyggnaden med sin rad av höga fönster och imponerande kolonner.

”Det är bara en ny utmaning”, mumlade han för sig själv när han gick uppför trappan. ”Allt jag behöver göra är att möta den rakt på, precis som jag har mött alla andra utmaningar i mitt liv.”

En ung soldat öppnade dörren åt honom, och Tim drog ett djupt andetag och klev sedan in.

Kapitel tre

Tim stod rak som en stång i sitt nyanvisade rum på Sandhurst och rättade till skjortan och halsduken innan han tog på sig rocken. Själva rummet var spartanskt, inrett med militär precision, men han fick erkänna att det var tillräckligt bekvämt. Om han bara kunde skaka av sig känslan av att det här var platsen dit gamla soldater kom för att dö.

Han tog rocken från dess krok, sköt in armarna och knäppte knapparna med snabba, effektiva rörelser innan han granskade sin spegelbild i den lilla spegeln på tvättstället. I rummets avskildhet kunde han medge för sig själv att han var fåfäng, med tanke på hur han såg ut i den välskurna rocken. Kanske borde han vara tacksam mot sin mor för gåvan – om hon bara inte hade varit så oförblommerad i sin envishet att han borde leta efter en brud i stället för att återvända till slagfältet.

Om han kunde åka tillbaka till Spanien nu, skulle han göra det på direkten. Men det kunde han inte. Major-General Armstrong hade gjort klart att han inte skulle vara något annat än en belastning. Han kunde inte höra kommandon; han kunde inte höra en kanonkula komma. Han kunde inte höra sina män skrika när de mejades ner. Han kunde inte ens höra trumpetsignalerna om de inte var tillräckligt nära, vilket innebar att han hade missat morgonens revelj och bara vaknat när hans nye adjutant knackade på dörren.

Rummet var så tyst. Han kunde höra sin egen andning, och inte mycket mer. Han saknade fågelsången, klappret av hästhovar mot kullersten, det mjuka gnisslet från lädertyglar och det klirrande bettet. Hela världen var för stilla nu.

Tims blick drogs till skrivbordet och brevet där. Från Armstrong, som kommenderade honom till den här tjänsten på Sandhurst. Som instruktör skulle han kunna använda sin dyrköpta kunskap och ge råd till nya rekryter, lära dem hur man överlever på slagfältet – och kanske till och med vinner en och annan drabbning.

Hans regemente var kvar i Spanien, och han avundades dem bittert. Även om han visste att han aldrig skulle strida igen, ville han vara där. De var hans vänner, hans bröder, långt mer än hans riktiga bror som han knappt kände. Han kände avståndet smärtsamt, desto mer eftersom han inte hade någon möjlighet att höra från dem. Brev, anade han, stod lägre i arméns prioritet än ammunition.

Tim drog ett djupt andetag och tvingade sig att slappna av i käken. Det här klarade han. Det skulle han klara. Han var fortfarande soldat, även om han inte var i fält. Han skulle bevisa för alla att de hade fel. Han var inte färdig än.

Han drog handskarna ur bältet, slog dem mot handflatan och vände sig mot dörren. Hans rekryter väntade.

Tim tog ett djupt andetag innan han steg in i officersmässen där de andra officerarna samlats till frukost. Han rätade på ryggen och lutade huvudet en aning, försökte snappa upp samtalet. Han kunde uppfatta några av de ord som sades, men inte andra – något som fick hans käke att spännas av frustration.

Överstelöjtnant Forebury, hans nye befälhavare på Sandhurst, lät blicken svepa över honom, lade märke till hans stelhet och den lätta huvudtilten. Den äldre mannen hade förlorat en arm i strid, men det hindrade honom inte från att hantera hästar bättre än de flesta, hade Tim fått höra. Foreburys uttryck var outgrundligt, men Tim kände en rysning av oro.

"Er resa till Sandhurst var händelselös, får jag hoppas, major Blair-Fortescue?" frågade Forebury, högt och tydligt, när Tim slog sig ner.

Tim nickade och lutade huvudet lite för att höra bättre. "Ja, sir."

"Gott, gott", sa Forebury och fällde några ytterligare pliktskyldiga kommentarer om vädret och vägarna innan han vände sig bort för att tala med en annan officer.

Knappast hade Tim hunnit slappna av förrän han uppfattade mannens ord: "Jag antar att det inte finns minsta chans till återbruk, Rawlings? Den där gamla örontrumpeten din farfar använde?"

Den andre officeren, en kapten, småskrattade. "Tyvärr inte, sir", sa han, med en ton som gjorde klart att han trodde att Tim var helt döv.

Flera av de andra officerarna skrattade, men Tims skarpa blick fångade några som såg besvärade ut. Han drog ett djupt andetag och tvingade sig att hålla sig lugn. Han var van vid hur folk såg på honom numera när de kände till hans dövhet, men det innebar inte att han behövde tycka om det.

Ändå kliade det i fingrarna efter att få sluta dem om sabelns fäste, för att bevisa att han fortfarande var dödlig trots sitt handikapp. Han kunde inte längre strida på slagfältet, men slåss kunde han fortfarande. Om dessa officerare underskattade honom, skulle de snart få se hur fel de hade.

Hans ögon smalnade när han såg på Forebury. Den äldre mannen var hans befäl, och honom måste han lyda, men tycka om det behövde han inte. Det var uppenbart att Forebury inte ville ha honom här, vilket bara gjorde Tim desto mer fast besluten att motbevisa honom. Han knep om handskarna så lädret knarrade under trycket. Han skulle visa dem alla. Kosta vad det kosta ville.

"Är ni redo, major?" Den ängsliga rösten bakom honom och den lätta beröringen på axeln fick Tim att vrida på huvudet, och han nickade och reste sig för att följa den unge adjutanten ut från mässen. Löjtnant Spurling rörde sig långsamt, på kryckor, högerbenet saknades nedanför knäet, men Tim hade redan uppfattat honom som en skarpsinnig ung man. Han följde tålmodigt, i förvissning om att Spurling skulle föra honom rätt.

Ute på gården ledde Spurling honom till en plats på exercisfältet där två dussin unga män i uniformer så nya att de praktiskt taget blänkte stod och väntade. Hästar leddes ut från de närliggande stallen.

"Den här leveransen hästar kom i går, major", sa Spurling, lycklig och ivrig på rösten. "Belle Haven-hästar, de finaste i landet."

Tims blick drogs till en ung kvinna som gick bland hästarna. Hennes mörkgröna riddräkt var enkel, men det var något i det självsäkra sättet hon rörde sig på som utstrålade befäl. Hon höll noga ögonen på stalldrängarna, och när en av hästarna, en stor brun valack, kastade med huvudet och gnäggade, slet sig fri från grimskaftet och dansade undan från drängen, var hon den första att kliva fram med handen utsträckt.

Hästen spetsade öronen och tog några steg mot henne, stannade sedan och kastade med huvudet igen, frustande. Hon väntade tålmodigt, handen fortfarande utsträckt, och Tim såg hennes läppar röra sig. Han kunde inte höra vad hon sa, men hästens öron vippade fram och tillbaka och den tog några steg till, och ännu några, tills den nådde henne och sänkte huvudet för att buffa hennes handflata.

Hon strök hästen över halsen, nådde upp och kliade valacken vid manken, och Tim såg tydligt hur spänningen rann ur djuret. Kvinnan log, en blixt av vita tänder i ett ansikte som Tim nu insåg var alldeles för solbränt för att vara engelskt.

När hästen lugnat sig plockade kvinnan upp grimskaftet och räckte tillbaka det till drängen innan hon vände sig till nästa. Tims blick följde henne och lade märke till hur hon rörde sig, med målmedvetenhet och säkerhet. Hennes tjocka svarta hår var uppsatt under en enkel halmhatt, men kläderna var av god kvalitet. Han anade åter glimten av de vita tänderna när hon log mot en annan häst och kunde inte låta bli att lägga märke till hur hennes händer rörde sig, lätta men bestämda, när hon kontrollerade seldonet.

"Bra jobbat med sadlingen", hörde Tim henne säga till den unge pojken som agerade dräng. "Mycket bra. Den här nosgrimman är lite för trång bara, ser du? Han måste kunna andas. Vi lossar ett hål."

Drängen nickade och hon gick vidare, stannade längst fram i hästledet och vände sig mot exercisfältet och de väntande rekryterna innan hon gav en order med klar, skarp röst. "För fram dem, tre i bredd. Stanna i mitten av exercisfältet och stå redo att föra fram nästa tre."

"Ja, fröken", sa drängen och rörde vid luggen med en respektfull nick.

"Fröken", mumlade Tim och följde henne med blicken när hon vände tillbaka till hästarna. Hon var alltså ingen tjänare. Han undrade vem hon var och vad hon gjorde här. Han hade aldrig sett en kvinna så hemma bland hästar, så trygg i sin förmåga, inte ens hans mor som alltid hade älskat att rida.

Han rynkade pannan och såg bort, försökte putta undan bilden av henne ur tankarna. Han ville inte beundra henne, ville inte imponeras av hennes skicklighet. Hon distraherade honom, inget mer.

”Vad i helvete gör en kvinna här?”

Orden slet sig ur honom i ett lågt morrande, och löjtnant Spurling såg överraskat på honom och följde sedan hans blick.

”Åh, det där är bara fröken Bell”, sa han muntert. ”Hon är stallmästarinnan som kom med hästarna från Belle Haven, och en utmärkt hästkvinna dessutom. Det var hon som lärde mig rida igen förra året. Fröken Bell är en förstklassig tränare. Det var hennes idé att lära mig rida med spö i stället för med högerbenet. 'Damer som rider damsadel använder inte sina högra ben heller, löjtnant,' sa hon. 'Det finns ingen anledning att ni inte skulle kunna lära er rida som en dam.' ” Spurlings flin blev bredare. ”Hon är en förskräcklig retsticka, fröken Bell, men en strålande hästkvinna, och jag rider bättre nu än innan jag förlorade benet.”

”På damsadel?” frågade Tim, fullständigt förbryllad av tanken.

”Käre nån, nej, sir!” Spurling kvävde uppenbart ett skratt. ”Fröken Bell skulle inte skämma ut en gentleman så. Nej, men hon skaffade mig en häst som var tränad att bära damsadel såväl som att ridas grensle, och hjälpte mig att hitta balansen igen och att använda spöet som en dam gör, i stället för benet.”

”Jag förstår.” Tim kände sig lite fånig över frågan. ”Nå ... vad gör hon nu, då?” fröken Bell hade vänt sig från hästarna och var på väg mot rekryterna, som inte verkade veta vad de skulle tro om henne; hälften stramade upp sig i givakt medan den andra hälften lät blicken glida respektlöst över hennes nätta figur.

"Hon fördelar hästarna till ryttarna, sir", sa Spurling hjälpsamt.

Tim flämtade av fasa. "Det ska vi allt se!"

Tim marscherade fram till fröken Bell och rynkade pannan ner mot henne. Hon såg tillbaka på honom med ett frågande halvt leende på läpparna.

"Det här är major Blair-Fortescue, fröken Bell", sa Spurling och hasade sig skyndsamt upp vid Tims sida på sina kryckor. "Befäl för den här rekrytgruppen."

Åtminstone stramade rekryterna omedelbart upp sig i givakt, noterade Tim. Fröken Bell räckte ut handen som om hon väntade sig att han skulle skaka den, som en gentleman. Han stirrade otroligt på den.

"Jag hade fått intrycket att hästarna skulle vara redo för rekryterna att rida i dag", sa Tim, medveten redan medan han talade om att hans ton var något pompös. Han hade blivit tagen på sängen av fröken Bells närvaro, och han tyckte inte om det.

"Jag förbereder hästarna för rekryterna att rida", sa fröken Bell lugnt. Hon sänkte den framsträckta handen, men hon skyndade sig inte att lyda honom och visade ingen som helst antydan till att han skulle ha skrämt henne. Hennes hållning var självsäker, till och med auktoritativ. "Jag är här för att bedöma varje rekryts ridstil så att jag kan matcha dem med den häst som passar deras förmågor bäst."

Hans käke hårdnade och blicken smalnade. "Jaså. Ni vill alltså ta hela dagen på er medan rekryterna står sysslolösa.

Jag är säker på att er metod är mycket grundlig, fröken Bell, men vi är i krig och tiden är avgörande. Jag tilldelar hellre hästarna på måfå och får ut rekryterna på exercisfältet så fort som möjligt." Han vred sig halvt ifrån henne och granskade hästarna med den kritiska blicken hos en man som tillbringat hela sitt vuxna liv i kavalleriet.

Han ville hitta fel på åtminstone en av dessa hästar, ville kunna avfärda fröken Bell med order om att göra bättre ifrån sig. Men han fick medge att det var några av de finaste djur han någonsin sett; varenda en stod nu lugnt uppställd i hand med sina pojkaktiga drängar, redo att invänta order.

"Jag kan försäkra er, major", sa fröken Bell med sval ton, "att min metod är den bästa. Låt mig demonstrera." Hon höjde handen och vinkade fram en av rekryterna. "Ni där, sir. Ert namn, tack?"

"Llewellyn, fröken", sa den unge mannen, klev fram och rörde vid hatten respektfullt. "Kadett David Llewellyn."

"Och hur länge har ni ridit, herr Llewellyn?"

"Sedan jag var liten, fröken", sa han, med en svag walesisk ton i rösten. "Min far föder upp cobs på vår gård i Brecon."

"Walesiska cobs, va?" Hon log. "De är goda, stadiga hästar, men jag tror att ni kommer att tycka om att rida något lite högre." Hon vände sig till en av drängarna, som höll en hög, apelkastad valack. "För fram Osiris."

Drängen förde fram hästen och räckte över tyglarna till Llewellyn, som tog emot dem med ett förtjust leende. "En skimmel? Jag har alltid tyckt om skimlar, fröken."

"Han är lite hetsig", varnade hon. "Ni måste hålla honom med fast hand, men det är ni van vid med era walesiska cobs, skulle jag tro."

"Jovisst, fröken." Llewellyn log. "Tack."

Hästen gnäggade mjukt och puffade henne på axeln, och hon log och strök den över mulen. "Så där, vackre pojke. Jag sa ju att jag skulle hitta en bra ryttare åt dig."

Llewellyns leende blev bredare och han ledde hästen därifrån, valacken följde honom med fjäderlätt steg.

Fröken Bell tog god tid på sig att matcha hästarna med männen, och ju längre det drog ut, desto hårdare spände Tim käken och desto smalare blev hans blick. Foten bankade otåligt, händerna var knutna vid sidorna och tänderna malde när han såg henne noggrant välja varje man och häst, medan han hela tiden tänkte på hur opraktiskt hennes daltande var.

De var i krig. De hade inte råd med lyxen av tid, och Tim tänkte inte låta sig göras till åtlöje, och inte låta sina män stå sysslolösa medan den där spinkiga flickan tog god tid på sig.

"Nu räcker det!" snäste han, efter att ytterligare några minuter gått och bara två rekryter till fått häst. "Detta är ingen sällskapslek, fröken Bell. Vi är i krig, och tiden är avgörande. Jag är säker på att var och en av era hästar är av yppersta kvalitet och kommer att passa vem som helst av mina rekryter. Därför tilldelar jag dem själv."

"Men, major..."

"Jag vill inte höra fler invändningar, fröken Bell." Han vände sig mot den närmaste rekryten. "Du."

Den unge mannen steg fram. "Harrison, sir."

Tim pekade på en häst på måfå. "Den där är din."

Fröken Bell hade fräckheten att skaka på huvudet. "Jag förstår er brådska, major, men att fördela hästar på måfå är inte bara ineffektivt utan farligt."

Han rynkade pannan åt henne. "Vad menar ni med farligt?"

"Jag menar att de här hästarna har tränats att svara på specifika hjälper", sade hon. "Om ryttaren inte kan hjälperna svarar inte hästen rätt. I bästa fall blir ryttaren frustrerad; i värsta fall kan han kastas av."

"Det här är alla erfarna ryttare", sade Tim. "Varenda man som sänds till Sandhurst för officersutbildning kan rida."

"Det är de", höll hon med, "men de är inte erfarna med våra hästar. Det tar tid att skapa en relation med en häst, och en häst som tränats att svara på en viss beröring, en viss röst, kan inte förväntas ändra sitt svar på en nyck."

"Säger ni att mina män inte är tillräckligt skickliga ryttare för att hantera era hästar?" frågade han med farligt låg röst.

"Jag säger att jag kan mina hästar bättre än ni, major." Hon höjde hakan. "Om ni låter mig para ihop dem med ryttarna kan jag lova er bästa möjliga resultat. Om ni insisterar på att fördela dem slumpmässigt kan jag inte garantera att det inte blir skador eller värre."

"Jag har aldrig hört något så löjligt!" sade Tim och kämpade för att behärska sig. Det skulle inte duga att rekryterna såg honom stå och skälla ut den här unga kvinnan på exercisfältet.

Fröken Bell vände sig bort som om Tim inte ens hade talat. "För fram Apollo", befallde hon en stalldräng.

Tims andning hakade upp sig när hästen leddes fram. Stor och kraftfull hade den fuxfärgade hingsten en vit bläs i ansiktet. Samma vita bläs som Rufus haft, samma rödgyllene päls som glänste som ett nyslaget guinea-mynt.

"Rufus", viskade Tim, oförmögen att hejda sig.

Hjärtat dunkade i bröstet, strupen var åtstramad av sorg. Händerna knöts till nävar vid sidorna och han bet sig i underläppen i kampen för att hålla kontrollen.

Fröken Bell svängde runt och stirrade på honom. "Vad sade ni?"

Han kunde inte ljuga. "Rufus", upprepade han hest. "Han var – min häst. I Spanien." Munnen var torr som sand. "Han räddade mitt liv. Han dog, men han räddade mitt liv. Fler gånger än jag kan räkna. Han såg exakt ut som den där hästen. Kunde vara hans tvilling."

För ett ögonblick mjuknade fröken Bells ansikte, hennes ögon speglade hans egen smärta. Sedan pressade hon ihop läpparna, och uttrycket slätades ut till en tom mask. "Jag förstår. Jag beklagar att Rufus gick förlorad. Han var också en häst från Belle Haven. Apollo är hans helbror." Hennes röst var mild, och för första gången hade Tim svårt att höra henne. Hennes ljusa, höga röst var annars lika irriterande lätt att höra som hans mors.

Tim fick kämpa mot sig själv. Han måste stanna upp, dra ett djupt andetag och acceptera att han inte bara kunde ta den stora fuxen för egen del, hur gärna han än ville i den stunden. "Nåväl", sade han, när han var säker på att rösten inte skulle darra, "jag vet att vilken rekryt jag än ger Apollo åt inte kan få en bättre häst."

När han lät blicken svepa över gruppen unga män, valde han ut en lång yngling med stadig byggnad och självsäker hållning. "Du", sade han beslutsamt och pekade. "Vad heter du?"

"Kadett George Watson, sir!"

"Kliv fram och ta tyglarna."

"Sir!" Watson klev fram och tog tyglarna från stalldrängen. "Tack, sir!" Ögonen glimmade, och han såg redo ut att sitta upp direkt.

"Varsågod, då", sade Tim och gestikulerade. "Ta ut hästen i galopp runt fältet, känn in honom."

Watson tog en sekund för att kontrollera sadelgjorden, svingade sig sedan upp i sadeln och förde Apollo över gräset i en vid volt åt höger. Den stora fuxen satte inte en hov fel, hans gång var mjuk och flytande.

Fröken Bell såg på, ansiktet spänt av frustration och oro.

"Major, jag måste verkligen insistera—"

"Jaså, måste ni det?" Tims röst var avklippt. "Jag var inte medveten om att det var ni som förde befälet här, fröken Bell."

Hennes blick föll, och kinderna färgades svagt röda. "Nej, major. Självklart inte. Jag ber om ursäkt för att jag gick utanför min roll. Det är bara det att Apollo – han kan vara svår att hantera, och jag skulle hata om kadett Watson blev skadad. Som jag sade känner jag mina hästar, och jag vet att Apollo kräver en ypperlig ryttare. En fast, erfaren hand."

"Saken är avgjord, fröken Bell. Mina män klarar era hästar, och det kommer de att göra."

Hennes käke stramade vid Tims avfärdande tonfall, men hon sänkte blicken mot marken och bet sig i läppen. "Som ni säger, major."

Rasande över hennes uppenbara försök att underminera hans auktoritet inför hans män vände sig Tim bort från henne och talade till löjtnant Spurling. "Låt oss få de här hästarna fördelade, löjtnant."

"Javisst, sir", sade Spurling, men den unge mannens läppar tunnades ut, och Tim fick en tydlig känsla av att Spurling alls inte var imponerad av hur han hanterat fröken Bell.

Nå, det var han som förde befälet, inte fröken Bell eller löjtnant Spurling. Hans order skulle följas, punkt slut.

Rekryterna hade följt ordväxlingen, uttrycken en blandning av nyfikenhet och oro. Tims ilska blossade upp. Det var hans första dag som befälhavare, och redan trodde den här kvinnan att hon kunde underminera hans auktoritet!

"Jag antar att ni vill att jag lämnar tillbaka resten av hästarna till er, fröken Bell, så att ni kan fördela dem till rekryterna efter eget huvud?" frågade han med hård röst.

"Jag skulle vilja bli rådfrågad, ja", sade hon, och Tim bet tillbaka ett häpet skratt. Hon trodde verkligen att hon kunde kommendera honom.

"Och om jag inte rådfrågar er?" frågade han, farligt mjukt.

"Då lämnar jag in en protest till er befälhavare, major. Jag anser inte att det ligger i hästarnas eller rekryternas bästa att dela ut hästar slumpmässigt. De här hästarna är alla olika, och det är era rekryter också. Jag vill ta både hästar och ryttare i beaktande och para ihop dem så gott jag kan. Sir Richard Bell och jag har arbetat på det sättet med de hästar vi har fört till Sandhurst i åratal."

Ett minne blixtrade genom Tims huvud, nästan tio år gammalt. Hans egen första dag på Sandhurst. En lång man med stillsam uppsyn och civil rock, som hade sett på honom en gång, nickat som om han tyckte om vad han såg och sedan beordrat att Rufus skulle föras fram. Hade det varit Sir Richard Bell? Tim hade aldrig fått veta mannens namn.

Tim kände sig pressad och gick till motangrepp. "Nå." Tim korsade armarna över bröstet. "Menar ni att de hästar ni levererat till Hans Majestäts armé inte duger för sitt ändamål, fröken Bell?"

Tyngden i hans anklagelse hängde mellan dem, och Tim såg flera av rekryterna kasta ängsliga blickar på varandra.

En blixt av vrede tändes i fröken Bells bruna ögon, käken hårdnade, men hon behöll fattningen och mötte hans blick stadigt.

Runt dem skiftade hästarna vikt, hovarna dunsade mot marken. Den svala brisen förde doften av hästsvett till hans näsborrar, och Tim önskade att han kunde ta av sig rocken. Solen steg, och snart skulle det bli obehagligt varmt.

Löjtnant Spurling visslade lågt mellan tänderna, ljudet skar genom den olustiga tystnad som fallit.

"Nå?" sade Tim. "Vad har ni att säga, fröken Bell?"

Fröken Bells ögon smalnade vid Tims hårda ton, och hennes käke stramade. Hennes händer knöts till nävar vid sidorna, och i ett ögonblick trodde Tim att hon faktiskt tänkte försöka slå honom. Han spände sig, redo att fånga hennes handled.

Impulsen rann av nästan genast. Fröken Bells händer slappnade av, och hon drog ett djupt andetag, stod rak i ryggen, så rak hon kunde – hennes huvud nådde knappt Tims axel. Även om hon måste tippa huvudet bakåt för att möta hans blick, vek hon inte undan.

"Om ni ifrågasätter min ridförmåga, major, ställer jag gärna min mot er", sade hon med lugn, stadig röst. "När ni vill."

Tims ansikte hettade. Fröken Bells lugna självsäkerhet gjorde honom rasande och fick honom att framstå som en småtyrann inför sina rekryter. De följde alla ordväxlingen, med stora ögon och uttryck som växlade mellan chock och munterhet.

Fröken Bell såg fortfarande upp på honom, med stadig, orädd blick. Hon trodde verkligen att hon kunde mäta sig med hans ridkonst.

Tims första reaktion var en våg av vrede. Hur vågade hon utmana honom! Käkarna låste sig, och han kände en het rodnad stiga i kinderna.

Ändå rann svetten längs ryggen och hjärtat bultade. Bröstet kändes trångt, och han måste kämpa emot impulsen att torka händerna på rocken.

Tänk om han misslyckades?

Tanken kom oombedd, och Tims hjärna for igenom alla möjligheter. Om fröken Bell, sittande i damsadel, kunde utföra ens ett moment som han inte kunde matcha, skulle Tim förlora rekryternas respekt. De skulle aldrig mer lyssna på ett ord han sade.

Fröken Bells stadiga blick vek inte. Hon trodde verkligen att hon kunde mäta sig med honom. Tänk om hon kunde det? Särskilt som han skulle rida en främmande häst och hon, enligt egen utsago, hade skolat varenda en av dessa hästar under ryttare. Hon kände till varenda egenhet.

Hon vill se mig misslyckas.

Rekryterna såg mellan dem, nyfikna, förväntansfulla uttryck i ansiktet.

Nej. Tim kunde inte riskera det, inte på sin första dag. Han skulle bli till åtlöje om han misslyckades.

I stället skulle han välja det enda andra alternativ som stod till buds.

Han rätade på sig till full längd och förberedde sig på att ge fröken Bell sitt mest auktoritativa svar.

"Krig är ingen tävling, fröken Bell", sade han skarpt. "Ni ska samarbeta med mig i att fördela de hästar ni har fört hit till våra rekryter, och ni ska lyda mina order. Eller så kan ni lämna platsen när det passar er."

Hennes ögon gled mot hästarna och länge tvekade hon. Tim kunde nästan se kugghjulen snurra när hon vägde sina alternativ. Han var säker på att hon hellre skulle gå än underkasta sig honom.

Men efter den långa stunden neg hon. Det var tydligt avsett som respektfullt, men Tim kunde inte låta bli att känna att hon på något vis drev med honom när hon rätade på sig och sade, "Som ni befaller, major."

Tims rygg var stel, varje muskel spänd av behärskad vrede när han vände sig bort från den förargliga fröken Bell. Hon var inte värd hans temperament. Med lite tur skulle hon lämna Sandhurst genast i vredesmod och han skulle aldrig behöva se henne igen.

Svetten rann längs ryggen medan han stod rak och lång, solen steg högre på himlen. Den dammiga marken var nedtrampad av Belle Havens hästhovar, och Tim hörde hur de skrapade, blåste och trampade. Hans mun drogs åt. Hästarna blev oroliga av hans spänning.

Han hade varit kring hästar hela sitt liv, och en av de första saker man lärde sig var att behärska sitt humör. Just nu var han dock mycket nära att tappa det helt.

I stället tvingade han sig att hålla rösten stadig och ryggen rak, pekade på hästar på måfå och tilldelade dem rekryter. "Du där", sade han till en lång yngling med alltför mycket självtillit i hållningen, en som hade suttit och flinat under Tims sammanstötning med fröken Bell. "Ta den där bruna där borta", sade han rappt.

"Öh, major, sir?" Pojken, vars namn Tim ännu inte hade lärt sig, tvekade. "Vilken brun, sir?"

"Vilken tror du?" fräste Tim. "Den högsta, förstås."

"Javisst, sir." Pojken gick för att närma sig hästen, ett sto. Den bruna, nervös och sprättig, tog några steg bakåt och rullade med ögonen så att det vita syntes.

"Stå still, ditt förbannat dumma kreatur", muttrade Tim mellan tänderna.

Pojken såg sig om, tveksam. "Sir, ska jag ..."

"Om ni låter mig fördela hästarna, major, kanske vi faktiskt får upp dem i sadeln", föreslog fröken Bell.

Tim vred långsamt på huvudet och såg på henne. Hon bar ett litet, retfullt leende, som om hon redan visste att hon hade vunnit.

"Fröken Bell, jag säger det här en gång till", sade Tim mellan sammanbitna tänder. "Ni ska lyda mina order. Om jag säger att en häst går till en rekryt, så går den till den rekryten. Är det förstått?"

Hon öppnade munnen, stängde den igen och gav honom en kort, ryckig nick.

"Bra. Du – kadett – upp i sadeln."

"Javisst, sir." Rekryten gick fram igen, även om han sneglade på fröken Bell.

"Om ni vill göra nytta, fröken Bell", sade Tim, med platt och hård röst. "Var snäll och hjälp kadett ...?"

"Barton, sir", sade rekryten och sträckte på sig.

"Kadett Barton då, med att sitta upp på sin häst."

"Ja, major." Fröken Bell klev fram med lätthet, mumlade till det bruna stoet, som lugnade sig i samma sekund som fröken Bells hand rörde vid tränset. "Hon heter Artemis", sade fröken Bell till Barton. "Hon är en av de snabbaste hästar jag någonsin har ridit. Håll huvudet kallt, annars springer hon dig halvvägs till Hampshire innan du har henne tillbaka i hand."

Löjtnant Spurling skrattade tyst för sig själv, och Tim gnisslade tänder. Spurling var bara löjtnant, påminde Tim sig. En löjtnant som han överordnade med flera grader. Om han ville kunde han få Spurlings huvud på en påle. Inte för att han någonsin skulle göra det, förstås, men bilden var på sitt sätt tillfredsställande.

Inte tillräckligt tillfredsställande för att uppväga fröken Bells fortsatta närvaro, dock. En kvinna, på Sandhurst! Det var fullkomligt oacceptabelt.

Han fortsatte att tilldela hästar till rekryterna, även om han kunde känna spänningen i luften. Rekryterna var sannerligen kompetenta ryttare, men fröken Bell hade talat om att välja hästar som passade varje ryttares individuella stil. Det gjorde inte Tim; han pekade helt enkelt på närmaste häst varje gång.

Fröken Bell svävade i närheten, klev in då och då för att hantera en skygg häst, och rekryterna vände sig mer till henne än till honom. Tim kände hur raseriet sjöd strax under ytan, återhållet av en tunn tråd. Fröken Bell hade talat om att protestera till överstelöjtnant Forebury; nå, det tänkte Tim sannerligen också göra.

Fick han som han ville skulle fröken Bell aldrig sätta sin fot på Sandhursts ägor igen.

Kapitel fyra

MOLLY STORMADE UT UR stallet, med knutna nävar och spänd käke. Hur vågade den där arroganta, uppblåsta sprätten bara avfärda henne! Hon skulle minsann visa honom, och om det krävdes att hon gick hela vägen upp till högsta ort ... nå, då gjorde hon just det. Hon skulle visa honom att hon inte var någon man lekte med.

Hennes stövlar klapprade mot kullerstenen när hon marscherade över gården och nickade mot löjtnant Spurling. Den unge mannen log brett mot henne, men Molly var för arg för att göra mer än att nicka tillbaka och sträva målmedvetet mot huvudbyggnaden.

Det var långt ifrån stallens värld; här var allt polerat trä och mässing, med en genomgående militär prägel. Molly visades in i ett kontor av en lätt missbelåten kontorist, som sniffade när han tog in hennes dammiga ridklänning. Molly hade gärna velat ta sig tid att byta om till en klänning, men hon misstänkte att överstelöjtnant Forebury skulle uppskatta att hon inte slösade med hans tid.

Stående framför hans skrivbord väntade hon på att han skulle avsluta brevet han skrev, medan hon nyfiket lät blicken vandra runt i rummet. På väggarna hängde flera bilder, alla föreställande högre officerare till häst, och en inramad medalj i ett skrin. En bokhylla rymde många volymer, och hon undrade vad de handlade om, men vågade inte gå fram för att läsa på ryggarna.

Till sist lade han ifrån sig pennan och såg upp på henne. "Fröken Bell, jag står till er tjänst. Vad kan jag göra för er?"

Hon drog ett djupt andetag. "Jag måste be om ursäkt för att jag tränger mig på, överstelöjtnant, men jag måste framföra ett klagomål."

Hans ögonbryn höjdes. "Ett klagomål?"

"Ja, sir. Jag kan inte arbeta med den där ... den där arrogante ..." Hon tystnade, utan att hitta en tillräckligt träffande förolämpning, och suckade. "Major Blair-Fortescue. Han vägrar lyssna på något jag säger."

Överstelöjtnant Forebury suckade som om hela världens tyngd vilade på hans axlar. Han gnuggade tinningarna trött med sin friska hand, plockade sedan upp ett par glasögon från skrivbordet och satte dem på sig, medan han såg på ett papper framför sig.

"Fröken Bell, får jag tala klarspråk?" frågade han.

"Självklart, sir."

"Jag vill inte arbeta med honom heller", sade han utan omsvep. "Tyvärr har jag inget val. Hans far är en earl, och hans gudfar är assistent åt krigsministern, och när någon så högt upp säger 'Hoppa', svarar armén 'Hur högt?' Jag kan bara vara tacksam för att han inte får återvända till slagfältet."

Där kunde hon inte annat än hålla med. "Så han har skickats till Sandhurst för att göra mitt liv svårt?"

"Inte alls. Generalmajor Armstrong, Gud välsigne honom, håller den unge mannen högt och placerade honom under mitt befäl. Jag kände honom inte före skadan, men han måste ha varit en utmärkt officer för att ha vunnit generalmajorens gunst."

Molly fnös. "Jag tycker att han är ett arrogant arsle."

Överstelöjtnantens läppar ryckte till. "Jag motsäger er inte, fröken Bell, men jag har inget val. Horse Guards befallde att han skulle sändas till Sandhurst, och här är han. Jag kan inte skicka tillbaka honom, och ni får lov att arbeta med honom."

Forebury suckade trött, lutade sig tillbaka i stolen och lät blicken falla över pappershögen på skrivbordet. En pust av färsk bläckdoft nådde Mollys näsborrar, och hon såg sig om i kontoret igen.

Det var långt från stallens dofter av hästar och halm, läder och hö, och ibland mindre angenäma ångor. Här var allt polerat trä och mässing, med en utpräglad militär ton. Hon kände sig som om officerarna i målningarna på väggarna såg ner på henne, missbelåtna med att hon alls befann sig där.

”...har helt enkelt ingen aning om hur mycket nytta en döv officer kommer att göra mig”, avslutade Forebury, och Mollys huvud for tillbaka när hon stirrade på honom.

”Ursäkta, sir?” frågade hon, undrande om hon hade missat något. Han kunde väl ändå inte ha sagt det hon trodde?

”Döv.” Forebury nickade. ”Visste ni inte? Han stod för nära en kanonexplosion i Spanien och förlorade hörseln. Först trodde man att skadan var tillfällig, men då han inte har återfått hörseln sedan han återvände till England tycks den vara permanent. Han kan inte återvända till slagfältet, så generalmajoren föreslog att jag skulle ta honom.”

Molly stirrade på honom och försökte förstå. Var majoren döv? Hon hade inte märkt det när hon talade med honom. Han borde väl inte ha hört henne om han var det?

Men kanske ... hon var kvinna, och hennes röst låg högre än de flesta mäns? Kanske kunde han höra henne men inte männens mörkare röster?

Det var möjligt. Hon hade sannerligen hört talas om människor vars hörsel skadats på olika sätt.

En man som inte kunde höra sina män ropa en varning vore i stor fara på slagfältet. Inte konstigt att armén inte ville ha honom i fält, men ändå var det lite märkligt att de hade skickat honom till Sandhurst.

”Finns det inget sätt för er att skicka tillbaka honom?” frågade hon förhoppningsfullt.

Forebury skakade på huvudet. ”Nej, fröken Bell, det är jag rädd att det inte finns. Vare sig ni vill eller inte, måste ni arbeta med honom.”

Molly suckade. Hon ville protestera, men om det Forebury sagt var sant hade majoren inte ignorerat henne med avsikt. Kanske hade han helt enkelt inte hört henne – eller missförstått vad hon sagt. Det skulle bli svårt att kommunicera, men hon var fast besluten att försöka.

Med de avslutande orden avfärdade överstelöjtnanten henne, och Molly gjorde snabbt en liten nigning och lämnade kontoret. Utanför lutade hon sig mot väggen ett ögonblick, tankarna rusande.

Major Blair-Fortescue var *döv*. Det förklarade så mycket. Hans till synes arroganta sätt, hans ovilja att beakta hennes ord ... hon hade trott att han var ohövlig och otrevlig, men om han verkligen inte hade hört henne, då kunde han förstås inte ta till sig hennes råd.

Hon hade inte varit rättvis mot majoren, insåg hon med ett sting av skuld. Hon hade utgått från att han medvetet ignorerade henne, men i själva verket kanske han inte hade hört henne alls. Det måste vara frustrerande för honom, och hon kunde bara föreställa sig att han skämdes djupt över skadan.

Kanske kunde hon hjälpa honom. Hon kunde sannerligen hjälpa rekryterna att lära sig rida de hästar de tilldelats, vare sig det var bästa möjliga matchning eller inte. Det skulle inte bli lätt, men hon var fast besluten att försöka.

De polerade träpanelerna och mässingsbeslagen i korridorerna övergick snart i den myllrande aktiviteten på övningsfälten. Molly log för sig själv när hon steg ut och drog in doften av hästar i morgonluften.

Ja, hon skulle försöka igen och den här gången tänkte hon inte låta missförstånd stå i vägen.

Nästa morgon gick Molly under tystnad mot övningsfälten, försjunken i sina tankar. Hennes känslor var blandade; hennes beslutsamhet att sköta sitt arbete stred mot hennes farhågor om hur den taggige majoren skulle reagera på hennes erbjudande om hjälp.

Övningsfälten sjöd av aktivitet. Rekryter i Sandhursts blåvita uniformer fanns överallt, några till häst, andra ledande sina hästar i tygeln, och ytterligare några som stod i givakt medan en sergeant vrålade order. Klappret av hovar mot den grusade marken och ett och annat gnäggande bidrog till oväsendet.

Rekryterna var förstås alla unga män, och de flesta verkade göra sitt bästa för att lyda order. Hästarna var också unga, och även om de var tränade så väl Belle Haven förmådde under den korta tid man hade innan leverans, var de inte alla perfekt matchade med sina ryttare. Molly såg två eller tre hästar som uppenbart inte var nöjda med männen på deras ryggar, med öronen spetsigt bakåt, rörliga på stela, nervösa ben. Molly grimaserade när en rekryt drog hårt i sin hästs mun för att häva sig upp i sadeln.

Hon såg att majoren försökte tala till rekryterna, men hans läppar var hoppressade till en tunn linje av frustration, och hon insåg att de inte var så uppmärksamma som de borde. De stirrade på honom allihop, men ingen lydde hans order.

Molly suckade. Majorens röst var inte ens särskilt hög; hon hade knappt själv uppfattat den över larmet på övningsfälten. Han höll sina order korta och knappa, utan att förklara hur man skulle uppnå det han ville. Hon visste från arbetet vid Belle Haven hur viktigt det var att förstå varför en häst kunde bete sig på ett visst sätt, men antingen visste majoren inte, eller så var han inte intresserad av att dela med sig.

"Sir?" En av rekryterna höjde tveksamt handen, och majorens rynka fördjupades. Han stirrade oförstående på rekryten, uppenbart oförmögen att höra vad mannen sagt.

Rekryten upprepade sin fråga, och majorens ansikte började rodna. Molly såg hans händer knytas till nävar vid sidorna. Hans frustration växte för varje ögonblick, och hon märkte hur rekryterna blev obekväma de också, skruvade på sig i sadlarna och utbytte oroliga blickar.

Innan situationen hann förvärras klev Molly fram och lade handen på majorens arm för att få hans uppmärksamhet. Om hon inte kunde nå honom, fruktade hon att han skulle gripas av panik och förvärra läget.

"Kadett Braithwaite frågade om ni ville att de skulle ställa upp i någon särskild ordning", sade hon, tittade honom rakt i ansiktet och artikulerade tydligt.

Majorens blick flackade, sedan såg han på rekryterna igen, uppenbart försökte han lista ut vem av dem som var Braithwaite. "Åh", sade han. "Äh ... nej, det spelar nog ingen roll."

Han tog ett steg tillbaka och lät rekryterna se på varandra i förvirring.

”Äh”, sade Braithwaite, och Molly såg hur majorens ansikte blossade av ilska när han vände sig mot rekryten igen.

”Ja?” malde han fram, med knutna nävar vid sidorna.

”Äh”, sade Braithwaite igen, och så skyggade hans häst lite, uppenbart påverkad av ryttarens oro. Braithwaite ryckte i tyglarna, och hästen kastade upp huvudet, med öronen bakåt och näsborrarna flämtande i misshag.

”Håå, håå”, hörde Molly Braithwaite säga, medan han drog i tyglarna igen i uppenbart försök att få kontroll. Men hans ryckiga rörelser gjorde bara djuret mer uppskärrat, och det backade, kröp ihop över bakdelen på ett hotfullt vis. ”Håå!” ropade Braithwaite igen, drog hårt i tyglarna, och hästen halvstegrade, kastade honom bakåt ur sadeln så att han slog i marken med en tung duns.

”Stanna!” ropade Molly när de andra rekryterna rörde sig för att sitta av. De stannade och såg på henne, och hon insåg att hon hade tagit kommandot. Nå, majoren gjorde ingenting, han stod bara där och såg frustrerad ut.

”Lugn, lugn”, sjöng Molly lågt när hon närmade sig, handflatan framsträckt. ”Det är ingen fara, flicka lilla.” Hästen, ett mörkbrunt sto vid namn Desdemona, kastade på huvudet igen, men Molly fortsatte att mumla lugnande strunt och Desdemona lät henne fatta tag i tygeln.

”Duktig flicka”, sade hon och klappade stoets hals medan hon ledde henne över till platsen där kadett Braithwaite fick hjälp upp på fötter av majoren. ”Rätt duktigt fall ni tog, mr Braithwaite”, sade hon. ”Är ni alldeles oskadd?”

”Ja, miss, det tror jag”, sade Braithwaite generat. ”Bara lite hugg i fotleden, det är allt.”

"Vill ni sitta upp på Desdemona igen?" frågade hon. "Eller vill ni hellre sitta av och titta på en stund?"

Bakom henne hörde Molly majoren fnysa. Han tyckte säkert att hon daltade med kadetten, men hon satte inte upp en omskakad man på en redan uppskrämd häst. Det var ett recept på katastrof.

"Å nej, miss, jag sitter upp igen", sade Braithwaite. "Jag är ingen fegis. Blev bara lite skrämd, det är allt."

"Utmärkt", sade hon och gav honom ett lugnande leende. "Ni har helt rätt, det är bäst att sitta upp direkt när man faller av, så länge varken ni eller hästen har skadat er. Kom bara ihåg ... en lättare hand i munnen på henne. Desdemona är ung. Hon är ganska känslig för bettet." Hon såg sig omkring på de andra rekryterna. "Har någon av er ridit en två- eller treåring förut?"

Bara Llewellyn, rekryten vars far födde upp welsh cob, räckte upp en hand. Molly nickade mot honom. "Jag vågar säga att ni mest har ridit hästar som redan köpts in välutbildade. Jag önskar att jag kunde ge er sådana, men arméns behov är sådana att vi inte har tid att ge de här hästarna det extra års träning de faktiskt skulle behöva. Ni måste lära er tillsammans."

"Ja, miss", sade Braithwaite och satt försiktigt upp. Molly höll kvar handen i Desdemonas träns tills kadetten satt stadigt i sadeln, händerna mjukare på tyglarna den här gången. Hon nickade och släppte, och tog ett steg tillbaka.

"Två led, då", sade hon och pekade. "Från vänster och höger. Nummer ett, två, tre ..." Hon pekade på varje rekryt i tur och ordning medan hon räknade, och väntade tålmodigt medan de började ordna sig i två något spretiga led.

I fjärran exercerade ett kompani rödkappade soldater, sergeantens röst ekade över fälten när han vrålade order. Hästar gnäggade och frustade, hovslagen mot hårt packad jord var nästan ständiga, och luften var mättad av doften av häst, svett och läder. Det var en plats full av aktivitet, tänkte Molly, och farlig för en man som inte hörde ordentligt.

Inte undra på att han är så arg, tänkte hon och såg på majoren där han stod med knutna nävar, axlarna uppdragna och ansiktet hårt i en bister min medan han blängde på rekryterna.

Hon drog ett djupt andetag och gick mot honom. Hon var inte rädd för hästar, och män var inte så olika, tänkte hon. Man måste bara veta hur man hanterade dem.

När hon kom fram till major Blair-Fortescue ställde hon sig bredvid honom och rörde vid hans arm för att få hans uppmärksamhet.

Hans huvud for runt och han stirrade på henne, chockad, som om han inte ens märkt att hon var där.

”Låt mig hjälpa till”, sade hon. ”Det är väldigt frustrerande, eller hur? Men ni måste vara tålmodig. Ni kan inte bli arg. Hästar förstår inte ilska. De förstår lugn och trygghet. Ju mer frustrerad ni blir, desto mer blir de det också.”

Han stirrade på henne, och hon såg hur hans rynka fördjupades. I ett ögonblick trodde hon att han skulle säga åt henne att gå. Sedan såg han tillbaka på rekryterna, och hon såg hur nävarna slappnade av, axlarna sjönk lite. Bara lite. Men han lyssnade.

”Finns det någonstans vi kan tala i enrum?” frågade hon.

Han tvekade, pekade sedan mot stallen. ”Sadelkammaren”, sade han. ”Löjtnant Spurling, starta ett enkelt övningsmönster”, befallde han sin adjutant, innan han vände sig om och gick före.

Väl inne, med dörren stängd, vände han sig mot henne, och Molly drog ett djupt andetag och kastade sig in i det.

”Major, jag inser att vi började på fel fot. Förlåt. Jag förstod inte att ni var ...” Hon tystnade, osäker på hur hon skulle gå vidare.

Hans mun drog sig snett, och han tog några steg bort och vände henne ryggen. ”Döv?” sade han, med bitter röst. ”Ja, det är jag. Jag kan höra er, dock. Jag vet inte varför, men jag kan. Er röst ... den är ljusare än deras.” Han pekade ut mot fältet, uttrycket mörknade. ”Det är mäns röster jag inte hör. Särskilt djupa röster. Ju djupare röst, desto mindre hör jag av den. Hör inte ett förbannat ord av vad de där sträva sergeanterna säger.”

Molly blinkade. ”Ni kan höra mig?”

”Ja”, sade han, ”och jag kan inte låta bli att märka att ni inte har samma problem med hästarna som rekryterna har. De tycks göra precis som ni ber om.”

Hon bet sig i läppen. ”Jag har väl en viss gåva för hästar”, medgav hon. ”Det är därför jag är här. Jag hjälper till att träna hästarna på Belle Haven.”

”Kanske borde ni träna rekryterna i stället”, muttrade han fortfarande vänd bort.

Det var på hennes läppar att svara att hon förmodligen skulle göra ett bättre jobb, men hon höll tillbaka, för hon hörde bitterheten i hans röst. Det måste vara svårt att gå från att ha kommenderat ett regemente till att inte kunna höra någonting alls. Han måste vara frustrerad, och förmodligen arg också, insåg hon.

"Jag kan hjälpa er", sade hon i stället. "Jag kan förmedla rekryternas frågor till er, kanske? De kommer sannolikt att vara rädda för att ställa frågor som kan verka dumma, och det får dem att tala tystare. De kommer alla från välbeställda familjer; de är inte vana att höja rösten."

Han vände sig och såg på henne, med ena ögonbrynet höjt. "Skulle ni göra det?"

Hon rodnade. "Jag vet att ni inte vill arbeta med mig, men jag kan hjälpa er. Jag skulle gärna vilja försöka igen."

Han teg ett ögonblick, och hon såg kampen i hans ansikte. Hans stolthet stred med hans sunda förnuft, tänkte hon, och hon hoppades att förnuftet skulle segra.

Tims omedelbara reaktion på fröken Bells erbjudande var att lägga armarna i kors och blänga på henne. Hon måste skämta. Han var major i Hans Majestäts armé, inte någon stackars gammal man som behövde en hörlur.

"Jag behöver inte er hjälp", sade han stelt. "Gå tillbaka till rekryterna. Ni ska arbeta med hästarna, inte mig."

Hon ryckte på axlarna. "Som ni önskar, major. Men mitt erbjudande står kvar."

Han öppnade munnen för att avböja igen, men hejdade sig. Hon hade rätt, insåg han plötsligt. Vare sig han gillade det eller inte var de partners i det här, och det vore bäst om de arbetade tillsammans. Han behövde inte tycka om henne, men han behövde henne.

Han hatade det. Hatade att han inte längre var den man han brukade vara, mannen som kunde kommendera ett regemente med ett ord. Mannen som kunde rida ut i strid och möta fransmännen utan fruktan. Mannen som kunde höra sin befälhavares order och verkställa dem med precision. Mannen som kunde höra sina män skratta runt lägerelden om kvällarna.

Gud, vad han saknade skrattets ljud. Han hade inte hört det på över ett år.

Inte för att det skrattades särskilt mycket här på Sandhurst. Rekryterna var unga, nervösa och osäkra. Det var upp till honom att piska dem i form, göra dem till officerare som kunde leda män i strid.

”Gott så”, sade han motvilligt. ”Jag accepterar ert erbjudande om assistans.”

Hennes ansikte ljusnade i ett leende. ”Tack, major. Ni kommer inte att ångra er.”

Han grymtade, långt ifrån övertygad. ”Bara … undergräv inte mina order, fröken Bell. Mer än något annat måste de här männen lära sig att omedelbar lydnad för order från en överordnad är avgörande. Deras liv kommer att hänga på det.”

Hon nickade allvarligt. ”Jag förstår.” Hon tvekade diskret. ”Jag lovar att inte undergräva er inför kadetterna. Men om ni ändå, major, lät mig använda min sakkunskap och ge kadetterna råd i hur de bäst hanterar sina hästar …”

Tim hade tillbringat åtskilliga sömnlösa timmar under natten med att inse att han hade uppträtt som en ganska ohövlig buffel mot fröken Bell dagen innan. Med tanke på hur Braithwaite hade farit omkull för bara några minuter sedan var det mycket möjligt att fröken Bell hade valt ett annat djur åt honom, och då hade fallet inte inträffat.

"Jag har redan gjort fördelningen", sade Tim, "och om vi börjar ändra ser jag vankelmodig ut. Jag tänker inte låta rekryter byta hästar – de måste kunna rida det djur de blir tilldelade, den färdigheten kan rädda deras liv på slagfältet – men jag låter er gärna dela med er av er specifika kunskap om varje enskild häst för att hjälpa kadetterna."

"Rimligt." Hon nickade och räckte fram handen för att skaka, precis som när de möttes dagen innan. Roat tog han den den här gången, och var noga med att skaka varsamt; hennes hand kändes pytteliten i hans.

"Jag har aldrig skakat hand med en dam förut", erkände han, och hennes hela ansikte sprack upp i ett skratt.

"Det finns en första gång för allt, major Blair-Fortescue", sade hon käckt, och han ertappade sig med att le tillbaka, en främmande känsla i ett ansikte som alltför länge stelnat i bistrare linjer.

"Tim", sade han. "Jag heter Tim. Uppenbarligen kan ni inte använda det inför rekryterna, men ... Major Blair-Fortescue låter förfärligt stelt, eller hur?"

"Kanske bara lite." Hon verkade finna honom storartat underhållande. "I så fall. Jag heter Molly."

Det passade henne, tänkte Tim, även om han inte kunde låta bli att undra hur en ung kvinna med uppenbart indiskt ursprung kommit att ha ett så väldigt engelskt namn som

Molly Bell. För att inte tala om en perfekt välartikulerad engelsk accent, och alldeles exceptionella färdigheter med hästar! Kanske frågor han kunde ställa Molly, när han lärde känna henne bättre.

"Ska vi gå tillbaka, då?" föreslog hon. "Jag står bredvid er, som sagt, och upprepar allt ni behöver höra."

Han nickade och följde henne ut på övningsfältet igen, där rekryterna och deras hästar rörde sig i ett enkelt övningsmönster under löjtnant Spurlings ledning. Hästarna var välutbildade för att vara så unga, och lydde grundhjälperna som ryttarna gav, men rekryterna var tydligt nervösa; deras stela hållning förmedlade osäkerheten till hästarna.

"Löjtnant, sitt av och samla rekryterna", sade majoren, och Spurling lydde genast, kallade rekryterna att sitta av och samlas i en grupp.

Tim iakttog, fortfarande med rynkad panna. Han skulle inte kunna höra ett ord av vad rekryterna sade, det visste han. Men han måste försöka.

"Utmärkt", sade han när alla var samlade. "Nu, medan jag kommer att fokusera på de militära strategierna ni är här för att lära er, kommer fröken Bell att bedöma er ridkunskap och ge var och en av er riktade instruktioner för att förbättra er. Jag förväntar mig att ni följer varje order från fröken Bell som om den kom från mig, är det klart?"

"Ja, major!" ropade de i kör, även om han såg skepsis i några ansikten. Nå, de skulle snart lära sig att han inte tolererade brist på respekt.

”Nu vill jag att ni alla presenterar er för fröken Bell. Jag ber var och en av er säga ert namn och er erfarenhet av hästar.”

Molly klev fram med ett leende. ”Jag börjar”, sade hon. ”Jag är fröken Molly Bell från Belle Haven i Hampshire, och jag har arbetat med hästar sedan jag var liten flicka. Varenda en av era hästar är född på Belle Haven och tränad av Sir Richard Bell, mig själv och vårt team. Jag känner till var och ens styrkor och svagheter, och om jag säger att ni behöver förbättra något, så gör ni det, annars riskerar ni att råka ut för det som drabbade kadett Braithwaite för en stund sedan.”

”Ja, fröken Bell”, svarade en kör av röster, och majoren såg hur rekryterna betraktade henne med nyfunnen respekt. Kanske hade de inte tagit henne på allvar för att hon var kvinna, men hennes fasta ord och självsäkra uppträdande hade uppenbart imponerat på dem.

”Ni”, sade Molly och pekade på rekryten längst till vänster. ”Ert namn, tack?”

”Äh, Oliver Sholly, miss, från Cambridge”, sade den unge mannen, och Molly nickade.

”Och er erfarenhet av hästar, mr Sholly?”

”Äh, jag har jagat en hel del”, sade kadetten.

Det syntes, tyckte Tim. Kadetten satt rätt bra, men hans underben var lite för långt fram. Vanligt hos en ryttare som jagat mycket; de tenderade att spjärna så för balansen efter landning över stora hinder.

Molly nickade. ”Det går fint. Vi lär er allt ni behöver veta. Nästa?”

En efter en presenterade sig rekryterna. Molly upprepade vad var och en sade så att Tim uppfattade vartenda ord.

"Utmärkt", sade Molly när alla talat. "Jag vill att ni förstår att det här inte är vanliga hästar. De är kavallerichargrar, avlade och tränade för strid. De är intelligenta, modiga och lojala, men de är också mycket känsliga för sin ryttares känslor. Om ni är nervösa blir de nervösa. Om ni är trygga blir de trygga. Förstår ni?"

"Ja, fröken Bell", svarade körens röster igen, och majoren såg rekryterna sträcka på sig, med axlarna bakåt och hakan lyft.

"Bra", sade Molly. "Nu sätter vi upp er igen och börjar med fler övningar. Vi börjar med enkla mönster och går sedan över till mer komplicerade manövrar. Kom ihåg att vara lugna och trygga, och lyssna på era hästar. De berättar vad de behöver."

Rekryterna nickade, och Molly vände sig till Tim. "Vill ni leda övningen, major?"

Han nickade och steg fram. "Enkel cirkel, först i skritt, sedan trav. Därefter prövar vi en åtta."

Han såg på när rekryterna satt upp på sina hästar och började röra sig. Hästarna tycktes svara på ryttarnas ökade självförtroende, och rörde sig mjukare och med mindre tvekan än tidigare.

De arbetade i en timme, och Tim blev förvånad över att han faktiskt trivdes. Rekryterna var förstås inte fulländade. Många misstag begicks, men alla gjorde sitt bästa. Och Molly ... han var tvungen att medge att hon var skicklig. Mycket skicklig. Hon rörde sig mellan rekryterna med säkerhet, rättade deras fel med milda ord och lätta beröringar; hennes lugna, trygga sätt stillade både hästar och män.

Hon visste verkligen vad hon gjorde, insåg han. Och hon var villig att hjälpa honom, vara hans öron när han inte kunde höra.

Kanske ... kanske skulle det här partnerskapet fungera trots allt.

Kapitel fem

TRÄNINGSFÄLTEN BREDDE UT SIG framför dem, ett vidsträckt grönt fält inramat av skog. Molly drog ett djupt andetag och fyllde lungorna med välbekanta dofter: nyss slaget hö, en svag stickande ton av gödsel och den söta lukten av hästsvett. Morgondimman hade just börjat lätta, luften var fortfarande sval och marken mjuk under hästarnas hovar när de rörde sig framåt.

Hennes häst var ett kompakt svart sto, lydigt och villigt, men för litet för att duga som kavallericharger, vilket var anledningen till att hon hade tilldelats det. Hon var åtminstone välutbildad för damsadel, om än lite hård i munnen för Mollys smak. Alltför många män red med hårda händer, och Belle Havens hästar tyckte inte om det. Det skulle ta tid att lära både hästarna och männen att anpassa sig, och tid var något de hade ytterst lite av. Hon såg det i Tims ansikte varje gång han betraktade de uppställda hästarna och kadetterna. Armén hade krävt dessa män och hästar, och de skulle vara stridsklara om bara några veckor.

Tims häst, en stor skimmelvalack, gnäggade ivrigt och kastade med huvudet, och Molly sneglade på sitt ridsällskap och undrade om även hon borde göra något för att hålla sitt sto mer på tårna. Men skimlen var redan hög i blodet och lättretlig, och Tim arbetade för att hålla honom under kontroll. Han var en utmärkt ryttare, måste hon medge; även om han hade en militäriskt rak rygg, var hans händer mjuka och hjälperna lätta och precisa. Molly såg på Tim ytterligare ett ögonblick och återgick sedan till sin uppgift, och ledde sitt sto i en volt runt den unge kadett hon bistod.

Den svarta valacken var ett enormt djur, och den unge mannen uppe på honom gjorde sitt bästa för att följa hennes instruktioner, men han hade svårt att fatta galopp i rätt varv. Hästen var villig men förvirrad, och nu var kadetten uppenbart ute på djupt vatten. Han var en god ryttare, tänkte Molly, men hästen var helt enkelt för stor för honom.

”Försök igen”, uppmuntrade hon honom. ”Kom ihåg att luta er tillbaka och ha ytterbenet bakom sadelgjorden. Luta er inte framåt, det tycker han inte om. Titta dit ni vill att han ska gå, och försök inte hasta på honom. Han gillar en långsam, samlad galopp.”

”Jag ska försöka, fröken”, sa kadetten, just som Tim kommenderade galopp igen.

Den här gången lyckades kadetten få sin häst i rätt galopp, och Molly gav honom en uppskattande nick innan hon såg sig omkring. Alla kadetterna låg i rätt varv nu – utom en. Molly grimaserade när hon såg den stora fuxhingsten, Apollo, skaka på huvudet och kämpa mot sin ryttare, svänga ut åt höger medan alla de andra hästarna höll vänstervolt.

”Kadett Watson, stoppa er häst”, ropade Tim.

Watson tog i tyglarna, och Apollo stannade genast och skakade irriterat på huvudet. ”Sir?” frågade Watson.

”Ni, sir, är en typisk rekryt”, sa Tim. ”Ni tror att ni kan allt, och ni lyssnar inte på den mer erfarne ryttaren som försöker tala om för er hur saker ska göras.”

Watson rodnade och sänkte blicken mot hästens hals. ”Förlåt, sir”, mumlade han.

”Fröken Bell, vill ni vara vänlig och tala om för kadett Watson vad han gör fel?” bad Tim.

”Er sits är för stel”, sa Molly. ”Apollo är en mycket känslig häst och reagerar på minsta viktförskjutning. När ni stelnar i sitsen mot honom kan han inte röra sig fritt framåt. Jag tror att om ni slappnar av lite, kommer ni märka att han fattar rätt galopp.”

Watson skakade på huvudet. ”Jag kan inte rida med en så mjuk sits”, sa han. ”Det är inte så jag har blivit lärd.”

”Då kommer ni få mycket svårt att rida någon av Belle Havens chargerar, för de är alla tränade på samma sätt”, sa Tim skarpt.

Watson såg tillrättavisad ut, och Molly väntade ett ögonblick innan hon talade igen, i hopp om att kadetten skulle lyssna. "Försök igen", sa hon. "Tänk den här gången på att be, inte befalla. Föreställ er att ni dansar med en dam. Ni puttar henne inte runt golvet; ni för henne varsamt, med bara en lätt beröring här och där."

Svetten rann nerför Watsons tinning när han drev på Apollo för att försöka igen, och hans grepp om tyglarna var kritvitt. Hans kommandon till hästen blev alltmer febriga för varje ögonblick, rösten sprack av brådska.

Apollo tänkte inte ha något av det. Öronen låg bakåt, och han kastade med huvudet och frustade irriterat. När Watson försökte be om galopp igen, ignorerade han helt kommandot den här gången och fortsatte envist i trav. Watson försökte igen, med rösten i falsett när han krävde mer fart, men Apollo svarade bara med att bocka och var nära att kasta av kadetten.

Tim och Molly såg med växande oro hur scenen utvecklade sig, och Tims uttryck mörknade när han såg kadettens tilltagande desperation. Mollys läppar pressades samman till en tunn linje, och hon skakade svagt på huvudet, tydligt missnöjd med Watsons tilltag.

"Watson!" Tims röst skar genom luften som en piskrapp. "Avsitt, nu!"

Den unge kadetten svalde, ryggen stel av spänning när han svingade ena benet över Apollos rygg och halkade ner på marken. Han tvekade, tog sedan ett steg tillbaka och stod i givakt, i väntan på vidare order.

Tim spillde ingen tid, satt av och räckte över sin häst till Molly att hålla, och tog sedan Apollos tyglar från Watson. Den stora hästen frustade och kastade med huvudet, men Tim höll ett fast men milt grepp om tyglarna, lade ena handen på fuxens hals och strök mjukt medan han talade.

"Lugnt, Apollo", sjöng han lågt. "Lugnt, pojke. Det är ingen fara."

Apollos öron spelade, och han frustade igen, men stod sedan stilla när Tim satte foten i stigbygeln och gled upp i sadeln med lätthet.

Apollo kastade på nytt med huvudet när Tims tyngd landade på ryggen, men ett stilla ord fick honom att genast samla sig, beredd på kommando.

Tim vände Apollo i en liten volt, sedan en till, innan han bad om en långsam trav. Ändå var Apollo uppenbart inte nöjd med sin nye ryttare. Han kastade på huvudet igen, och när Tim bad om galopp tog han höger galopp i stället för vänster, öronen slog bakåt i irritation.

Tim rynkade pannan och tog ner hästen till trav igen. Vad var det Molly hade sagt? *Föreställ er att ni dansar med en dam. Ni puttar henne inte runt golvet; ni för henne varsamt, med bara en lätt beröring här och där.*

Det var obegripligt för honom. Men han satt redan på hästen, och han skulle framstå som en fullständig dumb- om om också han misslyckades. Han var tvungen att prova något.

Tim hejdade Apollo, drog in ett djupt andetag, sedan ett till, och kände hur axlarna slappnade av. Han lättade på tyglarna och gav Apollo mer frihet att kasta med huvudet.

"Lugnt, pojke", sjöng han lågt och klappade Apollos hals. "Lugnt."

Apollo frustade, men öronen tippade framåt, och han vred lätt på huvudet och sneglade på Tim, som om han övervägde vad Tim sade.

"Duktig pojke", sa Tim med låg och lugnande röst. "Duktig pojke."

Den här gången, när han bad om galopp, såg Tim till att hålla benen mjuka kring hästens gjord, och bad om mer tempo med den mjukaste tryckningen från högervaden bakom gjorden. Han lade till en liten förhållning i innertygeln så att Apollo skulle ställa sig åt vänster, och förde honom precis som han skulle fört en dam på dansgolvet. Till hans förvåning skiftade Apollo mjukt upp i galopp, tog rätt galopp utan minsta tvekan och gick stadigt runt till vänster.

"Duktig pojke!" sa Tim igen och klappade hästens hals, och han kände hur spänningen rann ur fuxens kropp som om han förstod berömmet. Apollos galopp förlängdes, glädje och schvung kom in i steget när han rörde sig friare, och Tim skrattade, lät hästen sträcka ut några språng innan han varsamt tog ner honom till trav och sedan till skritt.

"Kadett!" ropade han, och Watson kom springande. Tim tog ner Apollo till halt och svingade sig ur sadeln. "Det är så här ni gör", sa han. "Se till att han tittar dit ni vill, men pressa honom inte. Ge honom frihet att röra huvudet och hitta balansen.”

Hans hand dröjde ett ögonblick på Apollos hals, och han tänkte längtansfullt på att lämna över sin egen häst till Watson och behålla den stora fuxen, Rufus levande spegelbild, för sig själv. Bara för ett ögonblick. Sedan drev han strängt bort tanken och tog ett steg tillbaka.

Han räckte över tyglarna till Watson. ”Han är er, kadett”, sa han. ”Se till att ni tar väl hand om honom.”

Watson såg förbluffad ut. ”Men sir, jag trodde att ni skulle behålla Apollo själv.”

Tim skakade på huvudet. ”Nej, han är er. Ni lär er att rida honom, eller så dör ni på kuppen.”

Watson skrattade, och Tim log, övertygad om att kadetten skulle göra sitt bästa. Han vände tillbaka till Molly, sträckte sig efter tyglarna till sin egen häst, och deras behandskade händer vidrörde varandra.

”Tack”, sa han lågt, och hon nickade.

”Det var så lite, major Blair-Fortescue”, sa hon, och han svingade sig upp i sadeln och drev sin häst framåt för att följa kadetterna.

När Watson satt upp igen och skrittade Apollo i en volt, smackade Molly åt sitt eget sto och red närmare. ”Det där var väl gjort”, sa hon när hon passerade Tim och red upp bredvid Watson för att ge honom fler instruktioner.

Apollos öron var spetsade framåt, och hästen höll huvudet högt. Han såg ut att lyssna uppmärksamt på varje ord Molly sa, och när hon sträckte ner handen och kliade honom på halsen gav hästen en hörbar suck och slappnade av, med sänkt huvud.

Tim kände ett obekant sting i bröstet. Ånger, insåg han, över hur han hade hanterat Belle Havens hästar sedan han kom till Sandhurst.

Behandla dem som ni skulle behandla en dam, hade Molly sagt, och han var tvungen att medge att det låg något i det. Belle Havens hästar var som societetsdamerna, födda och uppfödda för salongerna. De var en elit, och krävde det bästa av allt ... och de förtjänade det, det visste han mycket väl. Rufus var beviset på det.

Inte nog med det, de var tränade av en kvinna. Tim hade tänkt på Molly som "bara en flicka", men när han såg henne nu, såg han henne som Belle Havens hästar gjorde – en expert, en mästarinna i sitt hantverk. Varje rörelse hon gjorde var mjuk och säker, och hästarna svarade henne som om hon vore deras drottning.

Tim måste medge att hennes metoder fungerade. Han hade på känn att om han fick låna Mollys öra i några dagar, skulle hon kunna berätta varenda liten egenhet och nyck hos var och en av Belle Havens hästar.

Men skulle hon det, efter hur han hade behandlat henne?

Tim drog ett djupt andetag och fattade ett beslut. Ett beslut han aldrig tidigare hade fattat i sitt liv, men som kändes rätt, just nu.

När Molly var klar med Watson och vände sitt sto därifrån, ropade Tim: "Fröken Bell?"

Hon kastade en blick mot honom och höjde ögonbrynen.

"Tack." Han sänkte huvudet mot henne i en respektfull gest. "Förlåt. Ni hade rätt. Om allt."

Molly stirrade på honom ett ögonblick, och sedan sprack hennes leende fram, brett och ljust i hennes bruna ansikte. "Var så god, major", sa hon glatt, och så gav hon honom en enda nick innan hon drev sitt sto upp i trav för att hinna ifatt några av de andra kadetterna.

Tim såg efter henne och log för sig själv.

När kadetterna avslutade sin träningspass och började rida tillbaka till Sandhursts stall, höll Molly sig mot slutet av gruppen och iakttog Tim i smyg. Han tog upp eftertruppen, höll skarp uppsikt över alla kadetter, och hon lade märke till hur han talade uppmuntrande till kadett Watson på Apollo, hur han höll ögonen på den stora fuxhingsten som om han väntade sig att han skulle hitta på något oväntat.

Hon lade också märke till hur han sträckte sig fram och kliade Apollo på bogen och talade med låg röst på ett sätt som verkade mjuka upp hingstens hållning.

Kanske hade Tim tagit hennes ord till sig. Kanske skulle han vara mer varsam med Belle Havens hästar framöver, och de kadetter som red dem skulle vinna på det. Kanske var han inte den självupptagna, dryga tölp hon först hade tagit honom för – eller kanske var han det, och han lärde sig av sina misstag.

Molly tänkte på vad han hade sagt till henne när han suttit av från Apollo. *Förlåt. Ni hade rätt. Om allt.*

Under alla sina år med officerarna och kadetterna på Sandhurst hade hon inte en enda gång blivit bemött med en ursäkt. Hon hade aldrig väntat sig det heller. En kvinna, särskilt en kvinna som såg ut som hon, var inte någon som en aristokrat som han någonsin skulle be om ursäkt.

Men det hade Tim gjort. Och han hade tackat henne också.

Det fick henne att tänka på den första häst hon någonsin tränat, den allra första häst sir Richard hade gett henne att arbeta med. Det hade varit en stor fuxvalack som hette Rufus, och hon hade älskat honom av hela sitt hjärta. Rufus var den första häst som någonsin hade lyssnat på henne, och hon visste inte om det var han som hade varit läraren eller hon eleven.

Tim hade sagt att Rufus var hans häst, och han hade sett ut som om han skulle börja gråta när han sa att hästen var död.

Hon hade själv gråtit över den nyheten i går kväll på sitt rum, när ingen annan kunde se. Rufus var den första häst hon någonsin på riktigt hade tänkt på som sin, under de där få korta månaderna av träning, och hon skulle aldrig glömma honom.

Det var inte bara Apollos fuxfärg och breda bläs som fick henne att tänka på Rufus varje gång hon tittade på honom. Det var mer hur han rörde sig, hur han bar huvudet, hur han såg på en som om han just skulle till att tala. Det var kusligt.

Hon såg också hur Tim såg på Apollo, och hon visste att han tänkte på Rufus. Han kunde knappast låta bli. Rufus hade varit hans mors förstfödda föl, och Apollo var det sista, och de hade kunnat vara enäggstvillingar så lika som de var.

Det skulle inte komma fler söner eller döttrar från Lady, stoet som hade fött dem båda, och inte heller från Hermes, deras far. Både stoet och hingsten hade gått bort, vilket var skälet till att Apollo inte hade blivit kastrerad – Sir Richard ville ha fler hästar ur den blodslinjen. Apollo hade betäckt flera ston i våras innan Sir Richard motvilligt lät armén ta honom.

Skulle det hjälpa Tim att få veta det? Kanske. Kanske skulle han till och med tala med henne om Rufus om hon berättade. Tim hade uppenbart älskat sin häst, och Molly ville veta vad som hade hänt.

Hon beslöt att ta chansen medan hon hade den, drev sitt sto upp i galopp och hann ifatt där Tim red i jämn trav. Hon la sig bredvid honom, och han kastade en förvånad blick på henne.

”Rufus var en av de första hästar jag någonsin tränade”, sade hon.

Tims ögon vidgades. ”Vad?”

Hon såg att han var förvirrad och förklarade: ”Ni nämnde er häst Rufus, och hur han dog. Han var den första häst Sir Richard någonsin gav mig att arbeta med.” Hon log åt minnet. ”Jag var så lycklig. Jag hade hjälpt till i stallet, men jag hade aldrig haft en egen häst att arbeta med förut.”

”Åh”, sade Tim, och hon såg hur hans uttryck slöt sig, hur han pressade ihop läpparna och blicken åter gled bort i fjärran. ”Jag förstår.”

”Förlåt”, sade hon mjukt. ”Jag menade inte att väcka ett smärtsamt minne. Det är bara... Apollo, förstår ni. Hans mor var Lady, och hon var Rufus mor också. Apollo var hennes sista föl. Visst är han lik Rufus?"

Tims huvud vändes och hans blick mötte hennes. "Är ni säker?"

"Jag kan alla Belle Havens hästars härstamning och historier", sade Molly. "Men Rufus var speciell. Han var min första."

"Ni måste ha varit bara ett barn när ni tränade Rufus", sade Tim och skakade på huvudet som om han inte trodde henne.

"Jag var tretton", sade Molly. "Jag rymde från barnhemmet i London där jag växte upp, och gick hela vägen till Belle Haven där min vän Theresa hade fått arbete som guvernant, och Sir Richard lät mig stanna." Hon log åt minnet. "Jag tror han blev imponerad. Han sa att om jag var villig att arbeta, skulle han hitta arbete åt mig. Jag skulle egentligen vara Theresas assistent hos barnen, men jag kunde inte hålla mig borta från hästarna. Jag ville aldrig göra något annat."

"Ni är mycket skicklig med hästar", sade Tim. "Jag ber om ursäkt – jag borde inte ha tvivlat på er förmåga."

Molly uppskattade ursäkten, men hon skakade på huvudet. "Det är inte ert fel. Ni är befälhavande officer. Det är er plikt att ta befälet. Jag antar att jag bara är van vid att göra saker på mitt eget sätt." Hon bet sig i läppen. "Jag är ledsen för Rufus."

Tims ansikte slöt sig igen. "Han var bara en häst", sade han kort.

Han var bara en häst.

Orden ekade i Tims huvud. Det var inte sant. Rufus hade aldrig varit bara en häst. Han hade varit en vän, en partner och en livlina på mer än ett sätt.

Tim stramade åt greppet om tyglarna, kände hur hans häst började tugga på bettet, och släppte genast efter. Han drog ett djupt andetag och tvingade sig att slappna av i stället för att bita ihop käkarna.

Bredvid honom var Molly tyst. Tim betraktade henne ur ögonvrån och undrade om han hade förolämpat henne. Hon hade ingen anledning att bli förolämpad, sa han till sig själv. Hon hade ställt en fråga och han hade svarat.

Nå, kanske inte svarat. Han hade undvikit den.

Men vad ville hon honom? Höra historien om hur Rufus dödades av kanonexplosionen, halva huvudet bortsprängt, medan Tim låg på marken oförmögen att röra sig, döv och med blod rinnande ur öronen, båda benen brutna? Hur han hade legat i en sjukhussäng i veckor innan han skeppades tillbaka till England, övertygad om att han aldrig skulle kunna rida, eller höra, igen?

Kanske ville hon det. Kanske var hon nyfiken.

Han borde säga åt henne att sköta sitt. Men Rufus angick henne också, eller hur? Hon hade tränat honom. Och hon hade älskat honom.

Det var det mjuka klappret av hovar mot marken som till slut bröt tystnaden, och Molly som talade först. "Apollo är så lik Rufus", sade hon, "ibland är det nästan kusligt. Samma vita strumpor, och bläsen nedför ansiktet som just snuddar vid vänster näsborre. Minns ni hur Rufus alltid brukade bli lite ivrig när han trodde att det var dags att galoppera? Apollo gör precis likadant."

Tims mun öppnades, men han visste inte vad han skulle säga. Rufus hade alltid varit lite svår att hålla inför anfall, dansat på stället och kastat med huvudet, men han hade lugnat sig när Tim gav honom längre tyglar. Han nickade motvilligt.

Molly måste ha sett det ur ögonvrån, för hon fortsatte: "De var helbröder, vet ni. Hermes var en av Belle Havens mest produktiva avelshingstar innan han dog."

Tim nickade igen, oförmögen att tala.

"Lady var deras mor. Apollo var hennes sista föl. Jag tror att Sir Richard alltid ångrade att han betäckte henne igen. Han ville pensionera henne, men arméns aptit på hästar är så omättlig... han lät henne gå till Hermes en gång till. De dog båda förra året." Mollys röst var mjuk, nästan urskuldande, som om hon var rädd att hon berättade något han inte ville veta.

Kanske gjorde hon det. Tims hand knöt sig om tyglarna. Han undrade hur Lady och Hermes hade varit; uppenbart båda enastående, för Rufus hade varit magnifik och Apollo, fast han bara var tre år, skulle tydligt bli likadan.

"Berätta vad som hände med Rufus. Snälla."

Mollys röst var mjuk, nästan trevande och knappt hörbar, men ändå reste sig nackhåren på Tim.

Han var bara en häst. Han ville snäsa ur sig orden åt henne, men han började förstå att Molly inte var en kvinna som lät sig avfärdas av några skarpa ord.

Han såg bort och tvingade händerna att slappna av igen. Han hade aldrig talat om sina upplevelser på den Iberiska halvön, inte med någon. Hans mor hade aldrig frågat, och läkarna som tog hand om honom på sjukhuset hade varit mer intresserade av hans skador än något annat. När han återvänt till England hade han beordrats att vila och återhämta sig; utmattad och skadad hade han varit tacksam att lyda, åtminstone tills benen läkte och öronen inte gjorde det.

Men han var skyldig henne sanningen. Molly hade varit Rufus första ryttare, och hon hade älskat honom också.

”Jag var i Spanien i nästan tre år”, sade han motvilligt. ”Mitt regemente sändes ut -08, som förstärkning till Sir Arthur Wellesleys armé. Vi var vid Talavera. Fuentes de Oñoro. Salamanca. Vi var ett bra regemente. Vi fick de bästa männen, och de bästa hästarna.”

”Rufus”, sade Molly mjukt.

”Ja. Belle Havens hästar är de bästa, utan tvekan. Men vi fick aldrig en häst lika bra som Rufus igen; jag var allas avund. Modig, klok, intelligent... och så snabb. Vi passade varandra. Jag fick honom här, och han följde med mig till Spanien. Bar mig genom strid efter strid, räddade livet på mig fler gånger än jag kan räkna.” Tims röst tonade bort, och han såg ut över Sandhursts gröna fält och mindes de trånga, dammiga gatorna i spanska städer, smaken av vin, solen mot ryggen och Rufus nacke som välvde sig under hans hand.

Kamratskapet mellan officerarna, de ändlösa varven av dryckeslag, spel om pengar och långa sovmorgnar efteråt, medan männen och hästarna gjorde grovjobbet med att flytta lägret från plats till plats. Glädjen när man fann en färsk vattenkälla, brutaliteten när fransmännen skulle slås tillbaka från att ta den själva.

Och slagen. Kanoner och musköter som dånade, luften fylld av rök och skrik från män och hästar. Skräcken i att rida rakt in i striden, veta att man kunde vara död i nästa ögonblick, men gå ändå för att ens vänner också gick, och man hellre dog än svek dem.

Tim svalde, strupen torr. "Vi stod mitt i smeten", sade han. "Ett av de bästa regementena i brittiska armén, ledde varje anfall. Männen älskade oss, och vi älskade dem. Jag skulle ha dött för mina män. Och de för mig."

Han kunde se Molly ur ögonvrån, hennes mörka ögon stora och munnen lätt öppen, men hon avbröt inte och han drog ett djupt andetag innan han fortsatte.

"Det var en kanon. Vi anföll en fransk ställning, var tvungna att få stopp på kanonen som skövlade mina män. Det var blod och inälvor överallt." Han ryste när han mindes synen, lukten, ljuden.

Rufus hade skriat när en kanonkula ven förbi bara några fot bort, rest sig, och Tim hade kämpat för att hålla honom.

Men nästa explosion hade varit ännu närmare.

Ljudet av kanonen som avfyrades och kulan som skrek förbi dem hade inte varit någonting mot explosionen när kanonen havererade, fransmännen som förtvivlat försökte få iväg ett skott till gjorde någon fruktansvärd miss, och sedan blev allting svart.

När han öppnade ögonen låg han på marken. Han mindes hur han försökte röra sig, den skärande smärtan i benen, och sedan synen av Rufus som låg på sidan, med halva huvudet bortsprängt. Hästens återstående öga var grumlat av döden, stirrade rakt på honom, och Tim hade snyftande försökt krypa fram till honom, ge vilken tröst som helst åt ett djur som redan var dött.

Hans öron ringde, ett hemskt, högfrekvent tjut som dränkte alla andra ljud. Han trodde att han skrek, men han kunde inte höra sig själv.

"Jag förlorade hörseln", sade han lågt och hest. "Kanonen exploderade rakt framför oss och dödade Rufus på fläcken. Jag slungades av hans rygg och båda benen bröts. Mina trumhinnor sprack och jag kunde inte höra någonting på veckor."

Och även när han kunde höra igen var det inte som förut. Han hörde inte ljud från sin högra sida alls, och han hade ett konstant ringande i öronen. Det var svagare nu, men det fanns kvar, och varje högt ljud satte i gång det. Han hade en tendens att rycka till och vända sig bort från höga ljud.

Molly var tyst, och Tim såg bort från henne och blickade ut över Sandhursts fält. Han ville inte tala mer om det, ville inte återuppleva den smärta och skräck han känt. Skammen.

"Min bäste vän räddade mig. Plockade upp mig ur blodet och leran och bar mig därifrån, kastad över sadeln som en säck spannmål. Vi lämnade Rufus där han låg. Troligen kött åt fransmännen.”

Det skulle han aldrig komma över. Aldrig. Och han såg på glansen av tårar i Mollys ögon att hon kände hans skuld och plåga över att ha övergett sin häst, även om Rufus redan var död.

”Efter det skickades jag tillbaka till England. Utskriven som oduglig. Mina ben tog månader på sig att läka helt, och läkarna var inte säkra på att jag någonsin skulle bli lämpad att rida igen. De hade rätt, på sätt och vis.” Han ryckte på axlarna. ”Jag får fortfarande hugg av smärta när jag sitter i sadeln mer än en timme eller så. Jag kommer aldrig att kunna rida lika väl som jag gjorde förut. Och med min hörsel... jag kan inte ha befälet igen. Jag kan inte höra order ordentligt, och jag kan inte försäkra mig om att mina män förstår de order jag gett.”

Tims röst tonade bort och han suckade, axlarna sjönk. ”När den där kanonen sprängde oss, var det inte bara att Rufus dog, det var inte bara att förlora min häst”, sade han tyst. ”Det var att förlora allt. Min karriär. Mina vänner.” Han ryckte på axlarna. ”Jag är inte samme man som jag var innan jag reste till Spanien.”

Tim visste inte vad mer han kunde säga. Hur skulle han kunna förklara för den här kvinnan, som förmodligen aldrig lämnat Englands trygghet, krigets fasor? Skräcken i att möta döden och se sina vänner dö varje dag? Skulden i att vara den som överlevde när så många andra inte gjorde det?

Och ändå insåg han att Rufus var en av de få saker han kunde tala med henne om. Hon hade känt hans häst. Hon hade tränat honom. Hon hade älskat honom, tänkte han, och en hård knut av spänning i bröstet lättade en aning.

Molly sade ingenting, hon bara red bredvid honom, och de enda ljuden var hovslagen mot gräset, lädret som knarrade, en fågel som ropade någonstans i närheten. Brisen var sval mot hans ansikte, och Tim drog ett djupt andetag och försökte stilla sig.

Molly sträckte över handen, hennes behandskade fingrar snuddade vid hans arm ett ögonblick. ”Förlåt”, sade hon mjukt. ”Jag borde inte ha bett er berätta. Jag menade inte att göra er upprörd.”

”Nej, det är bra”, sade han snabbt och hoppades att hon inte skulle rida ifrån honom och lämna honom ensam med sina tankar. ”Det är väl bra för mig att tala om det ibland. Jag har aldrig sagt något till någon annan, vet ni. Min familj vet att jag blev skadad, men inte hur. Och de vet inte om Rufus.”

”Jag är glad att ni berättade för mig”, sade hon, och han såg att hon menade det. ”Jag vet att det var svårt för er. Men jag tror att det är viktigt att minnas dem vi har förlorat, eller hur? Och Rufus var något vi har gemensamt.”

Tim nickade. ”Jag antar det. Jag älskade den hästen, mer än något annat.” Han gav henne ett snett leende. ”Det låter säkert ynkligt.”

Molly skakade på huvudet. ”Inte alls. Hästar är underbara vänner, eller hur? De dömer oss inte, och de ljuger inte för oss. De accepterar oss bara som vi är.”

”Och de har inget val annat än att gå dit vi leder dem, också in i faran”, sade Tim bittert. ”Rufus litade på mig, och jag bragte honom om livet.”

Molly var tyst en stund, sedan sade hon: "Jag tror inte det är sant. Rufus skulle aldrig ha klandrat er. Han skulle ha följt er till världens ände, jag är säker på det. Hästar är sådana när man väl har förtjänat deras förtroende. Trofasta till sista andetaget."

Tims strupe snörde sig av känsla. "Även när vi inte förtjänar det."

"Särskilt när vi inte förtjänar det", sade hon, och Tim var tvungen att se bort igen.

Han var tyst länge, och Molly pressade honom inte mer. Hon bara red bredvid honom, och han var tacksam för hennes närvaro. När de nådde stallplanen talade han till slut igen.

"Tack", sade han stelt, just som ett par stallpojkar kom för att ta deras hästar. "För att ni lyssnade på mig."

Hon gav honom ett litet leende. "När som helst, major."

Kapitel sex

MOLLYS HÄNDER SKAKADE LITE när hon rättade till klänningen, slätade över den mjuka blå ullen och spetsen vid manschetterna. Sedan förde hon upp handen för att känna efter håret, fast hon visste att de tjocka svarta lockarna satt ordentligt uppsatta. Ändå var det ett sätt att stilla nerverna, att försäkra sig om att hon var så prydlig hon bara kunde, innan hon steg in i kommendantens residens.

Det var en pampig byggnad; entréhallen hade ett golv av svartvita marmorkakel lagda i diamantmönster, och från taket hängde en enorm kristallkrona. Polerade trädörrar öppnade upp mot en stor sällskapssalong där gästerna till kvällens middag redan samlades, glas klirrade och ett sorl av röster fyllde luften.

Molly drog ett djupt andetag och gick framåt, och upptäckte snart att hon var föremål för nyfikna blickar från de andra gästerna.

”Fröken Bell, så trevligt att se er igen.”

Hon vände sig om och såg överste Darnell och hans hustru komma emot henne, och hon neg. ”Överste Darnell, fru Darnell. Så vänligt av er att minnas mig.”

”Det är klart att vi gör”, log fru Darnell. ”Jag har underbara minnen från vårt besök på Belle Haven i fjol. Och jag måste säga, ni är mycket vacker i kväll.”

Molly rodnade lite vid komplimangen. Hon bar sin bästa klänning, en blå sammet med spetskant, och hade ett halsband av små pärlor, lånat av Theresa, för att fullborda toaletten. Men jämfört med de eleganta klänningar som fru Darnell och de andra damerna bar, var hennes ganska enkel.

Hon hade dock lärt sig för länge sedan att ta emot en komplimang med grace, och hon log. ”Tack, fru Darnell. Jag ser verkligen fram emot den här middagen.”

”Nå, jag hoppas att det blir en angenäm upplevelse för er”, sa överste Darnell och nickade mot henne. ”Om ni ursäktar oss, jag ser kommendanten och fru Gordon vinkar åt oss.”

De gick vidare, och Molly drog ett nytt djupt andetag och såg sig om i rummet för att se om hon kunde upptäcka några andra bekanta ansikten. Majoren och fru Harrison, i vars logement hon bodde under sin vistelse på Sandhurst, talade med ett annat par, men de stod på andra sidan rummet och Molly ville inte avbryta dem.

Rummet var vackert, med vita väggar och högt i tak; väggarna pryddes av porträtt och taket var utsmyckat med dekorerad stuckatur och ännu en ljuskrona. Hon vandrade omkring, stannade här och var för att prata med andra gäster, några kände hon och andra inte. Hon neg och hälsade på flera andra officerare, deras fruar och två präster som visade sig vara akademins kaplaner.

Det blev allt varmare i rummet; glasens klirr och det dämpade sorlet lade sig som en behaglig bakgrund. Doften av polerat trä blandades med aromen av färska blommor i vaser på varje sidobord och konsol.

Vart hon än gick möttes hon av artiga reaktioner; de flesta av gästerna var uppenbart nyfikna på henne. Hon var den enda oackompanjerade kvinnan där.

Hon kände pressen att representera Belle Haven väl, och hon ansträngde sig extra för att vara vänlig och tillmötesgående, även mot dem som inte riktigt verkade veta vad de skulle tänka när hon förklarade sin roll.

När hon tog emot ett glas vin från en bricka som erbjöds av en livréklädd lakej, flyttade Molly till slut bort till ett hörn av rummet där hon kunde iaktta utan att vara alltför mycket i centrum. Hon behövde inte stå i händelsernas mitt. Hon ville bara representera Belle Haven och sir Richard väl, göra honom stolt över att han anförtrott henne det här uppdraget.

Hon smuttade på vinet och rynkade lite på näsan åt den kraftiga smaken. Richard och Theresa drack sällan alkohol och serverade det inte på Belle Haven om de inte hade gäster. De enda gångerna Molly hade druckit vin var vid besök tillsammans med dem hemma hos vänner eller när hon besökt Sandhurst. Hon hade aldrig riktigt fått smak för det.

Stämningen i rummet skiftade tvärt, och Molly vände sig som de andra gästerna för att se vad som orsakat det.

Hertigen av York hade kommit in i rummet, och hon blinkade till av förvåning; hon hade ingen aning om att prinsen var på Sandhurst.

Han bar sin uniform, oklanderlig och perfekt skuren för hans breda axlar. Gyllene epåletter glittrade på hans axlar, och ett ceremoniellt skärp gick över bröstet, prytt med dussintals medaljer. Hans mörka hår var klippt kort, och han bar ingen peruk, till skillnad från många av de äldre herrarna. Hans blå ögon svepte över rummet, blicken genomträngande när han talade med kommendanten som stod vid dörren.

Det var hans hållning, mer än något annat, som fångade allas uppmärksamhet. Han rörde sig med självklarheten hos en man som visste sin plats i världen, ryggen rak och huvudet högt.

Samtal som nyss varit högljudda och livliga tystnade, huvuden vändes mot den nyanlände. Några som hade suttit reste sig, och Molly såg hur flera av damerna rättade till kjolarna och strök handen över håret.

Ett lågt sorl började sprida sig genom rummet när folk åter tog till orda med dämpade röster.

”... hertigen av York ...”

”... prins Frederick, kung Georgs son ...”

”... överbefälhavaren!”

Hertigens blick fortsatte att svepa över rummet och mötte flera personers blickar, som bugade sig respektfullt. Till slut föll hans blick på henne.

Molly stelnade till, hjärtat hoppade till i bröstet när deras blickar möttes. Hertigen dröjde ett ögonblick vid henne, sedan log han brett.

Molly spärrade upp ögonen och sneglade åt båda sidor, men det fanns ingen inom flera steg. Det kunde väl inte vara henne han log mot? Hon var ju ingen, den minst betydelsefulla gästen i rummet.

Hertigen började emellertid gå åt hennes håll, utan att släppa hennes ansikte med blicken.

När han nådde fram gjorde han en lätt bugning, och hon insåg att hon måste niga. Hon var nära att tappa glaset, men hämtade sig precis i tid, dök ner i en nigning och hoppades att hon gjorde rätt.

”Fröken Bell! Vilken glädje att se er igen”, sa hertigen varmt.

”E-ers Höghet”, stammade hon.

”Det är så roligt att se er här! Jag hade trott att ni skulle vara på Belle Haven.”

Mollys förvåning måste ha synts i hennes ansikte, för han småskrattade. ”Jag har en Belle Haven-häst, ska ni veta”, anförtrodde han åt adjutanten som följt honom och stod vid hans axel, förbryllad. ”En magnifik skimmelhingst som heter Thor. Sir Richard Bell skänkte honom till mig. Det är ett av de finaste djur jag någonsin haft nöjet att rida.”

”Ja, Thor är mycket fin”, höll Molly med. ”Jag är glad att ni är nöjd med honom, Ers Höghet.”

Någon harklade sig i närheten, och hertigen vände sig om och log mot personen som stod där. ”Ja, vad är det?”

Molly blinkade, och hennes mun föll öppen när hon insåg att det var Tim som stod där. Han såg lika tagen ut som hon kände sig.

”Ers Höghet”, sa han och bugade djupt. ”Jag tror inte att fröken Bell har blivit presenterad för er. Får jag ha äran?”

”Fröken Bell och jag är sedan länge bekanta”, sa hertigen med ett skratt. ”Jag sade just hur förtjust jag är i min Belle Haven-häst.”

Tim gav Molly en förbluffad blick och hon gjorde sitt bästa för att se samlad ut. ”Hans Höghet är mycket nöjd med Thor”, sa hon.

”Sannerligen. Jag skulle gärna vilja ha en till, faktiskt. Jag har talat med sir Richard, men jag måste få välja bland hans unghästar nästa år. Han insisterar ju på att förse Sandhurst med de flesta av sina hästar. Jag beundrar hans patriotism, men det är svårt att få honom att skiljas från de allra bästa.”

Molly log. ”Sir Richard gör sitt bästa för att vara rättvis, Ers Höghet.”

”Det gör han verkligen. Jag var mycket imponerad av vad jag såg på Belle Haven. Anläggningen är den bästa jag någonsin sett.”

”Sir Richard har en utmärkt förståelse för hästar och deras behov”, sa Molly.

”Å, sannerligen”, instämde hertigen. ”Men det är ni som tränar dem, min kära. Jag såg er rida Thor när jag kom för att hämta honom, och jag måste säga, det var en syn för gudar. Ni är en utmärkt ryttarinna.”

Molly kände värmen stiga i kinderna av förlägenhet. "Tack, Ers Höghet", sa hon.

Hertigen av York vände sig mot Tim, och Molly insåg att de måste känna varandra. "Ni måste försöka lägga vantarna på en inbjudan till Belle Haven, major Blair-Fortescue", sa han. "Det är ett fascinerande ställe. Jag är riktigt avundsjuk, fast jag har tillgång till de kungliga stallen!"

Molly kunde inte låta bli att le åt hertigens goda humör, även om Tim mumlade något undvikande.

"Så, fröken Bell, trivs ni med att arbeta på Belle Haven?" Hertigen vände åter till henne.

"Å, ja, Ers Höghet. Mycket", sa hon. "Jag har alltid älskat hästar, och det är en stor ära att arbeta med sir Richards."

"Det kan jag tänka mig", sa hertigen. "Jag har aldrig sett så ståtliga djur som hans chargerhästar. Jag har Thor, förstås, och jag är mycket nöjd med honom, men jag måste säga, jag skulle gärna vilja ha några fler med Belle Havens blod i mitt stall."

Molly blinkade, förbluffad. "Jag är säker på att sir Richard gärna diskuterar den möjligheten med er, Ers Höghet", stammade hon.

"Kanske kunde ni diskutera det med honom å mina vägnar, fröken Bell", sa hertigen. "Jag tror han lyssnar mer på er än på mig, trots allt."

Molly kände hur kinderna blev varma av förlägenhet. "Jag kan inte förmäta mig att tala för sir Richard, Ers Höghet", sa hon. "Han lyssnar tyvärr inte på någon annan än sig själv."

Hertigen kastade huvudet bakåt och skrattade, och Molly fann sig själv leende. "Ni har helt rätt, fröken Bell", sa han. "Sir Richard går sina egna vägar."

Han småskrattade igen, och Molly sänkte blicken; hon ville inte att hertigen skulle se vad hon tänkte, nämligen att sir Richard sannerligen inte var den ende man den beskrivningen kunde passa in på. "Han är en mycket god och vänlig man", sa hon.

"Ja, det är han", sa hertigen. "Jag hoppas ni förlåter mig att jag gjorde er förlägen, fröken Bell; jag fruktar att vårt samtal har dragit viss uppmärksamhet till er."

"Å, inte alls", sa Molly, fast hon kände hur kinderna brann och handen skakade lite när hon rättade greppet om vinglaset. "Jag är ... mycket smickrad över er uppmärksamhet, Ers Höghet."

Hertigens skratt ekade genom rummet och drog allas blickar till honom. Huvuden vändes mot henne och hertigen, kjolar prasslade när damerna flyttade sig för att se bättre. Fru Darnell viskade till sin make med stora ögon, medan överste Darnell försökte bevara fattningen. De två kaplanerna utbytte menande blickar, ögonbrynen höjda av nyfikenhet. Det låga sorlet svällde när officerare och deras hustrur började mumla sinsemellan, röster dämpade men fyllda av intrig.

Mollys kinder hettade när hon insåg att alla ögon i rummet var på henne. Hon ville sjunka in i väggen och försvinna, men det gick inte. Inte när hertigen av York hade valt att tala med henne. Hon hade ingen aning om varför han gjort det, men hon kunde bara hoppas att han snart skulle distraheras av någon annan.

En blick runt rummet visade att ingen tänkte vara modig nog att avbryta dem. De andra gästerna nöjde sig med att viska sinsemellan och i smyg betrakta hertigens samspel med obetydligheten som på något vis fångat hans uppmärksamhet.

Tim stod nära salongens ingång, ovillig att bege sig längre in. Han hade ingen smak för sällskapsliv och ville egentligen inte alls vara där. Familjen Darnell hade kommit över honom och släpat med honom, och han ångrade redan att han bestämt sig för att gå på middagen. Det var dock för sent att hitta ursäkter och återvända till sitt rum, och han vågade inte förolämpa kommendanten.

Så han stod där, ganska obekväm och malplacerad. De storslagna omgivningarna i kommendantens residens, med sina fina möbler och tunga draperier, gjorde honom smärtsamt medveten om att den enda anledningen till att han blivit bjuden var faderns titel. Nu var han ingenting, ett vrak till man som inte längre kunde tjäna konung och fosterland, och han hade ingen plats här bland de andra officerarna som alla ännu var starka och fullt tjänstdugliga.

En rörelse fångade hans uppmärksamhet, och han vände huvudet och såg Molly Bell komma in i rummet. Han såg fascinerat på när hon slätade ut kjolen och strök till håret, rörelser som avslöjade hennes nervositet för hans tränade blick. Hon hade verkat så säker på sig själv när de möttes, och även i dag i stallet, men här, omgiven av höga officerare i brittiska armén och deras fruar, var hon uppenbart utanför sin bekvämzon.

Medan han såg på drog hon ett djupt andetag och rätade synbart på ryggen. Han beundrade hennes mod när hon började röra sig runt, hälsade artigt på de andra officerarna och log mot deras fruar.

Hon hade ett mycket fint leende, tänkte han, långt mer genuint än de inställsamma grin han var van vid i balsalar. Hennes ögon gnistrade, och han insåg att han stirrade och såg bort, generad. Överste Darnell iakttog honom och log, och han rodnade igen, övertygad om att den andre lagt märke till hans intresse för fröken Bell.

Besluten att inte bli ertappad igen följde han Mollys väg genom rummet. Hon stannade för att tala med överste Darnell och hans fru, utbytte artigheter och gick sedan vidare till kaplanerna. Hon försökte uppenbart vara artig, men han såg hur obekväm hon var, ena handen höll vinglaset som om hon ville tömma det i en klunk.

Det kunde vara ett misstag, tänkte han, mungiporna ryckte roat när hon lyfte glaset till läpparna och tog en liten, nätt smutt. Munnens hörn sjönk en aning i en grimas av motvilja innan hon tvingade fram ett leende och nickade åt något kaplanerna sa.

Hon var en gåta, denna fröken Bell. Välklädd och uppenbart välutbildad, men hon hade tydligen ingen smak för livets finare ting. Sättet hon plockat med klänningen, och vinet, och till och med hur hon bar sig åt här, som om hon bara väntade på att någon skulle säga att hon inte hörde hemma.

Hertigen av Yorks entré i rummet drog hans uppmärksamhet, och han rätade på sig som alla andra män i rummet. Hertigen log och vinkade i hälsning när han gick för att tala med kommendanten, och Tim slappnade av en aning.

När han tittade tillbaka mot Molly stod hon nära väggen, ögonen vida när hon stirrade på hertigen, vinglaset höll hon med båda händerna. Han tyckte hon gjorde allt för att göra sig så osynlig som möjligt, och han undrade om han skulle gå och tala med henne.

Innan han hann röra sig vände sig dock hertigen bort från kommendanten, och hans blick föll på Molly. Tim såg med häpnad hur hertigen korsade rummet mot henne, bugade och tog hennes hand för att kyssa den, med all tänkbar glädje.

Molly blossade illröd när hertigen började tala, men Tim stod för långt bort för att kunna uppfatta orden. Han kunde bara se, mållös, hur hertigen av York förde ett livligt samtal med flickan som Tim trott inte var mycket mer än en tjänare, trots hennes fina manér och hästkunskap.

Tim kunde inte tro sina ögon. De vidgades, och pannan rynkades när han såg hertigen av York och Molly Bell prata som gamla vänner. Vad i all världen kunde de ha att tala om?

Hertigens uttryck var livligt när han talade, och Tim såg Molly le, läpparna formade svar. Han hörde inte vad de sa, men hertigen skrattade och talade igen, och Mollys leende blev bredare.

Hur i hela friden kände hon hertigen av York? Frågan brände i honom, och han fingrade på fästet till paradvärjan som om han kunde dra den och hugga svaret ur luften.

Hon var ett mysterium, fröken Molly Bell, ett vackert enigma insvept i en gåta. Hon var uppenbart felplacerad i den här miljön, men hon var helt hemma i stallen, och hon var otvivelaktigt vältalig och väluppfostrad. Hennes klänning var modern, och håret uppsatt i senaste stil, men hon var uppenbart obekväm i kommendantens residens. Eller hade varit, tills hertigen av York dök upp och hälsade på henne som en gammal vän.

Tim stelnade till och tvingade sig sedan att slappna av. Han var förvirrad som en katt i ett mejeri, och han tyckte inte om det det minsta. Ögonen smalnade, och han tog ett steg framåt, fast besluten att komma till botten med gåtan.

Han tog sig tvärs över rummet, säker på att hertigen inte skulle ta illa upp för ett avbrott. Hertigen och hans far var goda vänner; Tim kände honom väl, och de andra gästerna skulle bara tro att Tim var nyfiken på vad hertigen talade om.

Sanningen var att han långt ifrån var den ende som var nyfiken på hertigens uppmärksamhet mot fröken Bell. Tim närmade sig långsamt, gav alla tid att lägga märke till vart han var på väg och vem han tänkte tala med. Han blev inte förvånad när viskningar började bakom honom.

Mollys blick flackade mot honom, och han såg hur hennes bruna ögon vidgades en aning när han kom närmare. Hon var definitivt mer medveten om sin omgivning än den genomsnittliga societetsfröken, som helt skulle ha fokuserat på hertigen som talade med henne.

Tim harklade sig respektfullt, och hertigen vände sig om för att uppmärksamma honom.

”Ers Höghet”, sa Tim och bugade djupt. ”Jag tror inte att fröken Bell har blivit presenterad för er. Får jag ha äran?”

”Fröken Bell och jag är sedan länge bekanta”, sa hertigen med ett skratt. ”Jag sade just hur nöjd jag är med min Belle Haven-häst.”

Tim var rätt säker på att han såg lika förbluffad ut som han kände sig; han kunde inte hindra att ögonen vidgades avslöjande.

Molly såg ut som om hon inte visste var hon skulle ta vägen, medan hertigen fortsatte att prata.

”Vet ni, jag var faktiskt rätt bekymrad när Thor tappade en sko strax före paraden förra månaden”, sa hertigen av York i förtroligt tonfall. ”Men sir Richard försäkrade mig att det skulle gå bra, och visst, hovslagaren hann få dit den i tid. Säg mig, fröken Bell, hur tränade ni honom att lyfta hoven innan han ens blir ombedd? Det är ganska anmärkningsvärt.”

”Jag kan tyvärr inte ta all ära åt mig, Ers Höghet.” Molly log och gjorde en liten nigning. ”Det är sir Richards metoder.”

Hertigen log varmt mot henne. ”Sådan blygsamhet, fröken Bell, men jag vet att sir Richard håller er mycket högt. Han skulle aldrig ha skickat Thor till mig om han inte varit tränad till er belåtenhet.”

Thor. Hertigens häst. Tim fick äntligen kopplingen. Han hade sett hästen, en vacker skimmelhingst, riden av hertigen vid åtskilliga tillfällen. Hingsten var en av de finaste kavallerihästar Tim någonsin sett.

Tim kunde inte slita blicken från Molly när hon samtalade med hertigen av York. Hertigen var känd både för sin kärlek till hästar och för militär strategi, och han hade en beklaglig tendens att tala innan han tänkte, ofta utan att mena något illa. Molly Bell däremot verkade långt mindre skärrad än någon annan ung dam kunde väntas bli i en sådan situation.

Hon mötte hertigens blick stadigt och svarade på hans frågor med helt korrekta svar. Hon inställde sig inte eller fnittrade som de flesta unga kvinnor skulle ha gjort, men hon rodnade ibland, särskilt när hertigen berömde henne.

Hon *är* en dam, insåg Tim med en ryckning. Hon kanske inte var född in i adeln, men hon var en dam i ordets sannaste bemärkelse. Hennes hållning, hennes lugn, hennes grace; hon hade alla egenskaper som en kvinna född till högsta rang. Han hade inte sett det förut, men när han nu letade efter det, fann han det i varje rörelse hon gjorde. Varje gång hon neg, varje steg hon tog, till och med hur hon höll huvudet när hon lyssnade på hertigen.

Hon är en dam, och jag är en idiot. Tanken dök upp hos Tim, och han kunde inte låta bli att skratta åt sig själv, om än tyst.

"Belle Havens hästar är verkligen utan like, fröken Bell. Thor är ett storslaget djur. Jag förstår inte hur sir Richard lyckas föda upp så fina hästar", sa hertigen och skakade på huvudet.

Molly mötte Tims blick, och han insåg att hon var förtvivlat obekväm. Halva rummet såg på dem, men det fanns ingen flykt när en prins ville prata med en. Allt Tim kunde göra var att stå där och erbjuda Molly sitt tysta stöd tills hertigen valde att ägna sin uppmärksamhet åt någon annan.

"Jag minns fortfarande dagen då sir Richard överlämnade Thor till mig", fortsatte hertigen. "Han sade att det var den finaste häst han någonsin fött upp, och jag kan inte säga emot. Häromdagen red jag ut, och vi kom fram till ett nedfallet träd som spärrade vägen. Jag trodde vi skulle tvingas vända, men Thor bara hoppade över det som om det inte var något alls! Jag har aldrig ridit en häst med sådan kraft och grace."

Så skulle jag ha beskrivit Rufus, tänkte Tim med ett plötsligt hugg av saknad.

Hertigen talade fortfarande. "Jag har aldrig mött en annan häst som han, och jag tvivlar på att jag någonsin kommer göra det. Sir Richard är ett geni på avel, och jag är honom så tacksam för att han skänkte Thor till mig."

Molly log diplomatiskt. "Jag är säker på att sir Richard skulle bli förtjust över att höra det, Ers Höghet", sa hon. "Han är mycket stolt över alla sina hästar, men jag tror han tyckte att Thor var något särskilt."

"Å, det är han, det är han." Hertigen nickade ivrigt. "Jag får skriva till sir Richard och säga det, och tacka honom igen för hans generositet. Och er del i det, förstås, fröken Bell. Jag är säker på att Thor inte hade varit den han är utan er träning."

Molly neg igen. "Tack, Ers Höghet", sa hon. "Jag är glad att ni är nöjd med honom."

”Jag tycker mycket om honom”, försäkrade hertigen. ”Jag undrade om jag kunde be er om en tjänst, fröken Bell.”

”En tjänst, Ers Höghet?”

”Ja visst. Jag skulle vara intresserad av att betäcka Thor med några av Belle Havens bästa ston. Jag är helt säker på att avkommorna skulle bli enastående, och jag är villig att betala rundligt för hans efterkommande från sådana matcher.”

Molly tappade hakan, och Tim fick kämpa för att kväva ett skratt. Det var ett fullkomligt olämpligt ämne att ta upp med en dam på en middagsbjudning. Hertigen hade uppenbarligen ingen aning om hur opassande hans förslag var, men Tim kunde inte låta bli att tycka det var roligt. Det fanns en glimt i den äldre mannens ögon, en antydan till leende, och Tim insåg att hertigen visst förstod, och antagligen hade insett grodan i samma ögonblick som orden föll.

När han mötte Mollys blick såg han samma uttryck hos henne. Hennes läppar var hårt sammanpressade och mungipan ryckte.

Molly fann sig snabbt, även om kinderna var flera nyanser mörkare. Hade hon haft ljusare hy, var Tim säker på att hennes rodnad hade varit illröd. ”Jag är säker på att sir Richard gärna diskuterar det med er, Ers Höghet.”

Hertigen log brett. ”Utmärkt. Jag ska skriva till honom i morgon. Jag tackar er, fröken Bell, för er hjälp. Säg mig, hur länge stannar ni på Sandhurst?”

"Några veckor, Ers Höghet. Jag hjälper till att få årets leverans av Belle Haven-hästar på plats med de nya kadetterna." Molly neg igen.

"Ers Höghet, får jag säga ett ord?"

Hertigen vände sig vid avbrottet, och Tim var nära att sucka av lättnad när akademins kommendant bugade. "Naturligtvis, general Warde. Ursäkta mig, fröken Bell, major." Han nickade åt dem och följde med kommendanten därifrån.

Tim sneglade på Molly och såg att hon redan såg på honom. Munterheten i hennes uttryck smittade. Han ryckte med huvudet mot dörren, väntade på hennes nick till svar, och de rörde sig snabbt båda två.

De smet ut genom dörren och in i hallen, och Tim erbjöd Molly armen. Hon tog den och de gick raskt mot entréhallen, lämnade huset och styrde stegen ut i trädgården.

Den svala nattluften var en lättnad efter den trånga salongen. De svängde runt ett hörn och lutade sig mot husväggen, båda flämtande efter andan. Tim vände sig mot henne, och i samma stund vände hon sig mot honom. De brast båda ut i skratt. Tim försökte dämpa det med handen för munnen, men det var lönlöst. Han böjde sig framåt, höll sig om magen och skrattade tills han knappt fick luft. Bredvid honom gjorde Molly detsamma, tårarna rann nedför kinderna när hon kiknade okontrollerat.

"Å, herregud", flämtade Molly när hon till sist kunde tala. "Det där var – åh, jag vet inte ens vad jag ska säga!"

Tim rätade på sig och drog ett djupt andetag av den svala luften. "Jag tror det är bäst att inte säga någonting alls", sa han. "Hertigen av York är hertigen av York, trots allt. Han kan säga precis vad han vill."

"Även till damer?" Molly skakade på huvudet. "Jag vet min plats, kapten. Jag är ingen dam. Men ändå, jag hade inte väntat mig ... nåväl."

"Inte jag heller", sa han ärligt. "Jag hade ingen aning om att ni kände hertigen av York."

"Det gör jag inte! Alltså, inte egentligen, inte på långa vägar så väl som han antydde." Mollys ögon vidgades. "Jag har träffat honom två gånger tidigare på Belle Haven, men jag väntade mig aldrig att han skulle minnas mig, eller tala till mig i ett så offentligt sammanhang. Jag hoppas att jag inte har förolämpat någon."

"Tvärtom. Jag misstänker att ni blir akademins kelgris under resten av er vistelse." Tim log mot henne. "Jag vet att jag i alla fall är mycket intresserad av att lära känna er bättre, fröken Bell."

Rodnande såg hon bort. "Tack, major. Jag är säker på att ni har mycket annat att göra."

"Inget som är viktigare än att tillbringa tid med hertigens favorittränare."

"Å, säg inte så!" protesterade hon. "Jag är ingenting sådant, det försäkrar jag er. Hertigen är bara mycket förtjust i Belle Havens hästar."

"Och i er, tror jag. Jag har aldrig sett honom ägna en dam så mycket uppmärksamhet." Tim bugade. "Jag är hedrad att få vara i ert sällskap, fröken Bell."

Hon log och neg. "Tack, major."

"Dessutom." Han log busigt mot henne. "Jag måste ju ställa mig in. Jag är desperat efter att få den där inbjudan till Belle Haven!"

Det fick dem båda att brista ut i skratt igen, och det dröjde flera minuter innan Molly, medan hon torkade tårarna, skakade på huvudet åt honom. "Major, ni är mycket välkommen till Belle Haven närhelst ni vill besöka oss, men just nu tror jag att vi bäst går in igen innan vi blir saknade. Dessutom är jag hungrig och jag är säker på att middagen snart serveras."

Han bugade och erbjöd sin arm, och Molly la handen i armvecket. När de återvände in i kommendantens residens kände Tim, för första gången, att han var i full samklang med Molly Bell.

Kapitel sju

KLÄDD I EN MÖRKGRÖN ridklänning av ylle svingade sig
Molly upp på sitt sto med lätthet och nickade åt Tim när
han smidigt kom upp i sadeln på sin egen häst. Det var
en god dag för en ridtur, tyckte hon, med solen klar och
himlen strålande blå. Hon såg fram emot att få se den
närliggande staden, för hon hade ännu inte haft tillfälle till
det.

Färden var bara några miles, och de tog en lugn ga-
lopp genom den ljuvliga höstmorgonen under tystnad,
med endast hästarnas hovar mot vägen och någon ensta-
ka fågelsång som ljud. Landskapet var pittoreskt, mjuka
kullar med små häckar här och var och en och annan liten

träddunge. Dagen bådade varmt, men det var ännu tidigt och en behaglig bris höll dem svala, än så länge.

Staden, om än liten, var charmig med kullerstensgator och välskötta byggnader. De stannade utanför ett gästgiveri som hette King's Arms och lämnade sina hästar till stallpojken, som lovade att ta väl hand om dem. Molly tog ett ögonblick för att se sig omkring och lade märke till gästgiveriets prydliga gård och välskötta hus. Allt var rent och i ordning, och doften av hö och läder blandades med den varma doften av nybakat bröd från ett bageri i närheten.

Sadelmakaren låg bara en kort promenad bort, försäkrade Tim, och hon föll in i steg vid hans sida.

Solljuset glimmade på kullerstenarna och de vitkalkade husväggarna, och blänkte i glasrutorna. Någonstans i fjärran hörde Molly en smeds hammare ringa. Det verkade som att staden höll på att vakna.

Hon såg fram emot att besöka sadelmakaren, som hade gott rykte, och att diskutera deras behov med honom.

"Tror ni att han har allt ni behöver?" frågade Tim medan de gick.

"Jag hoppas det", sa Molly. "Jag tror att han gör gott arbete, men det vore inte första gången jag fått ge en sadelmakare några vinkar." Hon log för sig själv åt minnet av en sadelmakare som först blivit ytterst förnärmad, men som till slut fick medge att hon hade rätt.

Tim skrattade till. "Jag är säker på att han kommer att uppskatta era råd."

Huvudgatan slingrade genom stadens mitt, kantad av butiker och hus. Molly beundrade de prydliga blomlå-

dorna fyllda med höstblommor och de välskötta butiksfasaderna med skyltar som svajade i vinden. De passerade
bageriet, den ljuvliga doften av nybakat som strömmade
ut genom den öppna dörren, och Molly såg Tim kasta en
längtansfull blick ditåt. Hon fnissade.

"Kanske borde vi stanna där på vägen tillbaka", föreslog
hon, och han log mot henne.

"En utmärkt idé, fröken Bell."

Det var något mycket tilltalande med hans leende, tänkte hon, med de vita tänderna mot den solbrända hyn och
ögonen som vek sig i mungiporna. Han var en mycket stilig
man, insåg hon, med blont hår och blå ögon, och han hade
en stark, smidig kropp.

Hon skakade på huvudet åt sin egen dårskap. Vad
spelade det för roll om han var vacker eller inte? Han var
en earls son, och hon var dotter till en indisk hamnarbetare
som dött utfattig. De var världar ifrån varandra i samhället,
och det borde hon hålla i minnet.

Sadelmakarens butik var en prydlig, välskött byggnad
med en skylt föreställande en sadel hängande ovanför dörren. Fönstren var rena, och en uppställning av fina lädervaror syntes genom glaset. Molly kände den varma, fylliga
doften av läder när hon närmade sig dörren och sträckte ut
handen för att öppna.

En papperslapp som var uppnålad på dörren fångade
hennes blick; hon kisade mot den prydliga skriften. "Tillbaka om en timme", läste hon högt och suckade. "Ack,
tvi."

Tim skrattade. "Det verkar som om vi är för punktliga
för traktens hantverkare."

Utan att kunna hejda sig skrattade Molly. "Så tycks det. Vad föreslår ni att vi gör medan vi väntar?"

"Vi passerade ett litet tehus strax nedför gatan, om ni inte har något emot en kopp te och kanske lite kaka?" erbjöd Tim.

Det lät mycket trevligt. "Jag skulle älska lite te. Vägen är er, major."

Barn sprang förbi dem, lekande, skrattande och ropande till varandra, och en mjölkkärras hjul klapprade längs gatan. Tim ledde dem till ett litet tehus med en välkomnande skylt i fönstret och höll upp dörren för henne att gå in före honom.

Molly stannade precis innanför dörren, då hennes sinnen anfölls av underbara dofter. Nybryggt te blandade sig med den rika aromen av nybakat, och det vattnades i munnen när hon lät blicken dröja vid ett fat med bakverk på disken.

Tehuset var litet men ombonat, med några små bord utplacerade här och var i rummet. Väggarna var målade i en glad gul ton och prydda med landskapsmålningar, och stolarna var klädda i ett vackert blommigt, blått tyg.

En kvinna klev fram bakom disken med ett varmt leende. "God morgon! Varsågoda och sätt er var ni vill, så kommer jag strax."

"Tack", sa Tim, och Molly lade märke till att han väntade på att hon skulle välja bord innan han följde efter.

Ägarinnan kom trippande. "Vad får det vara, sir? Ma'am?"

"En kanna te för två, tack, och några av de där ljuvliga bakverken", sa Tim. "Vad ni än har nybakat i dag."

”Självklart, sir!” Kvinnan strålade mot dem och skyndade i väg igen, och Molly log mot Tim.

”Tack. Det här är mycket omtänksamt av er.”

”Det är mig ett nöje”, svarade Tim. ”Jag hoppas att ni ska tycka om det.”

Elden sprakade i spiselns galler bredvid dem, och Molly lutade sig tillbaka i stolen och slappnade av. När hon först mötte major Blair-Fortescue hade hon tyckt att han var kall och högdragen, men hon började tro att hon dömt honom fel. Han hade inte varit annat än vänlig mot henne i dag, och hans leende var synnerligen tilldragande.

Hon tänkte dock inte tillåta sig att se honom som vacker. Inget gott skulle komma ur det. Han var en earls son, major i hans majestäts armé, och hon var föräldralös, ett hittebarn som Bells tagit om hand av sitt goda hjärta. Hon fick inte glömma deras respektive ställning i samhället.

Ägarinnan kom tillbaka med en tekanna och ett fat bakverk och avbröt Mollys dystra tankar, och både Tim och Molly prisade de utsökta läckerheterna. Kvinnan strålade och skyndade iväg igen.

Tim fyllde på deras tekoppar, lutade sig sedan tillbaka i sin stol med ett eftertänksamt uttryck. ”Fröken Bell, får jag ställa er några personliga frågor?” frågade han, och Molly log.

”Ni får fråga vad ni vill, major, och jag avgör om jag vill svara.”

Han skrattade. ”Rättvist. Nåväl då. Jag har undrat … hur kommer det sig att en kvinna med uppenbart indiskt påbrå har ett så engelskt namn som Molly Bell?”

Molly log lite vemodigt, och tankarna gick tillbaka till de sedan länge förgångna dagar hon knappt mindes.

"Mina föräldrar var indier", sa hon till slut. "Men jag föddes i England. När jag var mycket liten bröt scharlakansfeber ut. Båda dog, och jag hamnade på barnhem."

Hennes fingrar följde tekoppens kant medan hon mindes, blicken fjärran. "Jag minns inte mycket om dem", medgav hon. "Bara att min mor var mycket vacker och god, och att min far hade det högsta skrattet."

Om hon skulle vara alldeles ärlig mot sig själv mindes hon inte ens så mycket. Men det hade hon sagt till de andra på barnhemmet sedan hon var en mycket liten flicka. Det var den enda sanning om hennes föräldrar hon hade att hålla fast vid.

Tehuset var varmt och ombonat, elden sprakade i spisgallret bredvid dem och doften av bak låg tung i luften. Dörren öppnades, klockan pinglade, och en grupp damer klev in, skrattande och samspråkande. Molly log mot dem när de passerade och vände sedan tillbaka uppmärksamheten till Tim.

"Jag har fått höra att mitt riktiga namn är Maalai Patel, men på barnhemmet änglifierade man det till Molly. Varje barn som kommer till barnhemmet får ett efternamn som hedrar årets främsta beskyddare. Lord Tate, i mitt fall." Hon ryckte på axlarna. "Jag var Molly Tate tills jag kom till Belle Haven och sir Richard och lady Bell formellt adopterade mig. Jag är stolt över att få kalla mig en Bell."

Tim lutade sig tillbaka i stolen, med ett eftertänksamt uttryck i ansiktet. "Nåväl, det är åtminstone enklare och snabbare att säga och skriva än Blair-Fortescue", sa han efter en stund, och Molly brast i skratt.

"Det är det sannerligen", höll hon med. "Och hur är det med er familj, major?" frågade hon, med tanken att den som ger sig in i leken får leken tåla. Om han kunde ställa personliga frågor, så kunde hon det med!

Tims ansikte fick ett svagt vaksamt uttryck. "Jag är inte säker på att ni skulle finna det särskilt intressant", sa han. "Aristokratin är mycket tråkig, ska ni veta."

"Åh, det är jag säker på att den inte är", sa Molly med ett leende. "Och jag skulle gärna vilja veta mer om er, major. Jag anförtror er trots allt Belle Havens hästars framtid. Jag måste veta att ni är lika hängiven deras välbefinnande som jag."

Tim skrattade. "Nåväl då. Min far är earlen av Bridgnorth, som ni vet. Jag är andra sonen, vilket är lyckligt, för jag behöver inte bekymra mig om att frambringa en arvinge till earldömet."

Molly såg på honom med nyfikenhet. "Då är ni glad för det?"

"Ja", sa Tim, och det gick inte att missta lättnaden i hans ton. "Jag skulle bli en bedrövlig earl. Jag är soldat, förstår ni. Det var allt jag någonsin ville bli, från det att jag var barn. Min far förtvivlade nog över mig."

"Varför?" frågade Molly. "Det förefaller mig som att en militär bana vore mycket anständig för en andra son."

Tim log. "Det kunde man tro, eller hur? Men min far hade andra planer. Han ville att jag skulle bli präst. Kan ni tänka er?"

Molly skakade på huvudet. "Det kan jag inte", sa hon uppriktigt. "Ni skulle bli en synnerligen usel präst, major."

Tim skrattade. "Det tycker jag med. Lyckligtvis insåg min far till slut att jag inte lät mig avstyras från min utvalda bana, och han tillät mig att gå in i armén. Även om han fortfarande hyser hopp om att jag ska ångra mig och ta prästvigning."

Molly log. "Er far måste vara mycket stolt över er", sa hon. "Ni har avancerat högt i armén. En major i er ålder är en ansenlig bedrift, tycker jag."

"Tack", sa Tim. "Fast jag betvivlar att min far skulle hålla med. Han är inte ... nå, säg att vi inte är överens om mycket."

"Hur är det med resten av er familj?" frågade Molly. "Har ni några bröder eller systrar?"

"En bror", sa Tim. "Fast vi står inte varandra nära."

Molly nickade, medkännande men utan att riktigt förstå. "Jag kan inte föreställa mig att inte stå nära mina systrar", sa hon. "Jag har fem, allihop yngre än jag. Jag avgudar dem alla, även om vi grälar ibland."

Tim log, men uttrycket var färgat av en aning sorg. "Ni är mycket lyckligt lottad, fröken Bell. Jag är säker på att era systrar avgudar er med."

Ömheten i Tims röst fick det att hetta om Mollys kinder. "Det är jag säker på att de gör", sa hon, leende vid tanken på dem. "Jag är ledsen att ni inte står nära er bror."

"Det är som det är", sa han och ryckte på axlarna. "Vi är mycket olika, och vi har mycket olika intressen. Han skulle säkert säga detsamma om mig."

Molly nickade. "Jag är säker på att ni kommer att finna någon ni kan stå nära, major", sa hon vänligt.

Han log mot henne. "Tack, fröken Bell. Det hoppas jag med."

När de lämnade tehuset promenerade de tvärs över gräsmattan några minuter och njöt av den sköna dagen innan de styrde stegen tillbaka mot sadelmakarens butik. Läderdoften fyllde luften när de steg in, blandad med doften av olja och puts. Längs ena väggen löp en arbetsbänk, belamrad med läderbitar, spännen och andra småprylar.

Sadelmakaren själv var en kraftig man med tjockt svart skägg. Han stod böjd över ett stycke läder som satt fastspänt i ett skruvstäd och sydde med snabba, säkra stygn, men såg upp när Molly och Tim kom in.

"Kan jag hjälpa er?" frågade han.

Molly klev fram och kände Tims blick på sig. "Jag hoppas det", sa hon. "Jag behöver få en särskild bröstrem gjord åt en av hästarna vid Sandhurst."

Sadelmakarens ögonbryn for upp. "En bröstrem?" upprepade han. "Det är inte många damer som ens vet vad det är."

Molly log. "Jag är inte som de flesta damer", sa hon. "Hästen jag tänker på är lite rund om bålen och hans sadel tenderar att glida. Jag behöver en bröstrem utprovad åt honom för att hålla sadeln på plats."

Hon stack ner handen i sin retikulé och tog fram ett papper som hon räckte över till sadelmakaren. Skissen på pappret var detaljerad och exakt, varje linje prydligt dragen och tydligt kommenterad.

Sadelmakaren tog pappret och studerade det, med höjt ögonbryn. "Har ni ritat det här själv?" frågade han, med mer än en smula skepsis i tonen.

"Det har jag", sa Molly. "Här är måtten på hästens bringa." Hon knackade lätt med ett finger på skissen.

"Öh ..." Sadelmakaren såg förbryllad ut. "Vad är den här biten då?" Han pekade på en del av ritningen.

"Det är en flexibel läderfog som ska trä runt gjorden och spänna fram", sa Molly. "Den bör göras av det mjukaste, mest smidiga läder ni har. Den måste vara stark nog att hålla, men ändå kunna följa hästkroppen när han rör sig."

Sadelmakaren kisade på skissen och nickade sedan långsamt. "Jag tror att jag förstår. Men får jag fråga, varför använder ni inte helt enkelt en svanskappa? Sådana är jag mer van att göra."

Mollys leende var nästan för sött. "En svanskappa är visserligen effektiv, men inte det bekvämaste för hästen. En bröstrem är ett betydligt snällare alternativ, även om det kräver lite mer arbete att göra."

Sadelmakaren studerade skissen några ögonblick till och nickade sedan igen. "Bra", sa han. "En dag eller två bör räcka. Jag gör delen precis som ni ritat här. Ni kan ta hit hästen då, så gör jag en slutpassning åt er."

"Tack", sa Molly och log mer uppriktigt. "Jag uppskattar att ni är villig att samarbeta med mig."

Sadelmakaren nickade, och Molly och Tim tog avsked.

När de lämnade sadelmakarens butik gick de tillbaka till gästgiveriet där de lämnat sina hästar. Molly var nöjd med hur dagen utvecklat sig. Tim hade varit ett trevligt sällskap och hon hade njutit av deras samtal. Hon hade till och med lyckats låta bli att tänka alltför mycket på hur vacker han var, även om hon fick medge att hon kastat några fler blickar på honom än hon borde.

Sluta, skällde hon tyst på sig själv. *Han är en earls son, för guds skull. Långt över din lott.*

Det var naturligtvis sant. Hur mycket hon än kunde tycka om och beundra major Blair-Fortescue, stod han över henne i social rang. Hon var bara en flicka från barnhemmet på Duke Street, oavsett att Richard Bell och hans familj hade tagit henne till sig. Hon gjorde klokt i att minnas det och hålla hjärtat i schack.

Även om han har det vackraste leendet, tänkte hon vemodigt och stal en sista blick på honom innan hon vände uppmärksamheten tillbaka mot vägen framför dem.

När de nådde gästgiveriet och hämtade sina hästar, beslöt sig Molly för att hädanefter hålla sina känslor för Tim Blair-Fortescue strikt professionella. Det var det enda förnuftiga.

Gästgiveriets stallkarl förde fram deras hästar, och Molly tog tyglarna för att leda sitt sto till uppsittningspallen. Innan hon ens hann ta ett steg lades dock en hand på hennes armbåge, vilket fick henne att se upp. Tim stod där, leende, och innan hon hann invända hade han lyft henne med händerna om midjan och satt henne i sadeln.

Rörelsen var så mjuk att hon knappt hann hämta andan innan hon satt på plats, med högerbenet över hästens hals och vänsterfoten sökande stigbygeln. Tims hand fann hennes känga och ledde den rätt, och hon tackade honom med en liten nick och ett leende, mumlande sitt tack.

Han log tillbaka mot henne och vände sig sedan för att sitta upp på sin egen häst, vänsterfoten i stigbygeln och högerbenet över hästryggens bakdel. Han satt kvar ett ögonblick och rättade till tyglarna i händerna, och Molly kunde inte låta bli att beundra den syn han var. Han satt vackert till häst, tyckte hon; han var en utmärkt ryttare, det kunde vem som helst se.

Hon märkte att hennes blick följde den breda axelbredden under militärrockens tyg och var tvungen att hastigt se bort, med varma kinder. Han var en slående vacker man, det kunde hon inte förneka, och han tycktes bli allt mer tilltalande i hennes ögon ju mer hon lärde känna honom och insåg att han var mycket snällare än den inledningsvis buttra ytan låtit ana.

Hon måste sätta stopp för det här! De var världar ifrån varandra, och hon var en dåre som gick och drömde om honom som en förälskad tonåring.

Dagen hade varit synnerligen angenäm, tänkte hon när de påbörjade ritten tillbaka till Sandhurst, men hon fick inte glömma att klyftan mellan dem var oöverbrygglig.

Ritten tillbaka till Sandhurst förflöt behagligt händelselös, en sömlös färd ackompanjerad av den mjuka rytmen från hästarnas steg över den väl upptrampade stigen. Solen, nu högre på himlen, gav fälten som kantade deras väg en gyllene ton, varje grässtrå glittrande som om det beströtts med diamanter.

Molly stal några blickar på Tim medan de red sida vid sida, halvt förlorad i sina tankar. Han tycktes vara fördjupad i sina egna funderingar, ett eftertänksamt uttryck ristat i de kraftiga dragen. Ibland vred han huvudet lite, fångade hennes blick, och hon låtsades snabbt vara uppslukad av de pittoreska vyerna som bredde ut sig runt dem.

"Säg mig", sa Tim plötsligt och bröt den behagliga tystnaden mellan dem. "Vad föreställer ni er för er framtid på Belle Haven?"

Molly övervägde frågan, och hjärtat blev varmt vid tanken på hennes älskade hem. "Jag hoppas få bygga vidare på det underbara arbete sir Richard redan gjort", svarade hon uppriktigt. "Att träna våra hästar till de finaste i landet och para ihop dem med de unga officerarna vid Sandhurst."

Tim nickade, med respekt lysande i blicken. "Ni har passion", sa han. "Det är beundransvärt."

"Jag har haft förmånen av underbara mentorer", medgav hon, ödmjukheten i rösten speglande hennes karaktär. "Sir Richard och lady Bell har lärt mig så mycket."

Mollys ord dog bort när hon märkte att Tim studerade henne ingående. Hans blå ögon tycktes tränga rakt igenom henne, som om han försökte lösa den gåta hon utgjorde. Hon kände en rodnad smyga upp över halsen under hans granskning.

"Ni är särdeles remarkabel, fröken Bell", sa Tim mjukt. "Jag har aldrig mött någon riktigt som ni."

Mollys andning hakade upp sig. Hon trevade efter ett svar, osäker på hur hon skulle ta hans ord. "Jag ... tack, major. Ni är mycket varmhjärtad."

"Inte varmhjärtad", skakade Tim på huvudet. "Bara uppmärksam. Ni har en sällsynt kombination av skicklighet, intelligens och medkänsla. Det är ... uppfriskande."

Hans komplimanger, så uppriktigt framförda, fick Mollys hjärta att fladdra förrädiskt. Hon visste att hon borde avleda eller byta ämne, men fann sig fångad av värmen i Tims blick.

”Jag är glad att ni uppfattar mig så”, fick hon fram. ”Jag hoppas att vi kan arbeta väl tillsammans under min tid vid Sandhurst.”

”Det betvivlar jag inte”, log Tim.

De föll i tystnad igen, men luften mellan dem tycktes laddad med ny energi. Molly var övermedveten om Tims närvaro vid hennes sida, om varje rörelse han gjorde i sadeln. Hon försökte fästa blicken vid omgivningarna, vid känslan av sitt sto under sig, vad som helst utom den vackre mannen som red bredvid henne.

När de närmade sig portarna till Sandhurst harklade sig Tim. ”Fröken Bell, jag undrar om jag skulle kunna be er om en tjänst?”

Molly vände sig mot honom, nyfiken. ”Självklart, major. Hur kan jag hjälpa er?”

”Jag hoppades att ni kunde följa med mig på en utflykt snart igen”, sa han, med en vardaglig ton men med blicken stadig på hennes ansikte. ”Kanske en picknick, om vädret håller i sig? Jag skulle vilja diskutera några idéer jag har för att förbättra vårt kavalleriutbildningsprogram, och jag skulle värdesätta er synpunkter.”

Mollys hjärta tog ett skutt. Var detta blott en professionell begäran, eller något mer? Hon tvekade, sliten mellan de växande känslorna för Tim och sin fasta övertygelse att hålla rätta gränser.

"Jag ... det låter underbart, major", svarade hon till slut och försökte hålla rösten stadig. "Jag bidrar gärna med de insikter jag kan. Kanske kan vi ordna det senare i veckan?"

Tims ansikte lyste upp i ett varmt leende. "Utmärkt. Jag ordnar detaljerna och låter er veta snart."

De red genom portarna till Sandhurst, och de bekanta byggnaderna kom i sikte. När de närmade sig stallen kände Molly en blandning av förväntan och oro inför utsikten att tillbringa mer tid ensam med Tim. Hon visste att hon behövde vara försiktig med hjärtat, men hon kom på sig själv med att se fram emot deras nästa utflykt, trots sina betänkligheter.

Tim satt av först när de nådde stallen och gick sedan för att hjälpa Molly. Hans händer var varma och fasta när de fattade om hennes midja och hjälpte henne ner från hästen. I ett kort ögonblick när hennes fötter nådde marken stod de mycket nära, hans händer dröjde vid hennes sidor. Mollys andning stockade sig när hon såg upp i Tims blå ögon och såg något intensivt där som fick pulsen att snabba på.

Ögonblicket bröts av att en stalldräng närmade sig. Tim tog ett steg tillbaka och harklade sig. "Tack för en angenäm utflykt, fröken Bell", sa han formellt. "Jag ser er i morgon bitti för truppernas första utvärdering."

Kapitel åtta

TIM STOD MED HÄNDERNA knäppta bakom ryggen och tittade på rekryterna när de steg upp. Klirret av träns och hovrörelser var dämpat för honom, men han kunde se spänningen i de unga männens axlar, hur de sneglade på de andra officerarna som tittade på dem.

Pressen var stor, inte bara för rekryterna utan för honom och Molly också. Tim visste att hans rykte hade fått sig en törn efter skadan. Han var fast besluten att bevisa sig, att visa att han fortfarande var en kapabel officer, även om han inte längre hörde världen omkring sig så väl som han hade önskat. Och Molly... tja, hon hade mer att bevisa än någon annan. En kvinna i en mans värld, och därtill av enkel börd, hon måste vara dubbelt så bra som en man för att anses hälften så bra.

Han kastade en blick på henne där hon stod vid hans sida. Hon bar en enkel grå ridklänning, med huvan knuten stadigt under hakan. Hon såg lugn och samlad ut, men han såg spänningen i hennes käke, hur fingrarna slog rastlöst mot kjolen. Hon mötte hans blick och gav honom en liten nick, som för att säga, *Det här fixar vi.*

Tim nickade tillbaka och vände sedan uppmärksamheten mot rekryterna. De satt nu till häst och väntade på hans kommando. Han höjde handen och lät den sedan falla i en skarp gest som signal att rycka ut.

Rekryterna skrittade sina hästar i rad, vände och red tillbaka i formation, två och två. Tim granskade kritiskt, noterade hur några hästar kastade med huvudet eller försökte bryta ur traven. Rekryterna gjorde sitt bästa, men några av hästarna var fortfarande oskolade. Det vittnade om Mollys skicklighet att det gick så bra som det gjorde.

Sedan lät han dem rida i en cirkel, därefter dela sig i två grupper och galoppera mot varandra och korsa i mitten. Det var en manöver avsedd att pröva deras kontroll och hästarnas lydnad, och han var nöjd när han såg hur väl de utförde den.

Men utvärderingen var inte över än. Tim vände åter uppmärksamheten mot rekryterna och såg hur de formerade om sig och väntade på hans kommando för nästa manöver. Han kände de andra officerarnas blickar på sig och visste att de väntade på att han skulle misslyckas.

Den tillfredsställelsen skulle han inte ge dem.

Nästa övning var en av de svåraste de hade tränat på, och Tim hade tvekat att ta med den i utvärderingen. Men Molly hade insisterat, och till slut hade han hållit med henne. Om rekryterna klarade den skulle det bli en spektakulär uppvisning av deras färdigheter och den ridkonst de lärt under hennes handledning.

Tim drog ett djupt andetag och höjde handen. Han höll den där ett ögonblick och lät den sedan falla tvärt.

Rekryterna drev sina hästar i rörelse och galopperade över fältet. Tim såg dem rida i formation, hovslagen dundrade mot marken. Han såg koncentrationen i kadetternas ansikten, hur de låg lågt över hästarnas halsar och drev dem framåt i en perfekt koordinerad anstormning.

När de närmade sig fältets bortre ände lutade en av rekryterna, kadett Llewellyn, sig ner och grep en trädocka som låg på marken. Den skulle föreställa en ryttare som fallit av, och övningen gick ut på att plocka upp den i full galopp och bära den tillbaka till startpunkten.

Llewellyn gjorde det perfekt, hans häst bröt knappt av steget när han lyfte dockan och lade den över sadeln. Tim såg stoltheten i Llewellyns ansikte när han red tillbaka mot de andra rekryterna, med dockan säkrad på plats.

Det var en svår manöver som krävde exakt tajmning och samspel mellan häst och ryttare. Tim visste att det vittnade om Mollys träning att kadett Llewellyn utfört den så väl. Hon hade drivit rekryterna hårt, lärt dem att lita på sina hästar och arbeta tillsammans som ett lag.

Tim såg på när rekryterna red tillbaka till startpunkten, hästarnas hovar slog upp jordklumpar. Han såg tillfredsställelsen i deras ansikten, stoltheten över vad de åstadkommit. De hade gjort väl ifrån sig, och han var stolt över dem.

När rekryterna tog i tyglarna och stannade upptäckte Tims skarpa blick dock kadett Watson, som såg särskilt spänd ut där han red Apollo. Den eldfängde fuxen var orolig; Tim såg det vita i hans ögon och hur öronen for nervöst fram och tillbaka, hästen dansade på stället i stället för att stå still som han skulle.

En vindstöt rev över fältet och Apollo skyggade, huvudet flög upp. Watsons händer hårdnade på tyglarna, och Tim grimaserade. Watson borde veta vid det här laget att Apollo inte uppskattade att någon drog i honom. Mycket riktigt, hästen kastade sig och reste sig sedan.

Watsons ansikte var kritvitt av skräck, munnen öppen i ett ljudlöst skri. Han klamrade sig fast i tyglarna, sätet gled när Apollo slog med frambenen i luften. Hästen kom ner på alla fyra och reste sig igen, högre den här gången. Watson tappade greppet och föll ur sadeln, slog i marken med en otäck duns.

Tim var redan i rörelse och ropade åt de andra rekryterna att hålla sig borta. Han nådde Watson på några sekunder, föll ner på knä vid den fallne kadetten. Watson var medvetslös, armen låg i en onaturlig vinkel. Tim kände efter puls och lättade när han fann en, stark och regelbunden.

”Tillbaka!” ropade han åt de andra rekryterna som trängdes närmare. ”Ge honom luft!”

Molly var redan där, blek i ansiktet. ”Jag tar Apollo”, sade hon, och Tim nickade, tacksam för hennes snabba ingripande. Fuxen trippade fortfarande nervöst, ögonen rullade, och Tim ville inte riskera att han stack iväg och orsakade ännu mer kaos.

Han vände åter uppmärksamheten mot Watson, som jämrade sig och slog upp ögonen. "Lugnt, min gosse", sade Tim mjukt. "Du har tagit en ful smäll. Ligg alldeles stilla."

Watson fokuserade blicken på honom och nickade svagt. Tim höll en hand på hans axel och försökte hålla honom lugn.

Molly gav ifrån sig en märklig, tretonig vissling han aldrig hade hört henne använda förut, och varje Belle Haven-häst på övningsfältet stelnade till, Apollo inräknad. Den stora fuxen stod som en staty när Molly gick lugnt fram och tog hans tyglar.

Tim stirrade förbluffat. Den där visslingen skulle han behöva be Molly lära honom, även om han mycket väl förstod varför hon inte lärt den till alla rekryter. Alldeles för mycket utrymme för upptåg!

De andra rekryterna drällde fortfarande omkring, osäkra. Tim höjde rösten. "Tillbaka till startpunkten, allihop! Vi fortsätter övningen när kadett Watson har blivit omhändertagen."

De lydde, även om han såg oviljan i deras ansikten. De var oroliga för sin kamrat, och med rätta. Watson hade mycket ont, ansiktet var blekt och svettigt. Tim önskade att han haft lite laudanum att ge honom, men det var bara att vänta på kirurgen.

Tunga stöveltramp närmade sig, och Tim drog ihop sig inombords när han såg en av de högre officerarna stirra ner på honom med ogillande min. "Inte första gången den där hästen kastar sin ryttare, eller hur?" Överstelöjtnant Foreburys ton var mild, men innebörden var tydlig.

Tim spände käkarna. "Nej, sir", medgav han.

Forebury smalnade med blicken. "Förstår. Och vilka åtgärder har ni vidtagit för att rätta till detta?"

Tim såg på Molly, som stod rak i ryggen med knutna nävar vid sidorna. Hon såg redo ut att gräla med överstelöjtnanten, och Tim kunde inte klandra henne. Själv kände han sig också trängd.

"Kadett Watson är inte den bästa ryttaren", sade Molly med spänd röst. "Apollo är en svår häst, men han har förbättrats avsevärt sedan vi började arbeta med honom. Ni såg just kadett Llewellyns uppvisning med Osiris, sir. Han är ett utmärkt exempel på vad som kan åstadkommas med tålamod och förståelse."

Foreburys läppar tunnades. "Förstår. Så ni anser att det är bäst att dalta med hästarna för att träna dem?"

Mollys ögon blixtrade. "Jag anser att det bästa sättet är att förstå deras behov och arbeta med dem, inte mot dem, sir."

Tim såg hur Foreburys ansikte mörknade och skyndade sig att ingripa. "Jag tror att det fröken Bell försöker säga, sir, är att vi har sett betydande förbättringar i hästarnas beteende och prestationer sedan hon började arbeta med dem. Kadett Llewellyn och Osiris är ett utmärkt exempel. De blir ett stort tillskott för regementet."

Foreburys uttryck ändrades inte. "Jag förstår. Nåväl, vi får se om era metoder är framgångsrika på sikt, major. Under tiden övertar jag ansvaret för träningen av den här hästen", sade han kort.

Mollys reaktion kom omedelbart. Tim såg hur hennes grepp om Apollos tyglar hårdnade tills knogarna vitnade, och hur käkarna låstes så hårt att han trodde att hon skulle spräcka en tand. Hennes ögon blixtrade av återhållen vrede, och Tim förstod hennes ursinne. Hon hade arbetat hårt med Apollo, och nu tog Forebury honom ifrån henne.

"Sir, jag måste protestera", sade Tim och försökte gå i god för Molly. "Fröken Bell har gjort ett utmärkt arbete med Apollo, och jag tror att han kommer att fortsätta förbättras under hennes vård."

Forebury smalnade med ögonen. "Ifrågasätter ni min auktoritet, major?"

Tim bet ihop käkarna. "Nej, sir", sade han mellan tänderna.

"Bra." Foreburys ton var avfärdande. "Fortsätt med er övning, major."

Tim nickade, medveten om att det inte var någon idé att tvista mer. Han hade ingen myndighet här, inte ännu. Men han skulle inte glömma denna förolämpning mot Molly, och han skulle göra allt i sin makt för att få tillbaka Apollo.

"Men..." sade Molly, och Tim skakade brådstörtat på huvudet åt henne. Hon blängde på honom, och han trodde att hon var på vippen att säga emot.

"Inte nu!" formade han med läpparna och bad att hon skulle lyssna. Forebury hade befogenhet att beordra henne från Sandhursts område och förbjuda henne att någonsin återvända, och det fanns ingenting Tim kunde göra för att hindra det.

”Tack, fröken Bell”, sade Forebury med en uppenbart avfärdande ton, och han tog Apollos tyglar ur hennes hand.

Mollys mörka ögon smalnade. Hon öppnade munnen för att säga något, och Tim rätade på sig, lämnade Watson ensam ett ögonblick och skyndade fram till Mollys sida, ställde sig mellan henne och Forebury.

Tim tog Molly under armen, varsamt men bestämt, och ledde henne några steg bort från rekryterna. Han kunde fortfarande höra deras mummel, klirret från utrustning medan de väntade på att övningen skulle fortsätta, men de var utom hörhåll.

”Molly”, sade han lågt och brådskande, ”jag vet att du är arg, men vi kan inte göra något åt det just nu. Vi måste avsluta övningen, och sedan kan vi gå till kommendanten och lägga fram vår sak för att få tillbaka Apollo.”

Molly bet ihop käkarna så hårt att Tim trodde att hon skulle spräcka en tand, och hennes nävar var knutna vid sidorna när hon såg Forebury leda bort Apollo. Han såg kampen i hennes blick, viljan att säga emot, att slåss. Men hon var en praktisk kvinna, och hon visste att han hade rätt.

”Bra”, sade hon till slut, med en röst spänd av återhållen vrede. ”Jag tar kadett Watson till kirurgens mottagning. Du avslutar övningen.”

Tim nickade, tacksam över att hon var villig att lyssna till förnuftet. ”Tack”, sade han stilla. ”Jag lovar, jag ska göra allt jag kan för att få tillbaka Apollo.”

Molly mötte hans blick ett ögonblick, och han såg respekten där, erkännandet av att han gjorde sitt bästa i en svår situation. Sedan vände hon bort, stel i rörelserna av ilska, och gick tillbaka till där Watson fortfarande satt på marken och höll om sin skadade arm.

Molly knäböjde bredvid Watson, talade lågt till honom och hjälpte honom sedan upp. De gick långsamt bort mot kirurgens mottagning.

Tim såg dem försvinna och kände ett styng av skuld. Han visste att Molly var arg på honom, och han kunde inte klandra henne. Men han måste tänka på helheten, på rekryterna och deras träning. Han fick inte låta personliga känslor komma i vägen.

Han drog ett djupt andetag och vände sig tillbaka mot rekryterna. "Nåväl, mina herrar", sade han och höjde rösten för att överrösta mumlet. "Nu sätter vi igång igen. Ställ upp och gör er redo för nästa övning."

Rekryterna lydde, och Tim följde dem noga när de ställde upp parvis. Han såg nervositeten i deras ansikten, spänningen i deras rörelser. Men han såg också beslutsamhet, en vilja att bevisa sig.

Medan han såg rekryterna börja nästa övning växte en känsla av tacksamhet inom Tim. Det nyss uppkomna kaoset med Apollo kändes redan avlägset, den pågående övningen flöt nu friktionsfritt. Det hade han Molly att tacka för, det visste han. Om hon inte hade lyssnat på honom, inte gått med på att låta honom försöka få tillbaka Apollo senare, hade han fått hantera hennes ilska och besvikelse, och han hade blivit distraherad och inte kunnat ge rekryterna sin fulla uppmärksamhet.

Och hans kadetter förtjänade hans fulla uppmärksamhet, insåg han där han såg dem. Mollys inflytande syntes tydligt på deras ridning, hållningen var rak och säker, händerna lätta på tyglarna. De styrde sina hästar med subtila rörelser, djuren svarade omedelbart på deras signaler.

Tim såg hur kadett Llewellyn utförde en perfekt vändning, Osiris hovar snuddade knappt vid marken när han snurrade på bakdelen. Llewellyns balans var felfri, sitsen trygg, och Tim visste att det var resultatet av Mollys träning. Hon hade drillat rekryterna obarmhärtigt och krävt perfekt form, och det syntes i deras ridning.

En annan rekryt, kadett Harris, utförde en svår manöver med lätthet; hans häst hoppade över ett lågt staket och landade mjukt. Harris händer var inte ens på tyglarna, benen höll starkt och säkert om hästens bål medan han i stället höll båda händerna på geväret i en fingerad skjutövning, och Tim visste att även det var Mollys förtjänst. Hon hade lärt rekryterna att lita på sina hästar, att arbeta i partnerskap med dem, och det syntes i varje rörelse.

Tim kände ett styng av skuld där han stod och såg på rekryterna. Han hade varit så inriktad på sina egna metoder, sitt eget sätt att göra saker, att han inte gett Molly tillräcklig uppskattning för det arbete hon gjort. Han hade lärt sig så mycket av att iaktta henne, av att se hur hon samspelade med hästarna och rekryterna. Hon hade en gåva för att förstå båda, för att locka fram det bästa ur dem.

Allteftersom övningen fortskred märkte Tim hur han slappnade av, ett lugn lade sig över honom. Rekryterna presterade väl, rörelserna var jämna och självsäkra, och han visste att det vittnade om Mollys hårda arbete. Hon hade lagt ner hjärta och själ på att träna dem, och det syntes i varje steg de tog.

När övningen var över kallade Tim in rekryterna och gick fram för att gratulera dem. ”Bra gjort, mina herrar”, sade han och klappade Llewellyn på axeln. ”Ni har alla visat stor förbättring. Fortsätt så.”

Rekryterna strålade över berömmet, och Tim kände en våg av stolthet över dem.

”Ta tillbaka hästarna till stallet och gör i ordning dem för natten”, beordrade han. ”Ni är fria.”

Ljudet av hovar mot den hårt packade marken, klirret från seldon och prasslet av uniformer fyllde luften när rekryterna ledde bort sina hästar. Tim såg dem gå, med en eftertänksam min.

Han hade haft fel om Molly, insåg han. Hon var långt mer än bara en stallflicka, långt mer än bara en tjej som älskade hästar. Hon var en skicklig tränare, en lärare, och hon hade gjort ett enastående arbete med rekryterna. De var bättre ryttare, bättre soldater, tack vare henne.

Och han hade nästan förstört allt med sin arrogans, sin envishet att göra saker på sitt sätt. Han hade varit så fokuserad på sina egna metoder, sitt eget sätt att göra saker, att han inte gett Molly tillräckligt med erkännande för det arbete hon gjort. Han hade lärt sig så mycket av att se henne, av att bevittna hur hon samspelade med hästarna och rekryterna. Hon hade en gåva för att förstå båda, för att få fram det bästa i dem.

Nåväl, han fick helt enkelt se till att hon fick den uppskattning hon förtjänade, beslöt han när han vände sig om och började gå mot kirurgens mottagning. Han skulle

tala med kommendanten själv om det behövdes, se till
att alla visste hur mycket Molly bidragit till utbildningens
framgång. Och han skulle få tillbaka Apollo åt henne, för
den eldfängde fuxhingsten förtjänade bättre än Forebury,
en man som skulle försöka knäcka hästens vilja i stället för
att tygla den.

Kirurgens mottagning låg i en stillsammare del av
akademin, bortom stojet från övningsfält och kaserner.
Det var en liten, anspråkslös byggnad, med en enkel skylt
över dörren som markerade att detta var akademins läkares
domän.

När han närmade sig såg Tim Molly vänta utanför, håll-
ningen spänd. Hon såg upp när han kom, och han såg oron
i hennes ögon. Han ställde sig hos henne och lutade ryggen
mot väggen. De stod tysta tillsammans och väntade, och
Tim kom på sig med att titta på henne i ögonvrån. Hon
var spänd, axlarna stela, händerna knutna till nävar vid
sidorna.

Han ville räcka ut en hand till henne, erbjuda tröst, men
han visste inte hur. Han var inte säker på att hon skulle
välkomna hans beröring heller. Så han stod där, kände
sig tafatt och värdelös, tills dörren öppnades och kirurgen
kom ut.

Kirurgen var en medelålders man med grånande hår och
ett lugnt, myndigt sätt. Han bar en väst över skjorta och
knäbyxor, och Tim lade märke till en bricka med medicin-
ska instrument på ett bord i närheten, blänkande i ljuset
från fönstret.

”Major Blair-Fortescue, fröken Bell”, hälsade kirurgen
med en nick. ”Kadett Watson vilar bekvämt. Armen är

bruten, men det är en enkel fraktur. Jag har spjälat den, och han bör bli helt återställd.”

Tim kände en våg av lättnad skölja över sig. ”Tack”, sade han, rösten en aning skälvande. ”Skönt att höra.”

Molly var mer praktisk. ”Hur länge dröjer det innan han kan rida igen?” frågade hon.

Kirurgen funderade ett ögonblick. ”Några veckor, åtminstone. Han måste vila armen och låta den läka ordentligt. Men han är ung och frisk; jag ser ingen anledning till att han inte skulle bli helt återställd.”

Mollys axlar sjönk något, och Tim kände en våg av tacksamhet mot henne. Det var hon som tänkte på det praktiska, ställde frågorna han inte ens kommit att tänka på. Han var tacksam för hennes närvaro, hennes lugnande inverkan.

”Tack”, sade han igen och nickade. ”Får vi se honom?”

”Naturligtvis”, sade kirurgen och steg åt sidan för att släppa in dem.

Rummet var litet och svagt upplyst, det enda ljuset kom från ett högt sittande fönster. En bricka med medicinska instrument blänkte på ett bord i närheten, en skarp påminnelse om den allvarliga, kliniska atmosfären. Tim gick in först, ögonen vande sig snabbt vid dunklet, och han såg Watson ligga på en smal brits, armen spjälad och vilande över bröstet.

Den unge mannens ansikte var blekt, och han såg upp när Tim kom, ögonen vidgades av förvåning. ”Major”, sade han med en något darrig röst. ”Jag – jag väntade mig inte att se er här.”

Tims uttryck mjuknade av lättnad när han såg att Watson inte var i svår nöd. "Jag ville försäkra mig om att du mådde bra, Watson", sade han lågt och lugnande. "Du skrämde oss alla ordentligt där ute."

Watson rodnade och tittade ner på sin spjälade arm. "Förlåt, sir", viskade han. "Jag menade inte att ställa till besvär."

"Struntprat", sade Tim bestämt. "Det var en olyckshändelse, inget mer. Jag är bara glad att skadan är förhållandevis lindrig. En bruten arm är besvärlig, men den läker."

Watson såg upp på honom, ögonen stora och en smula rädda. "Men hur blir det med Sandhurst, sir? Förlorar jag min plats?"

Tim skakade på huvudet och klappade lätt Watson på den oskadade axeln. "Inte alls", sade han. "Det kommer hela tiden nya rekryter och nya grupper startar sin träning med några veckors mellanrum. Du kan ansluta till nästa grupp när armen har läkt. Du kan visa dem hur det går till."

Watsons axlar sjönk av lättnad, och han nickade, med ett svagt leende som ryckte i läpparna. "Tack, sir", sade han. "Jag ska göra mitt bästa."

Tim studerade Watson noga, lade märke till hur den unge mannens blick for runt i rummet, hur han pillade på kanten av spjälan. Något bekymrade honom uppenbart, och Tim anade att det var mer än smärtan i den brutna armen.

Tim lutade sig fram, rösten mild. "Är det något du vill tala om, Watson? Du ser ut att ha något på hjärtat."

Watson tvekade, blicken for till Molly, som stod tyst vid dörren. Hon gav honom en uppmuntrande nick, och han drog ett djupt andetag.

"Jag – jag vet inte om jag borde säga något, sir", viskade han. "Jag vill inte verka otacksam."

Tim kände medlidande med den unge mannen. Han mindes alltför väl rädslan och osäkerheten han själv känt när han först gick in i armén, knappt mer än en pojke. Han hade haft turen att ha goda officerare som tog honom under sina vingar, men han visste att inte alla var lika lyckligt lottade.

"Vad det än är kan du säga det till mig", sade han mjukt. "Jag lovar att jag inte kommer att tänka sämre om dig."

Watsons ögon fylldes av tårar, och han såg bort, rösten darrade. "Jag – jag vet inte om jag klarar det, sir", sade han. "Att gå i krig, menar jag. Jag trodde att jag kunde, men nu... jag är inte så säker."

Tim satte sig vid Watson, rörde sig långsamt och med avsikt för att inte skrämma honom. "Jag ska inte ljuga för dig, Watson", sade han stilla. "Krig är något fruktansvärt. Det är en ständig skräck, varje stund, varje dag. Men det är inget skamligt i att vara rädd för det. Faktiskt skulle jag säga att den som inte är rädd antingen är en dåre eller en lögnare."

Watsons ögon vidgades, och han såg på Tim med något som liknade bävan. "Var ni rädd, sir?"

"Varje dag", sade Tim ärligt. "Varenda dag. Och jag är det fortfarande, ibland. Jag har mardrömmar, vaknar dyblöt av svett och tror att jag är tillbaka där. Men jag har lärt mig att leva med det, och jag har lärt mig att det inte är skamligt att erkänna sina rädslor."

Watson nickade långsamt, eftertänksam. "Jag antar att ni har rätt, sir. Det är bara... jag vill inte göra någon besviken."

"Det kommer du inte", försäkrade Tim. "Tvärtom tycker jag att det krävs stort mod för att erkänna sina rädslor och handla efter dem. Om du hellre tjänstgör i en annan roll är det inget att skämmas för. I själva verket är det mycket klokt att känna sina begränsningar."

Watson nickade igen, med ett svagt leende som ryckte i läpparna. "Tack, sir. Jag ska tala med min far, kanske. Han känner några högre officerare vid Horse Guards."

"Bra", sade Tim och reste sig. "Nu vilar du och låter armen läka. Vi talas vid om det här senare, eller hur?"

"Ja, sir", sade Watson, med ett bredare leende. "Tack, sir."

Tim nickade, gav den unge mannen ett lugnande tryck på axeln och vände sig sedan för att lämna rummet. Molly följde efter, med ett eftertänksamt uttryck.

När Watson somnat in i ett laudanumrus klev Tim och Molly ut. Spänningen från den senaste timmen tycktes rinna av dem i samma stund som dörren slog igen bakom dem.

Tim drog ett djupt andetag och kände hur något av spänningen lämnade hans axlar.

"Major?"

Mollys röst var mjuk, nästan tveksam, och han vände sig om och såg henne titta upp på honom med en frågande min. "Ja, fröken Bell?"

"Tror du verkligen på det du sa till Watson?" frågade hon milt. "Att det inte är skamligt att inte vilja gå i krig?"

Tim tvekade och vägde sitt svar. Molly hade inte varit annat än respektfull och professionell sedan de möttes, men han hade sett elden i hennes ögon när hon grälade med överstelöjtnanten om Apollo. Hon var ingen att leka med, och han anade att hon inte skulle uppskatta ett lättköpt eller oärligt svar.

"Jag tror att det var rätt sak att säga till Watson", sade han långsamt och valde orden med omsorg. "Vad skulle det tjäna till att kalla honom feg rakt i ansiktet? Om han tappar nerverna mitt i striden skulle han bara få både sig själv och sina kamrater dödade. Bättre att han aldrig kommer så långt."

Molly nickade, eftertänksam. "Tror du att hans far kan få honom undan kriget?"

"Jag tror att hans far kan ordna ett fint, tryggt skrivbordsjobb på Horse Guards", sade Tim torrt. "Och om det är det Watson vill, så låt honom få det. Inte alla män är gjorda för slagfältet."

Mollys läppar ryckte till i ett svagt leende. "Och du var det?"

Tims mun drog sig snett. "Jag var en dåre, fröken Bell. Jag var livrädd varje dag, men jag fortsatte gå tillbaka. När jag förlorade hörseln försökte jag allt jag kunde komma på för att bli skickad tillbaka till fronten. Först när jag insåg att jag var en belastning för mina män accepterade jag det här uppdraget i stället."

Molly teg länge, blicken stadig mot hans ansikte. "Jag tycker att du är en hjälte, major", sade hon stilla. "Och jag är glad att du är här för att hjälpa till att träna nästa generation soldater."

Tim kände en värme sprida sig i kroppen vid hennes ord, och han böjde huvudet till en tyst bekräftelse. "Tack, fröken Bell. Jag är glad att vara här."

Och för första gången, insåg Tim, menade han det. Han hade accepterat sina begränsningar, och han skulle inte klandra en annan man för att göra detsamma. Det var bättre att erkänna sina svagheter och arbeta runt dem än att låtsas att de inte fanns och riskera katastrof. Tim kunde vara till nytta här på Sandhurst, det såg han nu, förbereda de här unga männen för vad som väntade dem på slagfältet... och avgöra vilka av dem som inte var lämpade för det. Watson skulle få ett fint och tryggt skrivbordsjobb på Horse Guards, och de män han annars hade kunnat svika i strid skulle vara säkrare för det.

Kapitel nio

Mollys steg var bestämda när hon gick bredvid Tim mot kommendantens kontor. Hon hade inte kunnat sova för att hon tänkt på Apollo, och nu var hon fast besluten att få tillbaka hästen.

Sandhurstakademin var en imponerande byggnad, med en ståtlig fasad och en bred entréhall. Deras steg ekade mot de polerade golven när de gick nedför korridoren, morgonsolen kastade långa skuggor genom de höga fönstren. Luften var sval och krispig, och Molly kände den svaga doften av möbelpolish. Hon böjde och sträckte fingrarna i ridvantarna och kände det mjuka lädret mot huden.

Belle Haven var inte hennes, det visste hon. Men hon hade varit där sedan hon knappt var mer än ett barn, och hon älskade platsen lika mycket som någon i familjen. Och hästarna... hästarna var hennes liv. Hon hade varit där när Apollo föddes, hade hjälpt till att träna honom. Hon kände honom bättre än någon annan, och hon visste att han inte var en häst som kunde ridas av vem som helst. Han var för eldig, för egensinnig. Han behövde en fast hand och ett varsamt handlag.

Hon tänkte inte låta honom bli illa behandlad.

Käkarna spändes när hon tänkte på överstelöjtnant Forebury, som hade gjort anspråk på Apollo som sin egen när kadett Watson föll av. Då hade hon inte kunnat säga ifrån, men det skulle hon nu. Hon skulle kräva att kommendanten beordrade Forebury att lämna tillbaka Apollo till henne.

Hon var inte en lång kvinna, och hon visste att hon skulle te sig obetydlig bredvid Tim och kommendanten, men det skulle inte hindra henne. Hon var stark, starkare än många män, tack vare sitt arbete med hästarna. Hon tänkte inte låta sig skrämmas.

Hon kastade en blick upp på Tim, som gick bredvid henne med en rynka mellan ögonbrynen. Han hade varit snäll mot henne, det visste hon, och hon var tacksam för hans stöd. Men hon skulle inte låta honom hindra henne från att säga vad hon tyckte.

De nådde kommendantens kontor, och Tim knackade på dörren. Molly drog ett djupt andetag och förberedde sig för den förestående konfrontationen.

"Stig in", ropade en röst, och de gick in.

Molly fäste blicken på kommendanten, som satt bakom skrivbordet, även om han artigt reste sig när han såg Molly komma in i rummet. Han var en distingerad herre i femtioårsåldern, med tjockt silverhår och en vältrimmad skäggväxt. Uniformen var oklanderlig, den röda rocken prydd med guldsnodd och knappar, och på näsroten satt ett par glasögon.

"Kommendanten", sade Tim och bugade. "Tack för att ni tog emot oss."

"Herr Blair-Fortescue." Kommendanten nickade och lät blicken glida till Molly. "Och fröken Bell. Varsågod och sitt, båda två. Vad kan jag göra för er?"

"Tack, sir." Tim slog sig ner och gjorde en gest åt Molly att göra detsamma. Det gjorde hon, och slog sig nervöst ner på stolkanten. "Vi har kommit för att be om er hjälp i en fråga av viss brådska."

"Jaså? Vilken fråga är det?"

Molly tog ett djupt andetag, sedan ännu ett. Tim såg på henne, och hon nickade, gav honom tillåtelse att tala för henne. "Fröken Bell har en anmärkning angående dispositionen av en av sina hästar", sade han. "Ser ni, sir, överstelöjtnant Forebury har gjort anspråk på en av Belle Havens hästar som sin egen."

Kommendanten rynkade pannan. "Förstår. Vilken häst gäller det?"

"Han heter Apollo", sade Molly, och rösten darrade svagt. "Han är en fuxhingst, med en vit bläs. Han var tilldelad kadett Watson, men Watson föll av under övningarna i går och har tyvärr brutit armen."

"Ja, jag minns", sade kommendanten och nickade. "En eldig best, vill jag minnas."

"Ja, sir", sade Molly. "Apollo är mycket eldig. Han är inte lätt att rida."

Kommendantens rynka fördjupades. "Förstår. Och ni vill att jag beordrar att hästen återlämnas till er?"

"Ja, sir", sade Molly. "Förlåt om jag talar ur tur, sir, men jag måste be om er överseende i denna sak."

Kommendanten nickade och hans ögon smalnade aningen bakom glasögonen medan han lyssnade på henne.

"Apollo är inte vilken häst som helst", sade hon, rösten stadig trots tumultet inom henne. "Han är född och tränad på Belle Haven, och det var jag som personligen tränade honom från det att han föddes. Han är... en svår häst att hantera, även för mig. Men han litar på mig, och jag vet hur jag ska handskas med honom. Jag oroar mig för att han kan bli farlig om han inte hanteras rätt."

Kommendanten nickade igen, denna gång mer eftertänksamt. "Förstår. Och ni menar att överstelöjtnant Forebury inte förmår hantera den här hästen?"

Molly drog ett djupt andetag och valde noga sina nästa ord. "Kadett Watson föll av Apollo under övningarna. Han blev avkastad; jag såg det själv. Apollo är en eldig häst och kräver varsam hantering. Watson var, tror jag, inte uppgiften vuxen, och jag fruktar att Forebury kanske inte heller är det. Han är... inte så ung som han en gång var, och han har bara en arm."

Kommendantens ögonbryn höjdes. "Överstelöjtnant Forebury förlorade sin arm i strid, fröken Bell. Han är en högt dekorerad officer."

”Jag förstår det, sir, och jag vill inte förringa hans tjänst eller skicklighet. Men Apollo är en mycket speciell häst. Om han inte hanteras rätt kan han bli farlig. Och jag måste påpeka att han är hingst, behållen som sådan eftersom sir Richard ansåg honom lämplig som avelsdjur. Belle Haven har kvar ett intresse i hästen.”

Kommendanten lutade sig tillbaka i stolen, blicken eftertänksam. ”Förstår”, sade han igen. ”Och ni vill att jag beordrar överstelöjtnant Forebury att lämna tillbaka hästen?”

”Ja, sir”, sade Molly, och rösten darrade svagt. ”För vidare träning. Jag vore er djupt tacksam.”

Kommendanten suckade. ”Jag är rädd att jag inte kan göra det, fröken Bell. Överstelöjtnant Forebury är en dekorerad officer och en god ryttare. Om han har valt att ta hästen som sin egen är jag säker på att han har goda skäl. Eftersom kadett Watsons arm är bruten skulle hästen ha gjorts tillgänglig för omplacering, och Forebury är helt inom sina rättigheter att tilldela hästen till sig själv. Särskilt om, som ni säger, det inte är en lätt häst att rida. Forebury kommer att fullfölja hästens träning väl, det är jag säker på. Och om armén inte längre har nytta av hingsten, kommer han att återlämnas till Belle Haven för ert avelsprogram, så som köpekontraktet stipulerar.”

”Men sir...”

”Fröken Bell.” Kommendantens röst var fast. ”Jag tänker inte lägga mig i den här saken.”

Mollys läppar stramades när hon insåg att han inte skulle låta sig bevekas av hennes vädjan. ”Mycket väl, sir. Tack för er tid.”

Hon reste sig, och Tim gjorde detsamma. "Tack, sir", sade han.

Kommendanten nickade och avfärdade dem. "God dag, båda två."

Molly kände kommendantens blick i ryggen när hon gick därifrån, men hon brydde sig inte. Hon hade mer än till hälften väntat sig att han skulle säga nej, men verkligheten var svårare att bära än hon trott. Händerna var knutna vid sidorna, naglarna grävde in i handflatorna, och hon tvingade sig att slappna av.

Tim hann ifatt henne när hon tog tag i dörrhandtaget och ryckte upp dörren. "Molly", sade han mjukt och rörde vid hennes arm. "Låt det vara. Du har gjort allt du kan."

Hon stirrade på honom, på medkänslan i hans ögon, och kände ett ögonblick en löjlig lust att gråta. Han hade rätt. Hon hade gjort allt hon kunde. Hon borde släppa det.

Det borde hon.

Det kunde hon inte.

"Sir!" Hon vände tillbaka mot kommendantens skrivbord, där den äldre officeren just sträckte sig efter en penna. Han såg upp, med höjda ögonbryn, som om han blev förvånad över att hon fortfarande var kvar. "Förlåt att jag stör igen, sir, men jag måste be om ert överseende en gång till."

Kommendantens ögon smalnade något bakom glasögonen. "Ja, fröken Bell?" frågade han efter ett ögonblick och lade ner pennan igen.

Molly drog ett djupt andetag, händerna knöt sig åter till nävar. "Jag förstår er hållning, sir", sade hon. "Jag förstår att överstelöjtnant Forebury har all rätt att ta Apollo för egen del. Men jag måste protestera! Förlåt mig, men det måste jag! Jag kan inte stå och se på när en häst jag har tränat blir illa behandlad." För ett ögonblick grumlades synen och hon var tvungen att blinka hårt, halsen snördes av känslor. "Apollo är en god häst. En fin häst. Han skulle kunna bli stor. Han skulle kunna bli den bästa hästen Sandhurst någonsin har sett, men bara om han behandlas rätt!"

Hon hörde själv hur rösten steg, och hon såg Tims ögon vidgas när han såg på henne. Även kommendanten rynkade pannan. Hon måste ta sig samman. Händerna skakade, och hon tvingade isär dem, tvingade sig att vara lugn. Hon drog ett djupt andetag, sedan ännu ett. Kommendanten såg fortfarande på henne, så hon tvingade sig att fortsätta, och dämpade tonen.

"Snälla, sir, förlåt att jag talar ur tur. Men jag måste be er att ompröva."

"Er passion och omsorg om era skyddslingar är lovvärd, fröken Bell", sade kommendanten till sist, men av hans min att döma förstod hon att han bara ville vara henne till lags. Han tänkte inte ändra sig. Heta tårar stack bakom ögonlocken medan han fortsatte. "Men jag är rädd att mitt beslut står fast."

"Tack, sir", sade Tim stilla, och han lade en hand i svanken på Molly.

På något sätt gav den lilla beröringen henne styrkan hon inte själv hade hittat, styrkan att säga "Mycket väl, sir. Tack för er tid", och böja huvudet i acceptans.

Kommendanten nickade. "God dag."

De vände sig samtidigt för att gå, och Molly var tvungen att tvinga sig att gå med lugna steg, inte rusa ut som hon ville. Hon borde vara tacksam över att kommendanten låtit dem ta så mycket av hans tid, det visste hon. Hon skulle få släppa det. För tillfället.

Just som hon sträckte sig efter dörrhandtaget, ljöd kommendantens röst bakom henne. "Herr Blair-Fortescue, jag hade tänkt låta hämta er i morse. Om ni kunde avvara mig några minuter?"

Molly stelnade, handen på dörrhandtaget, och vände blicken mot Tim, som också hade handen utsträckt som för att öppna dörren åt henne. Han sänkte den långsamt och vände sig tillbaka mot kommendanten.

"Sir?" sade han frågande.

Kommendanten, som stod bakom sitt skrivbord, harklade sig. "Nyheten jag har till majoren, fröken Bell, är av privat natur. Den rör hans tidigare aktiva tjänst."

Åh. Molly blinkade, och nickade sedan en gång, långsamt. "Jag förstår, sir. Jag väntar utanför. Ni blir nog inte länge, major."

Med ett mjukt klick stängde Molly dörren till kommendantens kontor. Hon skulle inte tjuvlyssna på Tims privata angelägenheter, sade hon till sig själv. Men hon skulle vänta på honom. Tveksamt kastade hon en blick tillbaka mot dörren. Skulle hon stanna precis utanför? Eller kanske gå en liten bit nerför korridoren? Hon skulle inte gå långt, bestämde hon. Han skulle nog inte dröja.

Det fanns en stoppad bänk i en nisch en bit längre ner i korridoren, så Molly satte sig, men hon var för rastlös för att sitta och hoppade upp igen.

Apollo. Hon kokade ljudlöst, gick långsamt fram och tillbaka i korridoren, för arg för att sitta still. Hur vågade den mannen ta Apollo? Varenda en av hästarna hon hade tagit till Sandhurst var en del av hennes familj. Hon hade tränat dem alla från föl. Och hon hade personligen ridit allihop i urvalsprocessen, tagit dem över de svåra terränghindren på Belle Haven i halsbrytande fart, prövat deras mod och lydnad. Hjärtat slog fortfarande snabbt när hon mindes den vilda rittens rus. De hade alla varit underbara, men Apollo... Apollo hade varit speciell.

Hennes vrede riktade sig inte bara mot kommendanten, utan också mot henne själv. Hon hade gjort allt hon kunde för att se till att hästarna placerades hos rätt kadetter, men hon hade inte lyckats skydda Apollo. Kommendanten hade rätt: hästarna tillhörde armén, och vilken kadett som helst kunde när som helst omplaceras till en annan häst. Hon hade aldrig väntat sig att Forebury bara skulle roffa åt sig honom så snart Watson skadades. Forebury måste ha kastat lystna blickar på Belle Havens hästar och väntat på sin chans att ta en som stod utan ryttare.

Förbannade karl. Hon skulle få tillbaka Apollo. På något sätt. Tim skulle hjälpa henne, det visste hon.

Tankarna gled tillbaka till Tim, och hon rynkade pannan och såg mot dörren. Vilka nyheter kunde kommendanten ha till honom? Tims hörselnedsättning gjorde att han aldrig kunde återvända till fronten; hans fasta placering var nu här på Sandhurst, så det kunde inte vara nya order.

När Molly lämnade rummet vände sig inte Tim om för att se henne gå, men han hörde det svaga klicket från dörren när hon drog igen den bakom sig. Han stod kvar stelt, tystnaden i rummet låg tung när han väntade, huvudet lätt på sned medan han ansträngde sig för att uppfatta kommendantens ord.

Det var ett mycket fint kontor, noterade han distraherat, väl inrett med mörka träpaneler, en tjock matta på golvet och ett stort skrivbord i glänsande valnöt. Väggarna pryddes av målningar av stridsscener och inramade hedersmedaljer, och stolen han hade blivit inbjuden att slå sig ner i var bekvämt klädd i mörkgrönt läder.

Han hade emellertid ingen avsikt att sätta sig igen, och kommendanten insisterade inte. I stället betraktade den äldre mannen honom stadigt i några ögonblick, uttrycket outgrundligt, innan han till sist talade.

”Major, jag beklagar att behöva komma med dåliga nyheter. Det kom en rapport om ett betydande slag som berörde fjortonde i morgonens depescher. Flera av era officerskamrater fanns upptagna bland de stupade...”

Tim blev plötsligt iskall. ”Vilka”, viskade han, och harklade sig sedan. ”Vilka, om jag får fråga, sir?”

Kommendanten tog fram ett pappersark ur en lädermapp på sitt skrivbord och sänkte blicken mot det. ”Kapten Edward Hazelrigg.”

Tim gav ifrån sig ett ordlöst stön av smärta. *Ned. Gud, nej, inte Ned!* Vännens namn fick honom att störta ner i en isande svart avgrund, händerna knöt sig till nävar så hårda att han kände naglarna bita in i handflatorna.

"Kapten Edward Hazelrigg stupade i strid för tre veckor sedan. Jag beklagar sorgen. Jag förstår att ni två stod varandra nära."

Kommendantens ord ekade i hans huvud, om och om igen.

Stupade i strid...

Stupade...

Stupad...

Rak i givakt stod Tim vänd mot kommendanten. Han såg den äldre mannens läppar röra sig, hur han räknade upp fler namn, men han hörde inte orden. Det bekom honom ändå inte längre; hans huvud snurrade fortfarande efter beskedet han just hade fått.

Ned... *borta.* Död. Stupad i strid.

Ned, som hade varit hans bäste vän sedan han gick in i armén. Ned, som hade dragit ut honom från Rufus döda kropp och burit Tim i säkerhet när han var svårt sårad. Han skulle inte vara vid liv i dag om det inte vore för Ned. Och nu var Ned död.

Han kände hur kragen kvävde honom, hur halsen svällde igen, och han tvingade sig att nicka åt kommendanten, som hade tystnat och betraktade honom med ett uttryck av djup medkänsla.

"Tack, sir", sade han genom torra läppar, med sprucken och ojämn röst. "Jag uppskattar att ni meddelar mig personligen, sir."

Kommendanten böjde lätt på huvudet som ett erkännande, och Tim vände sig bort, hakan högt. Han skulle inte förnedra sig genom att bryta ihop här, inför kommendanten.

Varje steg han tog mot dörren var långsamt och avsiktligt, som om fötterna var nedtyngda av bly. Det kändes som om han rörde sig under vatten, varje rörelse en kamp mot sorgens krossande tryck som hotade att övermanna honom. Han bet ihop käkarna, fast besluten att hålla tillbaka tills han var ute ur kommendantens tjänsterum.

Ljuset utanför dörren var så starkt jämfört med det dunkla rummet att synen blev suddig och mörknade. Vacklande sträckte han ut handen mot väggen, fingertopparna snuddade vid den svala ytan och fann den på ett trösterligt vis solid.

Till slut släppte han taget och drog i sig stora klunkar luft, andningen kom i hesa, hackiga andetag. När han öppnade ögonen lättades han av att ingen annan fanns i korridoren för att bevittna hans upprördhet. Han ville inte, kunde inte, stoppa tårarna som strömmade ur hans ögon, sorgen var ett färskt sår med öppna, råa kanter.

Bröstet hävde sig i försöket att hålla tillbaka snyftningarna, och till slut gav han upp och lät dem komma, knäna vek sig och han föll ner på golvet i en oansenlig hög. Det rörde honom inte. Han hade ändå ingen värdighet kvar, inte när han hade nekats möjligheten att återvända till Iberiska halvön och slåss, att försöka hämnas Neds död.

Korridoren var tom och tyst, bortsett från ljudet av hans snyftningar som ekade mot de mörka träpanelerna. Han ryste, grep efter väggen igen, letade efter något att hålla fast vid, någon förankring mot det känslornas oväder som slog mot honom.

Gud, han hade inte gråtit på år, inte sedan han var en liten pojke. Hans far hade tidigt lärt honom att tårar inte var acceptabla, och den lärdomen hade han tagit till sig. Nu kom de ändå som en flod, strömmande nerför kinderna i ett jämnt flöde.

Ned är död!

Tanken på vännens död skar genom honom som en kniv, och han skakade under snyftningarnas intensitet, hopkrupen mot väggen som om han kunde skydda sig från smärtan. Det var lönlöst. Smärtan fanns inom honom, i hjärtat, och det fanns inget han kunde göra för att lindra den.

Molly gick av och an i korridoren, runt hörnet och hela vägen till dörrarna och tillbaka igen, med tankarna malande av frustration och ilska. Hon kunde inte förstå varför kommendanten hade vägrat ingripa, varför överstelöjtnant Forebury ansåg sig ha rätt att göra anspråk på en häst som inte var hans. Det var rasande provocerande! Hon vände på klacken och stegade tillbaka åt andra hållet, med händerna knutna vid sidorna.

När hon kom i siktlinje med kommendantens dörr såg hon Tim träda ut och öppnade munnen för att tala, men inte ett ord kom när hon tog in Tims uppsyn. Han såg ut som om han hade sett ett spöke, ansiktet var tömt på all färg, ögonen vida och stirrande. Stegen svajade, och han tog stöd mot väggen precis som hon sett honom göra förut, men den här gången återhämtade han sig inte. Knäna vek sig och han gled nerför väggen, satte sig på golvet som om han inte längre orkade hålla sig uppe.

Han förde handen till ansiktet och torkade, och hon såg tårglittret på hans kinder. All hennes ilska försvann på ett ögonblick, ersatt av oro. "Tim?" viskade hon, men han hörde henne inte. Han flämtade efter luft, skakade på huvudet som om han förnekade något, och hon visste inte vad hon skulle göra.

Hennes instinkter tog över. Han var först hennes vän, sedan hennes överordnade, och hon skulle göra vad som än krävdes för att hjälpa honom. Hon skyndade fram, händerna utsträckta, redo att ge all tröst hon kunde.

Han lutade huvudet mot väggen och stirrade tomt på golvet, och Mollys hjärta värkte för honom. Tårarna på hans kinder glittrade i ljuset från fönstret i korridorens ände, och hon rörde sig instinktivt mot honom, knäböjde bredvid honom och lade handen på hans axel. Han ryckte till av hennes beröring, och hon var nära att dra sig undan, men han behövde någon, och hon var den enda som fanns här.

Skälvningen i hans snyftningar skakade henne lika mycket som honom; med handen på hans axel kände hon varje darrning. Uniformen var sträv under fingrarna, kläde mot huden. Hon strök honom mjukt över axeln, precis som hon skulle ha gjort med en nervös häst, i hopp om att han skulle finna tröst i beröringen.

Korridoren var tyst, bortsett från röster som då och då höjdes i fjärran utanför. Exercisplanen låg på andra sidan byggnaden, långt från kommendantens kontor. De högre officerarna, antog hon, föredrog att slippa ha kadetternas stök och bök ständigt synligt från sina fönster. Hon var tacksam för tystnaden, för den gav henne mod att tala. "Tim. Åh, Tim, jag är så ledsen." Hon hade ingen aning om vad han sörjde, men hans förtvivlan var så stor att det måste vara något fruktansvärt.

Hans huvud for upp och han stirrade på henne, som om han såg henne för första gången. "M-Molly?"

"Jag är här, Tim", försäkrade hon, så lugnt hon kunde. "Jag är här. Du är inte ensam. Jag är precis här hos dig, och jag går ingenstans."

Hon kramade hans axel, oförmögen att komma på något annat att göra. Hon hade aldrig varit bra med ord, och dessutom visste hon inte vad det var han sörjde. Det spelade ingen roll. Hon var här och hon skulle stanna, som hon hade sagt, och ge all den hjälp hon kunde.

Småningom, likt ett oväder som drar förbi, lade hans sorgs vildhet sig. Axlarna slutade skaka, andningen blev jämnare. Molly drog ett djupt andetag, och ett till, i hopp om att han skulle känna hennes lugn och finna tröst. Hans hand vilade på golvet bredvid honom, hårt knuten, och hon sträckte sig fram och rörde vid den, lade fingertopparna över knogarna. Hon måste vara försiktig; han var en gentleman och hon var ingen. Men ändå ville hon att han skulle veta att hon var där, att han inte var ensam.

Hans hand lossnade långsamt, och han vände handflatan upp, lät fingrarna snudda vid hennes. Hon visste inte om han gjorde det med avsikt, men hon drog sig inte undan, lät honom hämta tröst ur hennes beröring. Tystnaden i korridoren kändes djupare, mellanrummet mellan dem fylldes av osagda ord. Mollys hjärta värkte för honom, och hon önskade förtvivlat att hon kunde lindra hans smärta.

En fågel kvittrade utanför, och ljudet tycktes bryta förtrollningen. Tim höjde huvudet och såg på henne, de mörkblå ögonen fyllda av sorg. "Tack", sade han hest. Han lyfte handen, tänkte torka tårarna från kinderna, men hejdade sig när hon tog honom om armen.

"Låt mig", sade hon mjukt och tog fram sin näsduk ur fickan. Den var ren, gudskelov, och hon använde den för att varsamt dutta hans kinder torra. Hans hud var varm under hennes fingrar, och hon fick påminna sig om att andas.

Med ett skälvande andetag fann Tim till sist orden. "Ned var min vän", började han, med tjock röst. "Min bäste vän. Vi var – vi var alltid tillsammans. Och sedan skickades vi till Spanien. Det var ett helvete, åratal av det, obarmhärtigt, men så länge Ned och jag hade varandra kunde vi alltid hitta ett ögonblick av ljus. Något att skratta åt. Och sedan... slaget där jag inte reste mig igen." Han drog ett nytt andetag, med blicken fäst vid golvet medan han talade.

"Ljudet", sade han lågt. "Lukten. Krutrök, stickande i luften. Skriken från sårade och döende. Och hästarna, deras hovar som slog mot marken, dånet av galoppen. Min häst, Rufus – han var en god häst, så vältränad. Han verkade aldrig rädd, och hans mod gav mig mitt." Han slöt ögonen, minnet lika levande som om han var tillbaka där på slagfältet.

”Jag minns det första skottet som avlossades. Smällen från muskötelden, och sedan skriet från mannen som träffades. Det var som en signal; plötsligt var det skottlossning överallt, luften tjock av rök, den stickande smaken av krut som brände i näsborrarna. Jag kunde knappt se, men jag kunde höra – kanonernas dån, skriken från sårade och döende. Lukten av blod. Jag visste inte att blod hade en lukt förrän jag gick i krig.”

Molly såg på i tystnad. Det fanns inget hon kunde säga eller göra annat än att lyssna; att bära vittnesbörd när Tim återupplevde mörka, fruktansvärda minnen.

”Det var överväldigande. Jag ville vända och fly, men jag kunde inte. Jag måste stå kvar, hålla linjen. Om och om igen, strid efter strid, dagar, veckor. År. Och sedan...” Han svalde hårt, minnet av den stunden lika färskt som om det hänt i går. ”Turen tog slut.”

”Kanonen exploderade precis bredvid oss. Rufus hade inte en chans. Han skrek, ett så förfärligt ljud, och vi slog i marken, hårt. Jag kastades av, men jag landade illa. Slog i huvudet, tror jag. Jag minns egentligen inte. Jag minns bara tystnaden. Den plötsliga, chockerande tystnaden. Och Rufus... död. Hans öga, som fortfarande stirrade på mig.”

Han höjde handen mot örat, mindes smärtan. ”Jag kunde inte röra mig. Jag skrek åt Rufus att resa sig – benet satt fast under honom, jag kunde inte röra mig. Han var död, och jag skulle dö jag med. Och då – då såg jag honom. Ned. Han var där, drog ut mig under Rufus, skrek åt mig att resa mig, att röra mig. Jag hörde honom inte, men jag såg hans läppar röra sig, hans ansikte förvridet av skräck. För min skull. Han riskerade livet för att rädda mig."

Tårar fyllde ögonen igen och han vände bort blicken, oförmögen att möta Mollys. "Han släpade upp mig på sin egen häst och fick oss båda bort från slagfältet. Fick mig i säkerhet. Och nu är han borta och jag – jag är fortfarande här."

"Jag är så ledsen", sade Molly mjukt in i tystnaden som föll då. Hennes ord kändes så betydelselösa, så ofattbart otillräckliga inför enormiteten i Tims sorg, men de var allt hon hade att erbjuda.

Hon hörde Tims andning, ostadig och ojämn, men långsamt lugnande. Hennes egen andning var en mjuk suck i tystnaden. Han var så nära att hon kunde känna värmen från hans kropp, men samtidigt så långt borta. Hon ville trösta honom, erbjuda sitt stöd, men hon visste inte hur. Så hon satt bara kvar bredvid honom, med handen på hans, och väntade.

De satt så tillsammans länge, utan att tala, bara hand i hand. Molly kände hur ett lugn lade sig över henne, en stillsam tillfredsställelse som hon inte hade känt på länge. Med ens insåg hon att hon var lycklig. Lycklig över att vara här, med Tim, även mitt i hans sorg. Det var en märklig känsla, men hon hade inte tid att granska den nu. Hon ville inte tänka på något annat än att trösta Tim i hans yttersta sorg.

Tims andning blev så småningom jämn, och hon kände hur spänningen i hans kropp långsamt rann av. Hon tittade inte på honom, men hon kände hans blick på sig, granskande. Hon undrade vad han såg.

När han äntligen talade var hans röst låg och stadig. "Jag skulle inte vara vid liv i dag om det inte vore för Ned. Jag är honom skyldig allt, och nu är han borta."

Molly kramade hans hand varsamt. "Och om du också skulle dö, vad skulle då hans uppoffring betyda? Du måste leva, Tim, och leva väl. Hedra hans minne genom att leva det bästa liv du kan. Det är det han skulle vilja, eller hur?"

"Ja", sade han mjukt. "Ja, det är precis vad han skulle vilja. Tack, Molly. Du vet alltid vad du ska säga."

Hon sänkte huvudet, generad över berömmet. "Jag är inte säker på att jag gör det", medgav hon. "Jag vet bara vad jag själv skulle vilja höra, om jag var i din sits."

Han kramade hennes hand igen, en tyst bekräftelse, och de satt kvar en stund till innan han till sist släppte hennes hand och reste sig. Han räckte henne armen med en liten bugning, och hon tog den och reste sig graciöst.

"Tack", sade han igen när de gick tillsammans nerför korridoren. "Du har hjälpt mig, Molly. Verkligen. Jag önskar att jag hade kunnat hjälpa till med Apollo, men..."

Hon nickade, vågade inte lita på rösten. Hon hade aldrig känt så här för någon förut, den här djupa samhörigheten som gick bortom vänskap, bortom kärlek. Med tanke på att deras bekantskap hade börjat så motsättningsfullt kunde Molly inte riktigt förstå hur de hamnat här, men hon visste att Tim på något sätt hade blivit den viktigaste personen i världen för henne, bortsett från Belle Haven-familjen.

”Kommer du att klara dig?” frågade hon tafatt när de klev ut ur byggnaden och stod i det skarpa solskenet.

”Ja.” Tim sträckte på ryggen och höjde hakan, blev åter den stoiske soldaten. ”Jag har brev att skriva i kväll. Jag ser dig i morgon, fröken Bell?”

Hon nickade. ”Jag kanske går och tittar till kadett Watson.”

”Tack.” Han nickade kort, med fjärran min.

Tim tycktes ha dragit sig undan, blivit avlägsen, när de steg ut, och Molly kände att hon sörjde förlusten av deras förbindelse. Hon lät handen falla från hans arm när han gjorde en artig liten bugning, men hon kunde inte riktigt låta bli att följa honom med blicken när han vände sig om och marscherade därifrån.

Kapitel tio

TIM STIRRADE UT GENOM fönstret i sitt rum, där Sandhursts böljande kullar bredde ut sig framför honom i gröna nyanser som just hade börjat slå om till höstguld. I fjärran marscherade en kolonn kadetter i givakt, deras scharlakansröda uniformer som ett skarpt stänk mot landskapet. Han suckade och drog en hand genom håret. Neds död tyngde fortfarande hans sinne, även om den första chocken hade lagt sig till en dov värk under dagarna sedan kommendanten gav honom beskedet.

”Du visste att det skulle komma, gamle vän”, mumlade han för sig själv. ”Det var bara en tidsfråga, så som han kastade sig in i stridens hetta.”

Bilder for obehindrat genom hans huvud – Neds skälmska leende när de red sida vid sida in i strid, solglittret på hans sabel när han rusade före. Tim hade alltid beundrat sin väns mod, samtidigt som han manade honom att tygla det med eftertanke. Men Ned hade aldrig varit lagd åt försiktighet; han föredrog att leva livet i full galopp.

En knackning på dörren ryckte Tim ur hans grubblerier. Han vände sig om och såg löjtnant Spurling, hans adjutant, stå i dörröppningen.

"God morgon, sir", sade Spurling med en snärtig honnör och ett muntert leende. "Är ni redo att gå, sir?"

Tim nickade och rätade till rocken. "Mycket bra, Spurling. Jag kommer strax."

När han följde Spurling nerför korridoren kunde Tim inte låta bli att undra vilken ny prövning som väntade. Med Ned borta kände han sig vinddriven, osäker på sin plats i världen. Men han sträckte på ryggen, fast besluten att fortsätta så gott han kunde. Det var vad Ned skulle ha velat – att han fortsatte kämpa, oavsett oddsen.

När Tim med Spurling vid sin sida stegade mot stallet fick han syn på Molly som gick där framme, prydligt klädd i sin ridkostym som alltid, det mörka håret skymtande under huvan. Hon var försjunken i samtal med en grupp kadetter, som alla talade till henne med stor respekt och lyssnade noga när hon yttrade sig.

Tims hjärta knep till. Under dagarna efter Neds död hade han känt sig allt mer dragen till Molly, beundrat hennes styrka, hennes medkänsla, sättet hon kunde lugna även den mest bångstyriga hästen.

"Hon är sannerligen något utöver det vanliga, eller hur, sir?" kommenterade Spurling, hans Yorkshiredialekt tjock av beundran. "Så som hon hanterar de där bestarna, det är som trolleri."

Tim hummade undvikande och försökte hålla blicken på stigen framför dem. Att tänka för mycket på Molly var en farlig väg, och han sov redan illa om nätterna.

Plötsligt klyvde ett gällt skrik luften, följt av ljudet av splittrande trä. Tims huvud for upp och blicken fastnade på stallet längst bort på gården. Bredvid honom stelnade Spurling, och handen föll mot sabelhjaltet.

"Det kom från Apollos spilta", utbrast Tim och satte av i språng, och såg Molly redan springa före honom. Hjärtat dunkade i öronen när han rusade mot stallet, medan en kall klump av oro lade sig i magen. Vad som än hade hänt kunde det inte vara gott, och Molly sprang rakt in i det, utan tanke på sin egen säkerhet!

Tim hann upp Molly när hon slet upp stalldörren, hennes spensliga gestalt förminskad av den oreda som mötte dem. Apollo stegrade och kastade sig, ögonen rullade vilt när han slet mot repen som höll honom. I mitten av spiltan stod överstelöjtnant Forebury, med en lång piska hårt greppad i sin återstående hand.

"Din eländiga best!" väste Forebury och lät piskan sjunga över Apollos sida med en vidrig smäll. Den skarpa knallen ekade genom stallet, följd av Apollos plågade skri. Tims hjärta värkte vid ljudet, och han såg färgen försvinna ur Mollys ansikte. Foreburys arm höjdes och föll, lädret bet sig in i Apollos flank med brutal precision, och blod började rinna i strimmor över hingstens rödguldiga päls.

Hingstens skrik blev allt mer paniska, den kraftfulla kroppen vred sig och kämpade när han försökte komma loss från de tjocka rep som band honom.

"Sluta!" skrek Molly, rösten rå av känslor. "Ser ni inte att ni gör honom illa?"

Forebury ignorerade henne, ansiktet förvridet av grym beslutsamhet. Han lät piskan falla igen, och den här gången nådde Apollos kamp en kokpunkt. Med ett väldeligt ryck slet hingsten järnringen ur träväggen, flisor flög när han bröt sig loss från sina bojor.

Tims ögon vidgades av fasa när Apollo reste sig, hovarna slog ut mot Forebury. "Akta!" ropade han och kastade sig framåt. Men det var för sent. Hingstens framhov träffade Forebury över bröstet och slungade honom bakåt in i stallväggen.

Ett ögonblick fruktade Tim det värsta. Forebury låg orörlig, ansiktet en mask av smärta. Men sedan rörde mannen sig långsamt, ett stön undslapp hans läppar medan han försökte sätta sig upp.

Apollo var under tiden fortfarande i ursinne, ögonen rullade vilt medan han trippade och fnös. Tims hjärta bultade när han såg hingsten stegra på nytt, hovarna slog farligt nära Foreburys liggande gestalt. Om de inte handlade snabbt kunde mannen trampas ihjäl.

"Molly, gör något!" manade Tim, rösten spänd av skräck. "Innan han tar livet av honom!"

Mollys min sade att hon tyckte att den ödeslottan låg nära vad Forebury förtjänade, men till hennes heder tvekade hon inte. I stället formade hon läpparna och visslade, den där tredelade visslingen som varje Belle

Haven-häst genast lydde, de klara tonerna skar genom stallkaoset.

Omedelbart spetsade Apollo öronen och vred huvudet mot Molly. Vildheten i blicken verkade rinna av honom, ersatt av ett uttryck av igenkänning och tillit. Långsamt blev hingsten stilla, fortfarande oroligt skiftande men med hovarna kvar på marken.

"Såja nu", mumlade Molly, rösten mjuk och lugnande när hon närmade sig hästen. "Det är bra, Apollo. Du är trygg nu." Hon sträckte fram handen och smekte varsamt hingstens mule när han tryckte nosen mot hennes handflata.

Tim såg på i häpnad, överväldigad av bandet mellan häst och tränare. Det var uppenbart att Molly hade en särskild förbindelse med Apollo, en tillit som gick djupt och var sann.

Men stunden krossades av Foreburys rasande vrål. "Du!" fräste han, stapplade upp på fötter och pekade anklagande på Molly. "Allt detta är ditt fel! Den där besten är en fara, och det beror på din inkompetens som tränare!"

Molly stelnade, ögonen blixtrade av förtrytelse. "Jag ber om ursäkt, sir, men Apollo är ingen fara. Han försvarade sig bara mot er grymhet."

"Grymhet?" hånlog Forebury, ansiktet rött av raseri. "Jag försökte lära det där odjuret hyfs. Något ni uppenbarligen har misslyckats med, fröken Bell."

Tim reste ragg över mannens arrogans, händerna knöts vid sidorna. Hur vågade Forebury tala till Molly på det viset, efter att hon just hade räddat hans liv?

Men Molly stod stadigt kvar, höjde hakan trotsigt och mötte Foreburys blick. "Apollo är en utmärkt häst, sir, med ett milt sinnelag och en villig ande. Det är inte hans fel att han retades upp av er misshandel."

"Misshandel?" spottade Forebury fram, ögonen höll på att tränga ur sina hålor. "Din oförskämda flicka! Jag ska be att få tala om att jag är en aktad officer i Hans Majestäts armé, och jag tolererar inte sådant respektlöst beteende från en simpel stallflicka!"

Tims blod kokade vid mannens ord, och han tog ett steg fram och ställde sig mellan Molly och Forebury. "Nu räcker det, sir", sade han kyligt, med varning i rösten. "Fröken Bell är ingen simpel stallflicka, och jag tänker inte stå och se på när ni smädar hennes heder."

Forebury smalnade med ögonen och vände sin uppmärksamhet mot Tim, läppen krökte sig i en sned grimas. "Lägg dig inte i, Blair-Fortescue. Detta angår inte dig."

Tim bet ihop käkarna, blicken hårdnade av beslutsamhet. "Tvärtom, sir, det angår mig i högsta grad. Fröken Bell är en aktad medarbetare vid denna akademi, och jag kommer inte låta henne utsättas för era grundlösa anklagelser och förolämpningar."

Forebury flämtade genom näsborrarna, ansiktet antog en ful, purpuraktig ton. "Ni glömmer er, major. Jag har högre grad än ni, och jag låter mig inte tilltalas så av en underordnad."

Tim stod kvar där han stod, rakryggad och orubblig. "Med all respekt, sir, har graden inget med saken att göra. Det som betyder något är sanningen, och sanningen är att fröken Bell handlade med stor tapperhet och skicklighet när hon förhindrade en tragedi här i dag."

Forebury fnös, blicken for mellan Tim och Molly med knappt dold avsky. "Tapperhet och skicklighet? Snarare dumdristighet och olydnad. Den där hästen är en fara, och jag ska se till att den avlivas för sina handlingar."

Molly flämtade, handen flög upp till munnen i fasa. Tims hjärta knep till vid tanken på att Apollo skulle tas av daga, och tankarna rusade när han försökte finna ett sätt att hindra Forebury från att verkställa sitt hot.

Forebury anade svaghet och tryckte på med sin auktoritet. "Och vad er anbelangar, fröken Bell, är det rent löjligt att ni fortfarande finns kvar här. Det finns inga kvinnor i Hans Majestäts armé, och jag har själv sett att era curlande träningsmetoder gör mer skada än nytta och skapar farliga hästar! Ni lämnar Sandhurst i dag, annars låter jag avhysa er."

Tims mage sjönk vid blotta tanken på att Molly skulle resa, men Molly verkade helt opåverkad av Foreburys hot.

"Jag tror inte det, sir. Ni glömmer nog, vill jag mena, min personliga vänskap med hertigen av York?"

"Det struntar jag i, vem du sårar på benen för, flicka", hånade Forebury, och Tim såg rött.

"Ni ska be om ursäkt och genast ta tillbaka den ärekränkande anklagelsen, sir", sade han, rösten iskall.

"Ni glömmer vem ni talar till, major!" svällde Forebury upp, ansiktet blev än rödare.

"Jag talar till en kollega som i detta ögonblick uppvisar en oroande brist på heder", svarade Tim stadigt. "Jag tvivlar inte på att min och fröken Bells redogörelse för dagens händelser skulle styrkas av kadetterna som bevittnade era handlingar och ord." Han nickade mot den öppna stalldörren och det halvdussin unga män som stod där, med chocken skriven i ansiktet efter vad de just bevittnat.

Länge stirrade Forebury på Tim, ögonen glödde av återhållen vrede. Sedan gav han Molly en sista, giftig blick, vände på klacken och marscherade ut ur stallet, stövelklackarnas eko hårt mot kullerstenen.

När ljudet av Foreburys steg dog bort vände sig Tim mot Molly, och hjärtat värkte vid synen av hennes uppskakade min. Han längtade efter att ta henne i famnen, ge tröst och försäkran, men han visste att han inte kunde. Inte här, inte nu, med en rad chockade kadetter som stirrade på dem.

I stället sträckte han ut handen och rörde lätt vid hennes axel, rösten mjuk och uppriktig. "Är allt väl med er, fröken Bell?"

Molly nickade, ögonen blanka av återhållna tårar. "Ja, tack, major. Jag vet inte vad jag hade gjort om ni inte hade varit här."

Tims hjärta svällde av stolthet och beundran över hennes mod, samtidigt som han kände ett sting av skuld för att han inte kunde skydda henne mer. "Ni hade hanterat det med er sedvanliga värdighet och tapperhet, det är jag övertygad om", sade han varmt och skänkte henne ett litet, lugnande leende.

Molly besvarade leendet, ögonen mjuka och tacksamma. Ett ögonblick stod de bara där, och såg på varandra i stallens stillhet, medan spänningen efter uppgörelsen sakta ebbade ut.

Men även när lättnaden sköljde över honom visste Tim att detta var långt ifrån över. Forebury var en stolt och hämndlysten man, och han skulle inte låta saken bero. Tim måste vara på sin vakt, vaka över Molly och Apollo och se till att de var trygga de kommande dagarna.

”Jag är så ledsen att han talade till er på det sättet. Jag låter det inte bero förrän han har bett om ursäkt.” Tim tänkte inte låta någon svärta ner Mollys rykte.

Hon gav honom ett trött litet leende. ”Tror ni att det där var första anklagelsen av det slaget jag hört, major? Jag är en kvinna som tar mig fram i en mans värld, gör ett arbete många menar bör vara förbehållet män – och gör det bättre än de flesta män skulle. Jag har hört långt värre.”

”Översten har ändå ingen rätt att tala till er så där, fröken Bell.” Det var kadett Llewellyns mjuka walesiska accent; den långe unge rekryten var blossande arg för Mollys skull. Bredvid honom nickade de andra kadetterna, ett dovt, irriterat mummel talade om för Tim att de alla kände likadant.

”Jag är glad att ni är så angelägna om att försvara min heder, kadett”, sade Molly med ett leende. ”Men snälla, lämna saken i majorens händer. Låt oss ta detta som ett lärdomstillfälle! Vi har haft liten möjlighet för mig att demonstrera de bästa metoderna vid skador på era hästar, bortsett från vardagliga saker som stenslag. Kom.” Hon vinkade in dem i stallet. ”Dessa rispor liknar ganska väl sår som en sabel kan lämna... Jag ska visa er vad ni gör om er häst får den här typen av sår i strid.”

Tim stod stilla i bakgrunden och beundrade hur Molly tog sig an att undervisa kadetterna, skickade i väg en av dem för att hämta en läderväska med läkemedel som hon förvarade i foderkammaren. Snart hade hon dem att turas om med att hålla Apollos huvud och tala mjukt till den omskakade hästen, medan hon visade de andra hur de skulle behandla de blödande strimmorna på hingstens flanker.

"Sir", sade en försiktig röst vid hans armbåge, och Tim vände sig om och såg löjtnant Spurling där, med ängsligt uttryck. "Kommendanten begär er närvaro på expeditionsrummet. Omedelbart. Tillsammans med fröken Bell."

Molly hade uppenbarligen hört Spurling, för hon vände sig från sitt arbete och mötte Tims blick, oro skuggade hennes ögon.

"Mycket bra, Spurling", sade Tim. "Vi kommer genast."

Molly såg kluven ut, som om hon inte ville lämna Apollo, men hästen stod nu stilla, och tuggade på hö som en kadett hämtat åt honom. Med några låga ord till Llewellyn pressade hon sin salvtub i kadettens händer, torkade fingrarna på en trasa och anslöt till Tim vid dörren.

"Kommer Apollo att klara sig?" frågade Tim för säkerhets skull.

"Fysiskt. Inget av såren är djupt. Hans sinne?" Molly ryckte på axlarna. "Hästar går genom strid och möter kanonerna igen; de är remarkabla varelser. Det här är bara Apollos första strid. Vi får se."

Tim nickade och räckte artigt fram armen åt Molly. "Vi bör nog inte låta kommendanten vänta."

När de närmade sig kommendantens rum for Tims tankar genom olika möjligheter. Hade Forebury redan lämnat in en anmälan? Var kommendanten på väg att ta parti för den hämndlystne överstelöjtnanten? Han sneglade på Molly, lade märke till spänningen i hennes käke och den beslutsamma hållningen. Vad som än väntade visste han att hon skulle möta det med samma mod och värdighet som i stallet.

Spurling öppnade dörren och visade in dem på rummet. Kommendanten satt bakom sitt skrivbord med outgrundlig min. Och där, stående framför honom med ett självbelåtet, triumferande flin, stod Forebury.

"Ah, major Blair-Fortescue, fröken Bell. Tack för att ni kom", sade kommendanten med noggrant neutral ton. "Överstelöjtnant Forebury har uppmärksammat mig på en ganska allvarlig sak."

Forebury tog ett steg fram, ögonen blixtrade av illvilja. "Den där besten är en fara, kommendant. Den gick till anfall utan provokation och var nära att döda mig. Jag kräver att den avlivas omedelbart."

Molly flämtade, handen for till munnen. "Nej! Apollo försvarade sig bara. Ni piskade honom skoningslöst, och han..."

"Tyst!" snäste Forebury och vände sig mot henne. "Den där varelsen är en fara för alla på Sandhurst. Den har ingen plats här, och det har inte ni heller!"

Tims blod kokade vid förolämpningen, men innan han hann tala höjde kommendanten handen. "Överstelöjtnant Forebury, jag påminner er om att hålla en civil ton. Fröken Bell är gäst här på Sandhurst och ska bemötas med respekt."

Foreburys ansikte rödnade, men han svalde svaret. Kommendanten vände sig mot Molly, minen mjuknade en aning. "Fröken Bell, även om jag förstår er anknytning till Apollo, är inte överstelöjtnant Foreburys oro helt obefogad. En häst som går till anfall mot sin ryttare, oavsett provokation, kan inte betros i militär tjänst."

Tims hjärta sjönk när han såg färgen åter rinna av Mollys ansikte. Han ville sträcka ut handen mot henne, ge någon form av tröst, men han visste att det bara skulle förvärra saken. I stället tvingade han sig att stå rak, blicken fäst vid kommendanten, och sände honom all sin tysta förhoppning om förnuft.

Kommendanten suckade, tyngden av beslutet syntes i de sjunkna axlarna. "Jag är ledsen, fröken Bell, men jag har tyvärr inget val. Apollo måste underkännas som arméhäst."

Molly spärrade upp ögonen, läpparna öppnades i en tyst inandning. Tims eget hjärta slog hårt i bröstet, och luften i rummet blev plötsligt tung av spänning.

Foreburys självgodhet var nästan påtaglig, ett leende drog i mungiporna. "Ett klokt beslut, kommendant. Den där besten hör inte hemma bland våra förnäma hästar."

Tims käkar hårdnade, händerna knöts vid sidorna. Han sneglade på Molly, hennes ögon glittrade av återhållna tårar, och en våg av beskyddarinstinkt sköljde över honom. Han längtade efter att sudda bort Foreburys självbelåtna min, men han visste att han måste gå varsamt fram.

"Kommendant", började Tim, rösten stadig trots stormen inom honom, "det måste finnas en annan väg. Apollo är en exceptionell häst, och jag är säker på att med fortsatt träning av fröken Bell..."

Kommendanten skakade på huvudet, medlidsam men fast i blicken. "Förlåt, major Blair-Fortescue, men mitt beslut är definitivt. Våra mäns och hästars säkerhet måste gå först."

Mollys axlar sjönk, huvudet föll i uppgivenhet. Tims hjärta värkte för hennes skull; han visste hur mycket Apollo betydde för henne. Han önskade att han kunde skydda henne från den smärtan, men han stod maktlös inför kommendantens utslag.

Foreburys flin breddades, triumfen glimmade i blicken. "Jag skjuter djuret själv, kommendant. Vi kan inte ha en skenande häst som stör vår utbildning."

Tims blod sjöd av vrede, men han höll tyst. Han visste att bråk med Forebury bara skulle göra saken värre för Molly. I stället fokuserade han på henne, ville att hon skulle se på honom, se det tysta stödet i hans blick.

"Åh, nej", sade kommendanten, och Tims blick flög tillbaka till den gråhårige överordnade. "Det går inte alls för sig, mr Forebury. Vi kan inte avliva Apollo."

"Men..." började Forebury, rösten steg av oro. Kommendanten höjde handen för att avvärja invändningar.

"Fröken Bell påminde mig häromdagen om att alla hingstar som levereras av Belle Haven till armén omfattas av ett särskilt köpekontrakt, med en återgångsklausul. Skulle hästarna när som helst visa sig överflödiga, ska de återföras till Belle Havens avelsprogram. Och Apollo är en hingst, eller hur?"

Det fanns ett finurligt skimmer i kommendantens ögon. Tim kunde plötsligt andas igen.

”Apollo är sannerligen en hingst, sir”, bekräftade Tim. ”Den sista sonen till Hermes, en av Belle Havens främsta.”

”Då, fröken Bell”, sade kommendanten, ”är jag skyldig att återföra Apollo till Belle Havens ägo, enligt villkoren i försäljningskontraktet.”

Mollys axlar sjönk av lättnad, en skälvande utandning undslapp henne. ”Tack, kommendant”, mumlade hon, och tacksamheten hördes i varje ord. ”Jag hade inte stått ut med tanken på att förlora honom.”

Tims hand ryckte till vid sidan; han längtade efter att räcka ut och trösta henne, men anständigheten höll honom tillbaka. I stället lyssnade han skarpt till kommendantens nästa ord, hjärnan redan i gång med möjligheter.

”Jag måste be er att ordna så att Apollo förs bort från Sandhurst snarast möjligt”, fortsatte kommendanten, tonen bestämd men inte ovänlig. ”Jag förstår att det kan vara svårt, men det är nödvändigt för att upprätthålla ordning och disciplin vid akademin.”

Molly nickade, de mörka ögonen blanka av återhållna tårar. ”Självklart, kommendant. Jag ska skriva till Sir Richard och be honom se till att Apollo återförs till Belle Haven så snart det låter sig göras.”

Överstelöjtnant Forebury, med ansiktet förvridet av knappt dold vrede, reste sig tvärt. ”Om ni ursäktar mig, kommendant”, pressade han fram, tonen skarp och hård. Med en kort nick som med nöd och näppe nådde upp till minsta artighet stormade han ut ur rummet, och stegen ekade i korridoren.

Kommendanten suckade, axlarna sjönk något när han vände sig till Tim och Molly. ”Ni är fria att gå, major

Blair-Fortescue, fröken Bell. Och vänligen, ta emot min ursäkt för denna olyckliga situation.”

”Tack, sir”, svarade Tim, tacksam för att kommendanten lyckats desarmera situationen utan att döma Apollo. ”Vi uppskattar er förståelse och rättvisa i denna fråga.”

Molly, med ögon som glänste av återhållna tårar, lyckades le svagt. ”Ja, tack, kommendant. Jag vet att Sir Richard kommer vara tacksam för er överseende.”

”Avfärdade”, sade kommendanten med ett halvleende, och de bockade sina artigheter och skyndade att lämna rummet.

När de kommit utom hörhåll släppte Molly ut en skälvande andning. ”Jag kan knappt tro det. Apollo ska hem. Han är trygg.”

Tim sträckte ut handen och slöt varsamt om hennes i en tröstande gest. ”Du klarade det, Molly. Du stod upp för honom, och du vann. Jag är så stolt över dig.”

Hon såg upp på honom, de mörka ögonen sökte hans ansikte. ”*Vi* vann. Jag hade inte klarat det utan dig. Ditt stöd, din tro på mig... det betyder allt.”

I det ögonblicket, där de stod tillsammans i den stilla korridoren, kände Tim hur känslorna svallade upp inom honom, en längtan att dra henne in i sina armar och aldrig släppa taget. Men han tvingade sig att stå orörlig; han kunde inte göra det han så innerligt önskade.

I stället gav han bara hennes hand en lätt tryckning, ett tyst löfte om sitt stöd. ”Kom”, sade han mjukt, ”så får vi det där brevet till Sir Richard skrivet. Apollo väntar på att få komma hem.”

Molly nickade, ett leende drog i hennes läppar medan hon lät Tim leda henne nerför korridoren. När de nådde Mollys gemak stannade hon vid dörren och vände sig mot honom. "Tack, Tim", sade hon mjukt, rösten fylld av känsla. "För allt."

Han log, hjärtat svällde av ömhet. "Du behöver aldrig tacka mig, Molly. Jag kommer alltid att stötta dig, vad som än händer."

Hon strök upp handen och lät fingrarna snudda hans kind i en öm smekning. "Jag vet", viskade hon. "Och jag kommer alltid finnas där för dig också."

Ett ögonblick stod de där, förlorade i varandras blickar, och världen omkring dem bleknade bort. Sedan drog Molly sig tillbaka med en mjuk suck och lät handen falla.

"Jag borde skriva det där brevet", sade hon, med en ton av saknad. "Ju förr Apollo är tillbaka på Belle Haven, desto bättre."

Tim nickade; han förstod hur viktigt det var. "Självklart. Jag låter dig få arbetsro."

Med en sista, dröjande blick försvann hon in i sina rum och lämnade Tim ensam i korridoren, med hjärtat fullt av känslor han knappt visste hur han skulle benämna.

Kapitel elva

MOLLYS FINGRAR FÖLJDE DE läkande såren på Apollos sida, och hennes beröring var varsam när hon strök på sin lindrande salva. Den stolta hingsten frustade mjukt, och hans mörka ögon följde henne med fullkomlig tillit.

"Såja, såja", viskade hon, knappt hörbart. "Du läker fint, eller hur?"

Medan hon arbetade gled Mollys tankar till de senaste dagarnas händelser. Sammandrabbningen med Forebury brände fortfarande i minnet, en blandning av ilska och oro som vred sig i magen. Hon hade halvt väntat sig att överstelöjtnanten på något sätt skulle göra allvar av sina hot, men än så länge hade en olustig stillhet lagt sig över Sandhurst.

"Jag undrar vad Pa säger när han får höra allt det här", funderade Molly högt och rynkade pannan. Hon hade skickat ett brev till Richard på Belle Haven, beskrivit incidenten och bett honom ordna Apollos hemfärd, men ännu hade inget svar kommit. Väntan började tära på nerverna.

Apollo skiftade vikt, och Molly stabiliserade honom instinktivt med en fast hand. "Lugn, pojke. Jag vet att du längtar hem."

Hemma. Ordet framkallade bilder av Belle Havens vidsträckta betesmarker och Richards varma leende, Theresas kärleksfulla famn och systrarnas skratt. En hugg av hemlängtan slog till, och Molly fann sig längta efter den välbekanta tryggheten i stallarna där.

"Vad säger du, Apollo?" frågade hon och drog en borste längs hans glänsande päls. "Ska vi sticka härifrån i all hast? Lämna allt det här Sandhurst-trasslet bakom oss?"

Hästen fnös, som till svar, och Molly kunde inte låta bli att skratta. "Jag vet, jag vet. Vi kan inte svika våra plikter riktigt än."

Medan hon fortsatte sina omvårdnader vandrade Mollys tankar till Tim. Hans trygga närvaro hade varit som balsam under de oroliga dagarna efter Foreburys hot. En värme spred sig i bröstet vid tanken på hans orubbliga stöd.

"Han är en bra man, eller hur?" sa Molly lågt till Apollo, som flickade på ett öra till svar. "Fast jag vågar påstå att han skulle bli chockad om han hörde mig erkänna det."

Stalldörren knarrade till, och Molly rycktes ur sin dagdröm. Hon vände sig om, halvt förväntande sig att se Tim, men det var bara en stalldräng som kom med färskt hö.

"Något besked från Belle Haven, miss?" frågade den unge pojken medan han lyfte en bal.

Molly skakade på huvudet och försökte dölja sin besvikelse. "Inte än, Thomas. Men jag är säker på att vi hör något snart."

När Thomas gått återvände Molly till Apollo, nu med en rastlöshet i rörelserna. "Vad säger du, ska vi ta en liten tur senare, hmm? Bara för att sträcka på benen, förstås."

Apollo gnäggade mjukt, och Molly log, masserade hästens öron när han sänkte huvudet för att ta emot smekningen. "Vi tar det lugnt, men jag tror inte sadeln kommer åt något av såren. Bra så, pojke. Vänta på mig. Jag kommer tillbaka senare."

Den krispiga morgonluften sprakade av förväntan när Molly gick över övningsfältet. Det rytmiska hovslaget och klirret från seldonen fyllde luften, avbrutet av rop av upphetsning och nervösa skratt. I dag var ingen vanlig dag på Sandhurst; kadetterna förberedde en simulerad anstormning, komplett med kanoneld.

När Molly närmade sig samlingen av hästar och ryttare föll blicken på kadett Llewellyn, som stod bredvid sin häst, Osiris. Den unge walesarens käke var spänd, ett tydligt tecken på nerver, men rörelserna var precisa när han justerade tränset.

"Är ni redo för dagens prov, kadett?" ropade Molly och gav ett lugnande leende.

Llewellyn vände sig om och ansiktet ljusnade något. "Så redo som jag kan bli, fröken Bell. Fast jag medger att tanken på de där kanonerna knyter magen på mig."

Molly skrattade till och klappade Osiris på halsen. "Ni är nog inte ensam om det, kan jag tro. Men kom ihåg, Osiris här är hur stabil som helst. Ni två är ett präktigt par."

"Det är vi", höll Llewellyn med, rösten varm av kärlek till sin häst. Han sneglade runt på de andra kadetterna, alla i olika stadier av förberedelser. "Jag hoppas bara att jag inte gör bort mig inför de andra."

Mollys panna veckade sig lätt. "Inget sånt prat nu. Ni har tränat hårt för den här stunden. Lita på er själv och på Osiris."

Medan hon talade fångade ett dovt sorl hennes uppmärksamhet. När hon vände sig såg hon Tim komma med långa steg mot gruppen, och hans blotta närvaro ingav kadetterna respekt. Molly kände ett fladder i bröstet, som hon raskt försökte ignorera.

"Mina herrar", ropade Tim, med en röst som bar över fältet. "I dag ställs ni inför en utmaning olik allt ni mött hittills. Kom ihåg er utbildning, lita på ert omdöme och framför allt, var ett med er häst."

Molly såg hur Llewellyn sträckte på sig, beslutsamheten ersatte nervositeten. Hon kunde inte låta bli att känna stolthet över den unge kadetten och allt han åstadkommit.

"Fröken Bell", sa Tim och kom fram till henne med en nick. "Jag hoppas att allt står väl till med Apollo i morse?"

"Ja, alldeles utmärkt", svarade Molly, smärtsamt medveten om värmen i hans blick. "Fast jag vågar säga att han är en smula avundsjuk på allt ståhej här ute."

Tims läppar drog sig till ett halvt leende. ”Det kan vi ju inte ha. Kanske kan vi ordna en särskild uppvisning åt honom när han är helt återställd.”

Medan de talade lade Molly märke till hur Tims närvaro tycktes stärka kadetternas självförtroende runt omkring dem. Det var uppenbart att de såg upp till honom och ivrade efter att bevisa sig under hans vaksamma blick.

”Nå”, sa Molly, plötsligt ivrig att göra sig nyttig, ”jag ska låta er fortsätta förberedelserna. Lycka till allihop, och kom ihåg – stadiga händer och stadiga hjärtan.”

Kadett Llewellyn gick mot Osiris med fjäderlätta steg, knappt i stånd att hålla sin iver inför det kommande provet i schack. Men när han grep efter sadeln skiftade den annars så fogliga hästen oroligt och kastade med huvudet med ett mjukt, obekvämt gnägg.

”Lugn nu, pojke”, mumlade Llewellyn och rynkade pannan av oro. Han drog en lugnande hand längs Osiris hals och kände spänningen under handflatan. ”Vad är det frågan om?”

Förbryllad började Llewellyn inspektera seldonen, fingrarna rörde sig metodiskt över läderremmar och spännen. När han lyfte på sadeln fångade en glimt av metall hans blick. Med en rynka i pannan stack han in handen under och drog fram en vass, taggig metallbit.

”Vad i all världen?” mumlade han och vände på föremålet i handen. Han bleknade när han insåg vilken skada det kunde ha orsakat när hans vikt kom på Osiris rygg; metallen skulle pressas in och skära hästen rakt över ryggraden. ”Vem skulle göra något sådant?”

Tvärs över gårdsplanen fångade Mollys skarpa blick oron i Llewellyns hållning. Hjärtat tog ett skutt när hon skyndade dit, med bekymret målat i ansiktet.

”Är allt i sin ordning, kadett Llewellyn?” frågade hon och lät blicken växla mellan den unge mannen och den oroliga hästen.

Llewellyn höll upp metallbiten, handen darrade svagt. ”Jag fann det här under Osiris sadel, fröken Bell. Jag kan inte begripa hur det hamnat där.”

Molly spärrade upp ögonen när hon såg det grymma föremålet. ”Får jag?” frågade hon och räckte fram handen. När Llewellyn gav henne det vände hon och vred på det, medan tankarna rusade. ”Detta är ingen olyckshändelse”, sa hon lågt, med en röst spänd av återhållen vrede.

”Men vem skulle göra något sådant?” frågade Llewellyn, med en röst där förvirring blandades med förtrytelse.

Mollys blick fastnade på överstelöjtnant Foreburys bortvända gestalt, hans säregna gång var omisskännlig även på håll. En kall insikt sköljde över henne när hon mindes att hon sett honom smyga kring stallen för bara några ögonblick sedan. Fingrarna slöt sig hårt kring den taggiga metallen, de råa kanterna skar in i handflatan.

”Ursäkta mig, kadett Llewellyn”, sa Molly med låg, kontrollerad röst. ”Jag tror att jag vet vem som bär skulden för detta.”

Utan att vänta på svar korsade Molly gårdsplanen med raska steg, kjolarna svishade ilsket kring anklarna. Hjärtat bultade i öronen, men hon vägrade låta rädslan ta över. När hon närmade sig Forebury ropade hon, och rösten bar klart och starkt över fältet.

"Överstelöjtnant Forebury! Ett ord, om det passar."

Forebury vände sig om, och hans enda arm svängde när han mötte henne. "Fröken Bell", sa han kort. "Vad kan jag göra för dig?"

Molly höll upp metallbiten, och hennes mörka ögon blixtrade av anklagelse. "Kanske kan ni förklara hur denna hamnade under kadett Llewellyns sadel? Jag såg er vid stallen."

Forebury smalnade på ögonen, men Molly fortsatte, rösten darrade av återhållen vrede. "Detta kunde ha skadat både häst och ryttare allvarligt. Vilken möjlig rättfärdighet finns för en så nedrig handling?"

Foreburys ansikte förvreds, en blandning av ilska och frustration drog hans drag i osköna grimaser. Den enda fungerande armen ryckte vid hans sida som om den längtade efter att slå. "Hur vågar du anklaga mig för något sådant, fröken Bell", väste han, lågt och hotfullt. "Du glömmer din plats. Jag är en officer i Hans Majestäts armé, inte någon stalldräng som låter sig förhöras av din sort."

Molly stod kvar, hakan trotsigt höjd. Hon kände hjärtat rusa, men hon vägrade backa. "Jag vågar därför att jag bryr mig om kadetternas och deras hästars säkerhet, överstelöjtnant. Er rang ställer er inte över misstanke när bevisen talar för sabotage."

Foreburys blick smalnade, och ett grymt leende lekte i mungiporna. "Klara bevis?" hånade han. "Jag ser bara en hysterisk kvinna som far med vilda anklagelser. Kanske skymmer ditt omdöme av... andra intressen."

En rysning for genom Molly vid hans insinuation, men hennes ansikte förblev oberört.

”Säg mig, fröken Bell”, fortsatte Forebury med förakt drypande ur rösten, ”hur länge har du värmt major Blair-Fortescues säng? Är det så du säkrat din ställning här? Jag undrar vad kommendanten skulle säga om sådan otillbörlighet.”

Molly kände det som ett slag. Kindernas hetta brann av en blandning av skam och indignation. Hur vågar han? Själva tanken på Tim i ett sådant sammanhang fick hjärtat att fladdra, men hon sköt undan känslan och fokuserade på den nesliga beskyllningen.

”Ni går för långt, sir”, fick hon fram, rösten skälvde trots all viljekraft. ”Major Blair-Fortescue är en gentleman, och jag är en lady. Era insinuationer är lika grundlösa som de är motbjudande.”

Inombords snurrade tankarna. Var detta verkligen den nivå till vilken Forebury sjönk för att avleda misstanken? Och hur skulle hon bevisa hans skuld utan att riskera sitt eget – och Tims – rykte?

Kadett Llewellyn klev fram, ungdomen i ansiktet hettade av rättmätig vrede. ”Sir, jag måste invända mot ert sätt att behandla fröken Bell”, sa han, rösten först svajig men allt fastare. ”Hon har inte visat annat än professionalism och stor skicklighet i sitt arbete här. Era beskyllningar är ogrundade och ovärdiga en officer.”

Mollys hjärta svällde av tacksamhet gentemot den modige kadetten, även om rädslan grep tag. Foreburys ansikte mörknade farligt, hans enda fungerande arm spändes när han vände sig mot Llewellyn.

”Du vågar tillrättavisa mig, pojke?” väste Forebury. ”Kanske behöver du en påminnelse om din plats. Jag kan sätta dig att mocka i stallen med bara händerna i en månad, eller värre, avskeda dig helt. Är det vad du vill?"

Llewellyn bleknade men stod kvar. Molly knöt händerna vid sidorna, naglarna skar in i handflatorna medan hon kämpade mot impulsen att ingripa. Hon kunde inte låta kadetten lida för att han försvarat henne, men varje handling från hennes sida kunde bara förvärra läget.

Ett sorl drog hennes uppmärksamhet. Till sin förvåning hade en liten skara rekryter samlats vid kanten av stallplanen, med ögon stora av chock och misstro. Några viskade ivrigt med varandra, andra bara stirrade, fastfrusna av dramat som vecklade ut sig.

Mollys hjärta slog vilt. Hur mycket hade de hört? Skulle de tro på Foreburys vidriga antydningar? Eller skulle de se igenom hans desperata försök att dölja sina egna övertramp? Hon fick syn på unge Braithwaite, fräknarna i ansiktet bildade en mask av förvirring och oro. Bredvid honom såg Wilkins ut att vara redo att rusa fram, endast hindrad av Carpenters hand som höll tillbaka hans arm.

Spänningen i luften gick att ta på, tjock som dimma i halsen. Molly visste att hon måste agera, säga något innan situationen fullständigt spårade ur. Men vad kunde hon göra mot en överordnad officer, särskilt en så hänsynslös som Forebury visat sig vara?

Plötsligt ljöd en röst ur folkhopen. "Det där är inte rätt, sir!" Det var Braithwaite, ung och blossande av indignation. "Fröken Bell skulle aldrig göra det ni säger!"

Molly höll andan när andra röster stämde in, en kör av stöd som steg från de samlade rekryterna.

”Hon har alltid varit rättvis mot oss”, fyllde Wilkins i och tog ett steg fram. ”Och hon kan mer om hästar än någon annan här.”

Carpenter nickade ivrigt. ”Det stämmer, sir. Fröken Bell har bara varit till hjälp. Om hon säger att ni gjorde något med Osiris seldon, då tror jag henne.”

En värme spred sig i Mollys bröst, så stark att den hotade att överväldiga. Hon blinkade snabbt och kämpade mot tacksamhetstårarna. Dessa unga män, knappt mer än pojkar egentligen, riskerade sina egna positioner för att försvara hennes heder.

”Det här är skandalöst!” fräste Forebury, ansiktet fläckigt av raseri. ”Jag anmäler er allihop för ordervägran!”

Innan han hann fortsätta sitt utbrott skar en välbekant röst genom larmet. ”Vad är det som pågår här?”

Mollys hjärta gjorde ett språng när Tim klev in i synfältet, den långa gestalten kastande en lång skugga över gårdsplanen. Hans blick svepte över scenen, tog in Foreburys apoplektiska uppsyn, rekrytarnas trotsiga hållning, och stannade till sist på Molly själv. Omsorgen i hans blick gick inte att ta miste på, blandad med en häftig beslutsamhet som fick hennes puls att rusa.

”Major”, började Forebury, ”jag skulle just...”

Tim ignorerade fullständigt sin överordnade. ”Fröken Bell, är allt väl med er? Vad har hänt här?”

Molly svalde hårt, medveten om alla blickar på henne. Hur kunde hon förklara utan att förvärra situationen? Ändå kändes det, med Tim här, som om allt plötsligt var möjligt. Hon höll upp den vassa metallbiten.

"Kadett Llewellyn hittade det här under Osiris sadel. Jag är rädd att överstelöjtnant Forebury var den enda som stod tillräckligt nära för att ha lagt dit den."

"Pojken lade dit den själv! Sökande efter uppmärksamhet", dundrade Forebury.

Llewellyns ansikte blev kritvitt. "Jag skulle aldrig..." började han, förfärad. Tim höjde handen för att stoppa hans stakande förnekande.

"Jag tror på er, kadett Llewellyn", sade Tim lugnt. "Lediga." Hans röst förblev stadig när han vände sig till Forebury. "Överstelöjtnant, jag har hört nog för att förstå situationen. Fröken Bells anklagelser är allvarliga, och jag anser att de kräver omedelbar utredning."

Mollys hjärta rusade när Tim fortsatte: "Jag tänker ta den här saken direkt till kommendanten. Att manipulera en kadetts utrustning är ett grovt brott, ett som kunde ha lett till svår skada eller värre."

Foreburys ansikte bleknade, hans tidigare morska tonfall föll samman. "Nu ska ni höra här, Blair-Fortescue..."

Men innan han hann avsluta, utbrast kadett Llewellyn, stärkt av Tims stöd: "Sir, det finns mer. Överstelöjtnant en... han sade riktigt vidriga saker om fröken Bell och er. Antydningar om er relation som ingen gentleman skulle yttra."

Molly såg stumt på när Tims uttryck förändrades. Färgen rann ur hans ansikte, ersatt av en dödlig blekhet som fick hans ögon att brinna av en intensiv, kall vrede. Käkarna spändes, och ett ögonblick trodde hon att han skulle slå till Forebury där han stod.

I stället kom Tims röst som en låg, farlig ton som sände rysningar längs Mollys ryggrad. "Överstelöjtnant Forebury, jag utmanar er formellt på duell. Era ord och handlingar har gått långt utöver anständighetens och hederns gräns."

Häpnadssuckar gick genom de samlade kadetterna. Mollys hand flög till munnen, tankarna snurrade. En duell? För hennes skull? Situationen slog över henne som en våg, lämnade henne andfådd och skälvande.

Foreburys hånlogg förvred hans ansikte till en ful mask, ögonen blixtrade av illvilja. "En duell? Var inte löjlig. Ni vet mycket väl att dueller är strängt förbjudna på Sandhurst. Eller har ni glömt föreskrifterna ni svurit att upprätthålla?"

Spänningen i luften var påtaglig, tjock nog att skära i. Mollys hjärta rusade, blicken flackade mellan Tim och Forebury. Hon såg hur Tims käke arbetade, hans axlar var stela av knappt återhållen vrede.

När Tim talade var hans röst kall och skarp som en iskniv. "I så fall, överstelöjtnant, får ni ange plats och tid efter eget val. Men missta er inte – jag kan inte och kommer inte låta så grova förolämpningar mot fröken Bells heder förbli obesvarade."

Molly drog efter andan. Tims ord, hans orubbliga försvar av hennes heder, skickade en våg av värme genom bröstet även medan rädslan tog struptag. Hon ville tala, ingripa, men stod som fastnaglad, oförmögen att göra annat än att se på medan scenen spelade ut sig.

Tims blick lämnade aldrig Foreburys ansikte när han fortsatte, med en ton som inte inbjöd till invändningar.

"Ert uppförande anstår inte en officer och gentleman. Välj er plats, sir, för detta ska avgöras, på ett eller annat sätt."

Kadetterna omkring dem rörde sig oroligt, utbytte bekymrade blickar. Mollys tankar rusade. Hur hade allt kunnat eskalera så här snabbt?

Förändringen hos Forebury var omedelbar och slående. Hans ansikte, som nyss var blossande av ilska, tömdes på all färg. Ögonen, nyss hånfullt smala, vidgades nu av omisskännlig rädsla när han insåg att Tim menade blodigt allvar. Molly såg hur insikten om situationens allvar gick upp för Forebury, hur struphuvudet hoppade när han svalde hårt.

Tim stod orörlig, blicken orubblig, utstrålande ett stilla men dödligt beslut. Luften sprakade av spänning, och Molly märkte att hon höll andan, hjärtat hamrade mot bröstkorgen.

När Forebury väl fick fram rösten var den långt ifrån hans tidigare hånfulla tonfall. "Jag... jag kan ha talat ur tur", stammade han, blicken flackande mellan Tim och Molly. "Kanske kan vi lösa detta utan att ta till... extrema åtgärder."

Molly kände en kollision av känslor – lättnad över att situationen kanske kunde desarmeras, men också en märklig besvikelse över att Tims passionerade försvar kanske skulle bli obesvarat. Hon sköt undan det senare och fokuserade på den darrande mannen framför henne.

Forebury vände sig mot henne, fullständigt förvandlad i uppträdandet. "Fröken Bell", började han, knappt över en viskning, "jag... jag ber ödmjukast om ursäkt för mitt osedliga uppträdande och mina... olämpliga kommentarer. De var ovärdiga en gentleman och officer."

Mollys tankar snurrade. Var detta samme man som varit så grym för bara några ögonblick sedan? Hon kämpade för att hitta sin röst, sliten mellan att acceptera ursäkten och att bevara sin värdighet.

"Era ord var sannerligen sårande, överstelöjtnant", lyckades hon till slut säga, med en röst stadigare än hon kände sig. "Men jag uppskattar er ursäkt."

Medan hon talade kunde Molly inte låta bli att kasta en blick på Tim och undra vad han tänkte om denna plötsliga förändring hos Forebury. Skulle det räcka för att förhindra duellen? Tanken på att Tim kunde riskera livet för hennes skull fick det att ila längs ryggraden, en blandning av rädsla och något annat hon inte vågade namnge.

Tims käke spändes, ögonen blixtrade av knappt återhållen vrede. Han klev fram och sträckte sig efter den taggiga metallbit som kadett Llewellyn tagit fram under Osiris sadel och plockade den ur Mollys grepp.

"En ursäkt räcker inte på långa vägar, Forebury", sade Tim med låg, farlig röst. Han höll upp metallskärvan så att solen glimmade i den. "Det här handlade inte bara om förolämpningar. Ni satte liv på spel – både mänskliga och hästars. Inser ni konsekvenserna om jag tar detta till kommendanten? En krigsrätt vore ert minsta bekymmer."

Mollys hjärta rusade när hon såg Tim konfrontera Forebury. Hon hade aldrig sett honom så vild, så beskyddande. Det rörde upp något inom henne, en värme som spred sig genom bröstet trots den laddade situationen.

Foreburys ansikte, redan blekt, blev nu askgrått. Hans enda arm skakade när han höjde den i en försonande gest. "Nu, Blair-Fortescue, nog kan vi väl komma överens om något", stammade han, hans tidigare mod fullständigt bortblåst. "Det finns ingen anledning att blanda in kommendanten i det här... missförståndet."

Tims ögon smalnade. "Missförstånd? Ni utsatte medvetet—"

"Jag begär förflyttning!" kastade Forebury ur sig, rösten sprucken. "Med omedelbar verkan. Jag lämnar Sandhurst. Ni behöver aldrig se mig igen."

Molly såg hur den en gång så imponerande överstelöjtnanten tycktes krympa inför hennes ögon. Axlarna sjönk, nederlag inristat i varje linje i ansiktet.

"Ja, det... det är bäst så", mumlade Forebury, mer för sig själv än för dem. Utan ett ord till vände han sig om och skyndade därifrån, den ojämna gången avslöjade hans iver att fly skådeplatsen för sin förnedring.

Ett kollektivt sus av lättnad gick genom den samlade skaran. Mollys blick flög från ansikte till ansikte och tog in blandningen av triumf och misstro som stod skrivet hos var och en. Rekryterna, nyss stela av förväntan inför konfrontationen, bar nu uttryck av häpen förundran.

Tims axlar sjönk märkbart när han vände sig mot gruppen. "Nå, mina herrar", sade han, rösten lättare men fortfarande med en skarp auktoritet, "jag tror vi har haft nog spänning för en förmiddag. Kadett Llewellyn, se till Osiris. Resten av er, upp i sadeln."

När rekryterna satte fart fångade Molly Tims blick. En tyst förståelse passerade mellan dem, ett delat ögonblick av seger mot Foreburys ränker. Hennes hjärta svällde av stolthet och något annat hon inte vågade sätta namn på.

Löjtnant Spurling kom fram, hans kryckor slog en stadig rytm mot den stenlagda gården. "Rätt ett rabalder, vad?" sade han, den yorkshirefärgade tonen lättade stämningen ytterligare. "Ska jag föra grabbarna till övningsfältet, sir?"

Tim nickade. "Ja tack, Spurling. Håll dem i schack, vill du."

När Spurling förde bort rekryterna och deras hästar, vände sig Tim till Molly och följde efter henne när hon gick bort mot Apollos spilta, i behov av ett ögonblick för att samla sig. "Är ni oskadd, fröken Bell?" frågade han lågt.

Molly pressade fram ett leende och försökte utstråla en säkerhet hon inte helt kände. "Jag mår bra, på riktigt. Det här klarar jag." Hon strök tillbaka en bångstyrig hårslinga under hatten, fingrarna aningen darriga.

Tims blick smalnade, uppenbart inte övertygad av hennes tappra fasad. Han tog ett steg närmare, hans närvaro både tröstande och omvälvande. "Molly", sade han mjukt och använde hennes dopnamn i ett sällsynt ögonblick av förtrolighet. "Du behöver inte låtsas inför mig."

Hennes andning hakade upp sig när han lade händerna varsamt på hennes axlar, beröringen varm även genom tyget i hennes klänning. Molly fann sig själv se upp i hans ansikte, slagen av intensiteten i hans blick. Hans blå ögon, vanligtvis så behärskade, rymde nu en blandning av omtanke och något djupare som fick hennes hjärta att rusa.

Tiden tycktes sakta in, stallens livliga ljud tonade bort. Molly var smärtsamt medveten om varje detalj – doften av hö och häst, värmen i Tims händer, hur hans bröstkorg höjde och sänkte sig med varje andetag. Tusen tankar rusade genom hennes huvud, minnen av deras samspel, den växande spänningen mellan dem som hon kämpat så hårt för att ignorera.

Tims uttryck mjuknade, blicken föll hastigt till hennes läppar innan den mötte hennes ögon igen. Molly kände hur hon lutade sig fram, dragen av en osynlig kraft hon inte kunde motstå. Hennes ögon slöts när Tim tog bort avståndet, hans läppar mötte hennes i en kyss som var både öm och fylld av outsagd längtan.

Världen föll bort, och för ett ögonblick fanns bara Tim och den mjuka pressen av hans läppar mot hennes. Mollys händer rörde sig av sig själva, vilade mot hans bröst när hon besvarade kyssen, hjärtat dunkade så högt att hon var säker på att han måste höra det.

Det ljuvliga ögonblicket krossades när Tim tvärt ryckte undan, bröt kyssen. Hans ögon vidgades, en blandning av förvåning och ånger fladdrade över hans ansikte.

”Jag… jag ber om ursäkt, fröken Bell”, stammade han, hes. ”Det där var… opassande av mig. Förlåt min förmätenhet.”

Innan Molly hann svara vände Tim på klacken och skyndade därifrån, stövlarna ekade mot stallgolvet när han rusade för att hinna ifatt rekryterna.

Molly stod orörlig, fingrarna rörde omedvetet vid läpparna där Tims nyss hade varit. Stallet kändes plötsligt för stort, för tomt utan hans närvaro. Hon sjönk mot närmaste vägg, benen svaga under henne.

"Vad var det som just hände?" viskade hon till sig själv, yr av tankar.

Det välbekanta gnäggandet från en häst i närheten fick henne att återfå fotfästet, och Molly drog ett djupt andetag, fyllde lungorna med den tröstande doften av hö och läder. Hon slöt ögonen och försökte reda ut den storm av känslor som brusade genom henne.

"Åh, Apollo", mumlade hon till hästen i spiltan bakom, "jag är illa ute, eller hur?"

Hennes hjärta rusade när hon spelade upp kyssen i minnet. Ömheten i Tims beröring, värmen i hans läppar, hur hennes kropp svarade så instinktivt på hans. Det var allt hon i hemlighet drömt om, och ändå...

"Han ångrar sig", insåg Molly, en stöt av smärta genom bröstet. "Såklart han gör. Jag är ju ingen. Vad tänkte jag på?"

Hon sköt ifrån sig väggen och vandrade av och an längs stallet medan hon brottades med känslorna. "Men han kysste mig", invände hon mot sig själv. "Han måste känna något, eller hur?"

Den logiska delen av hennes sinne invände och påminde henne om den djupa klyftan mellan deras stånd. Tim var officer, gentleman, en earls son, för allt i världen! Hon var föräldralös, en flicka av oklar börd som funnit en plats på Belle Haven genom ren beslutsamhet och tur.

"Det kan inte fungera", viskade Molly, rösten stockade sig. "Även om han bryr sig, hur skulle det någonsin kunna bli mer än den här stulna stunden?"

Molly strök Apollos sammetsmjuka mule, tankarna virvlade. Hästen frustade mjukt, kände av hennes oro.

"Jag kan inte stanna", mumlade hon, insikten lade sig som en sten i magen. "Om jag gör det faller jag bara djupare, och hjärtesorgen blir outhärdlig."

Hon rätade på sig, stramade upp axlarna när hon fattade sitt beslut. "Jag måste tillbaka till Belle Haven. Det är det enda rätta."

Tanken på att lämna Sandhurst, att lämna Tim, gjorde ont i bröstet. Men alternativet – att se honom gå vidare, kanske gifta sig med någon mer passande – vore långt värre.

Hon nickade för sig själv, medan en blandning av beslutsamhet och sorg lade sig över henne. "Det är bäst så", viskade hon och försökte övertyga sig själv. "Ett snabbt avslut nu, innan det är för sent."

Apollo nafsade på hennes fingrar och Molly kastade armarna om den stora fuxens hals, gömde ansiktet i manen för att dölja tårarna som hon inte kunde hindra från att rinna nerför kinderna. "Åtminstone har jag ursäkten att ta hem dig", mumlade hon. "Åtminstone det."

Kapitel tolv

DET BLEKA LJUSET FRÅN gryningen smög över horison-
ten när Molly tyst tog sig till stallet och hämtade Apollo.
Hon hade inte sagt farväl till någon mer än de nödvändiga
till sina värdar, och lämnat hos dem ett brev till kommen-
danten där hon förklarade att eftersom Sir Richard ännu
inte hade gjort upp om att hämta Apollo, tog hon honom
hem själv; samt en liknande lapp till Tim. Lappen kändes
bedrövligt otillräcklig, men hon orkade inte säga adjö i
person. Hon kunde bryta ihop och gråta, och det stod hon
inte ut med.

”Kom, Apollo”, viskade hon, selade snabbt och vant på fuxen innan hon ledde ut honom på den dimhöljda gårdsplanen och fram till stigbygelblocket.

Molly strök handen över Apollos glänsande päls och hämtade tröst i hans stadiga närvaro. Med van rörelse satt hon upp i damsadel, justerade ridklänningen när hon kom på plats. Hon smackade med tungan, och Apollo gick iväg i rask trav.

När de passerade genom Sandhursts portar gav Molly sig själv en sista blick bakåt. De majestätiska stenbyggnaderna badade i soluppgångens mjuka sken, en syn som blivit så välbekant under de senaste veckorna. Nu kändes det som en bitterljuv dröm som gled henne ur händerna.

”Vi ska hem, gosse”, mumlade hon till Apollo, med rösten stockande sig. ”Tillbaka till Belle Haven.”

Hingstens öron vippade bakåt vid ljudet av hennes röst, och han frustade mjukt till svar. Molly fick fram ett vattnigt leende, tacksam över hans sällskap på den här ensamma färden. Hon borde väl ha tagit en stalldräng med sig, tänkte hon, men det hade känts som ytterligare en pålaga, och resan kunde hon göra på en dag på en god häst som Apollo. Med några äpplen och lite ost i sadelväskan och gott om korta pauser för Apollo att beta och dricka ur bäckar, skulle hon vara hemma före skymningen.

Medan de färdades längs landsvägen gled Mollys tankar till Tim. Skulle han förstå varför hon måste ge sig av? Eller skulle han hysa agg för att hon försvunnit utan ett riktigt avsked? Ovissheten gnagde i henne.

”Det är bäst så”, sa hon strängt till sig själv, fast tårarna steg i ögonen. ”En gentleman som Tim kunde aldrig... vi kunde aldrig...”

Hon tystnade, oförmögen att fullfölja tanken. I stället fokuserade hon på det rytmiska klapprandet av Apollos hovar mot den hårda jorden och lät det välbekanta ljudet lugna hennes oroliga sinne.

Solen steg högre på himlen och brände bort morgondimman. Molly kisade mot ljuset och insåg att kinderna var fuktiga. Med en frustrerad pust torkade hon bort tårarna med baksidan av den behandskade handen.

”Nog med det där”, tillrättavisade hon sig själv. ”Du har klarat värre än ett brustet hjärta, Molly Bell. Det här överlever du också.”

Hon sträckte på ryggen, lyfte hakan och drev upp Apollo i galopp längs den gräsbevuxna vägkanten. Vinden slet i bandet under hennes hatt, och hon njöt av frihetskänslan som ridningen gav. För ett ögonblick kunde hon nästan glömma värken i bröstet.

När de nådde krönet på en kulle fick Molly syn på en milsten. De välbekanta siffrorna väckte en ny våg av känslor – varje mil förde henne längre från Tim, men närmare tryggheten på Belle Haven.

”Vad säger du, Apollo?” frågade hon och klappade hans hals. ”Ska vi ta i lite till, eller vila en stund?”

Hästen frustade och kastade med huvudet, uppenbart ivrig att fortsätta. Molly kunde inte låta bli att le åt hans iver.

”Du har rätt”, höll hon med. ”Bäst att hålla igång. Ju fortare vi kommer hem, desto fortare kan jag kasta mig över arbetet och glömma allt om..." Hon lät orden rinna ut, oförmögen att uttala Tims namn.

Med en mjuk vink av hälen manade Molly på Apollo. Medan de red lät hon sig föreställa sig välkomnandet som väntade henne på Belle Haven – Richards stilla gillande, Theresas modersliga omsorg, systrarnas uppspelta pladder. Tanken gav henne en smula tröst, samtidigt som den tydliggjorde frånvaron av den enda hon allra helst ville se.

"Det ska bli bra med oss", viskade Molly, lika mycket till sig själv som till Apollo. "Det blir det alltid."

Och med det satte hon beslutsamt ansiktet mot hemmet och lämnade Sandhurst – och sitt hjärta – bakom sig.

Himlen hade djupnat till rik indigo när Molly och Apollo närmade sig Belle Havens välbekanta grindar. Tröttheten vilade tungt över både ryttare och häst när de tog sig nedför den alléprydda infarten. Doften av höstlöv blandades med de trygga aromerna av hö och varm hästkropp, som ett tecken på att de var hemma.

Molly styrde Apollo mot stallet, med muskler som värkte efter den långa resan. När hon satt av vek sig benen nästan under henne. Hon lutade sig mot Apollos varma sida för stöd och släppte ifrån sig en trött suck.

"Såja, såja, min tappra pojke", mumlade hon och klappade hans hals. "Nu gör vi dig i ordning för natten."

Med vana händer tog Molly av Apollos utrustning och började ryktborsta honom, långsamt men noggrant. De repetitiva rörelserna lugnade hennes trasiga nerver, även om tankarna vandrade tillbaka till Sandhurst och Tim.

"Molly?" En välbekant röst ryckte henne ur hennes dagdröm.

Hon vände sig om och såg Richard stå i stalldörren, hans blå ögon vidgade av överraskning. "Pappa", sa hon mjukt och fick fram ett litet leende.

Richard klev fram, med oro inristad i de stiliga dragen. "Jag väntade mig inte att du skulle komma så snart. Är allt väl?"

Mollys hals knöt sig, osäker på vad hon skulle svara. Hon gjorde sig upptagen med Apollos man och undvek Richards blick. "Jag... jag bestämde att det var dags att komma hem", fick hon till slut ur sig.

Till hennes lättnad pressade Richard henne inte vidare. I stället gick han runt till Apollos andra sida, tog upp en borste och hjälpte till med ryktningen. "Jag är glad att se dig hemma", sa han bara, med varm tillgivenhet i rösten.

Molly såg upp och mötte hans blick. "Tack, pappa", viskade hon, tacksam över hans förståelse.

De arbetade tyst en stund, och sedan talade Richard igen. "Varför har du tagit hem Apollo, Molly?" frågade han varsamt.

Molly drog ett djupt andetag och samlade sitt mod. "Jag måste berätta något om Apollo", började hon, med en röst som lät stadigare än hon kände sig.

Richard stannade upp i borstningen och gav henne all sin uppmärksamhet. "Fortsätt, min kära."

Hon återgav händelsen i Sandhurst, och orden välld ur henne i en ström. "Överstelöjtnant Forebury ville avliva honom, pappa. Sa att han var för farlig. Men jag kunde inte låta dem göra det. Jag visste att han bara var rädd, inte elak. Major Blair-Fortescue stod på min sida och vi övertygade kommendanten om att låta honom komma tillbaka till Belle Haven."

Medan hon talade gled Richards uttryck från oro till stolthet. När hon var klar sträckte han ut handen och klämde lätt om hennes axel. "Du gjorde rätt, Molly. Apollo hade tur som hade dig där för att försvara honom."

Värmen spred sig i Mollys bröst vid hans beröm. "Tror du verkligen det?"

"Det vet jag", bekräftade Richard. "Du har alltid haft en gåva med hästar. Du såg vad andra inte kunde."

Innan Molly hann svara slogs stalldörren upp och en upprymd Theresa stod där. "Molly! Åh, min kära flicka, du är hemma!" Hon skyndade fram och svepte in Molly i en hård kram.

Molly besvarade omfamningen och drog in Theresas välbekanta doft av lavendel. "Hej, mamma", mumlade hon.

Theresa lutade sig tillbaka, hennes bruna ögon glittrande. "Det här måste firas! Jag ber kokerskan ordna alla dina favoriter till kvällens middag."

"Åh, du behöver inte..." började Molly, men Theresa skakade redan på huvudet.

"Trams! Det är inte varje dag vår Molly kommer hem." Hon vände sig till Richard. "Älskling, säger du till flickorna? De blir överlyckliga."

När Richard nickade och lämnade stallet stack det till i Mollys hjärta. Hon satte på sig ett leende, ovillig att dämpa Theresas entusiasm. "Tack, mamma. Det låter underbart."

Theresa krokade sin arm i Mollys och ledde henne mot huset. "Kom nu, du måste vara utmattad efter resan. Vi ser till att du får vila."

Molly lät sig ledas, med tankar som for runt som en virvelvind. Hur skulle hon kunna fira när hjärtat kändes så tungt? De välbekanta synerna och ljuden från Belle Haven omgav henne, men allt hon kunde tänka på var vad – och vem – hon lämnat bakom sig.

När hon kom in i huset sveptes hon in i en skrikande virvelvind; hennes systrar kastade sig över henne med glada rop över att hon var hemma. Molly tvingade fram ett leende och gav upp inför deras jublande välkomnande.

Jag har alltid varit lycklig här. Jag ska hitta den lyckan igen.

Morgonljuset sildrade in genom stallfönstren när Molly varsamt smekte mulen på ett fuxföl, nyligen avvant från sin mor. Den unga hästen gnäggade mjukt och puffade mot hennes handflata för mer uppmärksamhet.

"Såja, såja, liten vän", kuttrade Molly, knappt mer än en viskning. "Jag vet att du saknar din mamma, men du klarar det så fint."

Hon rörde sig metodiskt längs spiltraden och såg till varje föl med van omsorg. De rytmiska ljuden av skrapande hovar och mjuka gnäggningar fyllde luften, en lindrande balsam för hennes plågade hjärta.

"Molly?" Richards röst ryckte henne ur hennes tankar. "Hur går det för våra små?"

Hon vände sig om och pressade fram ett leende. "De anpassar sig väl, allt taget i beaktande. Lilla Starlight här", hon nickade mot fuxfölet, "verkar ta det svårast."

Richard nickade eftertänksamt. "Precis som människor, kan jag tro. En del har lättare för förändring än andra."

Mollys andning hakade upp sig vid hans ord, och hennes tankar gled till hennes egen osäkra framtid. "Jag undrar", började hon tvekande, "tror du... det vill säga, kommer jag någonsin..."

"Vad är det, min kära?" uppmuntrade Richard milt.

Hon bet sig i läppen och tog sats. "Kommer jag någonsin att hitta någon som kan se förbi mitt... mitt ursprung? Som skulle vilja gifta sig med mig, trots var jag kommer ifrån och färgen på min hud?"

Richards blick mjuknade av förståelse. "Molly, vilken man som helst skulle vara lyckligt lottad att få dig till hustru. Ditt ursprung har format dig till den anmärkningsvärda kvinna du är i dag."

Molly skakade på huvudet, inte övertygad. "Men samhället ser inte så på det, eller hur? De ser en flicka från Indien, ett hittebarn, inte..." Hon lät orden dö bort, oförmögen att fortsätta.

"Inte den modiga, kloka och omtänksamma unga kvinna som står framför mig", avslutade Richard bestämt.

”Molly, ditt värde avgörs inte av ditt förflutna eller av vad andra tycker. Det sitter här”, han knackade henne lätt över bröstet, ”och den som är värdig dig kommer att se det.”

Molly kände tårarna bränna bakom ögonlocken, överväldigad av hans vänlighet. ”Tack”, viskade hon, tjock i rösten.

När hon vände sig tillbaka mot fölen snurrade tankarna vidare. Kunde hon verkligen bana sin egen väg, trots alla hinder? Framtiden reste sig framför henne, lika osäker som ödet för de unga hästar hon tog hand om. Men kanske, liksom de, kunde också hon hitta sin väg, ett försiktigt steg i taget.

”Theresa letar efter dig”, sa Richard och puffade henne lätt över axeln. ”Hon märkte att du hoppade över frukosten. Gör henne inte orolig, Molly. Gå in och ät något.”

”Jag är inte hungrig”, sa Molly matt, utan minsta aptit, men i samma stund knorrade magen högt och Richard skrattade.

”Gå och ät. Tvinga mig inte att portförbjuda dig från stallet!”

”Det skulle du inte!” Hon såg upp på honom i chock, innan hon lyckades få fram ett halvt leende när hon såg hans retfulla grin. ”Nåväl. Nåväl!”

”Tre mål om dagen”, sa Richard bestämt. ”Jag kollar med Theresa!”

”Två”, kontrade Molly. ”Du vet att jag aldrig äter mer än ett äpple till lunch!”

”Nåväl, men i väg med dig nu och kom inte tillbaka förrän magen kan hålla tyst, du skrämmer ju fölen!” Hans godmodiga skratt följde Molly när hon gick tillbaka mot huset.

Theresa väntade på henne, med te och ett fat nybakade bakverk. När de slog sig ner i den ombonade salongen, ångan stigande från skira porslinskupor, klarade Molly inte av att möta Theresas blick. Tystnaden sträckte ut sig mellan dem, bara avbruten av den milda tickningen från klockan på spiselhyllan.

Till sist drog Molly ett skälvande andetag. "Theresa, jag... jag är rädd att jag gjort något dumt."

Theresa räckte ut handen och lade den tröstande på Mollys arm. "Vad bekymrar dig, min kära?"

"Jag tror..." Molly stannade upp, hjärtat rusande. "Jag tror att jag kan ha blivit förälskad i Tim. Major Blair-Fortescue." Hon hade berättat om honom för hela familjen i går kväll vid middagen, och gjort sitt bästa för att låta oberörd, men kunde inte låta bli att prisa hans mod och beslutsamhet, hans trygga lugn som mentor för kadetterna. Hon hade sett den menande blick som Richard och Theresa bytte, medan systrarna fnissade och frågade om majoren var stilig.

Hennes ord hängde kvar i luften, tunga av underförstådda betydelser. Molly fortsatte, rösten darrade. "Men hur skulle jag kunna? Han står så långt över min station. Även om han besvarade mina känslor, vilken framtid skulle vi kunna ha?"

Theresas uttryck mjuknade, en blandning av medkänsla och förståelse gled över hennes drag. Hon pressade inte på för fler detaljer, utan lyssnade bara när Molly öste ur sig sina rädslor.

”Åh, Molly”, suckade Theresa mjukt. ”Kärleken följer inte alltid samhällets regler, eller hur?” Hon tystnade och valde sina nästa ord med omsorg. ”Men jag måste varna dig, kära du. Med Tims ställning som en earls son, särskilt en så betydelsefull herre som earlen av Bridgnorth, är det... tja, det är osannolikt att han skulle kunna erbjuda dig äktenskap.”

Mollys hjärta knep till vid orden, fast hon visste att de var sanna. ”Så vad ska jag göra?” viskade hon och kämpade mot tårarna. ”Hur ska jag sluta känna så här?”

Theresa kramade hennes hand. ”Vi kan inte alltid välja vem vi älskar, Molly. Men vi kan välja hur vi agerar på de känslorna. Du är stark, min kära. Starkare än du anar.”

”Jag känner mig inte stark”, sa Molly och hörde hur rösten skälvde.

”Du har redan handlat starkt och gjort det förnuftiga, älskling”, sa Theresa mjukt, med bruna ögon fyllda av empati. ”Att ta dig bort från frestelsen var klokt, även om det gör fruktansvärt ont just nu.”

Mollys bröst drog ihop sig och hon kände tårarna bränna bakom ögonlocken. ”Men varför måste klokskap göra så ont?” fick hon fram, knappt hörbart.

”Åh, min kära”, mumlade Theresa och drog in Molly i en varsam omfamning.

Oförmögen att hålla tillbaka längre brast Molly i gråt, axlarna skakade när hon grät mot Theresas axel. Theresa smekte hennes tjocka svarta hår.

”Såja, såja”, tröstade Theresa. ”Låt det komma ut, älskling. Du är trygg här.”

När tårarna ebbat ut drog Molly sig undan och torkade ögonen. "Jag känner mig så vilse, Theresa. Som om jag inte hör hemma någonstans längre."

Theresa kupade Mollys ansikte i sina händer, lika varsam som när hon tog i ett nyfött föl. "Lyssna på mig, Molly Bell. Belle Haven kommer alltid att vara ditt hem och din fristad, vad som än händer. Du har en plats här, med oss, så länge du vill."

Mollys hjärta svällde av tacksamhet. "Även om jag inte egentligen är er dotter?" frågade hon och gav röst åt en rädsla hon länge burit inom sig.

"I synnerhet för att du inte egentligen är min dotter", svarade Theresa med ett varmt leende. "Du är min hjärtesyster, Molly, det har du varit ända sedan barnhemmet på Duke Street. Ingenting kommer någonsin att ändra på det."

Mollys blick gled mot fönstret, där hon kunde se Clara och Eliza i trädgården. Solen gav deras ljusa hår en gyllene glans när de skötte rosorna, och deras skratt bar på brisen. En huggande oro drog åt i Mollys bröst när hon betraktade sina adoptivsystrar.

"De verkar så bekymmersfria", mumlade Molly, mer för sig själv än till Theresa. "Men jag oroar mig för dem, för prövningarna de kommer att möta."

Theresa följde Mollys blick. "Var och en av våra flickor bär sitt eget ok, det är sant. Men de är starkare än du tror."

Som på given signal tittade Clara upp och fick syn på Molly vid fönstret. Hon vinkade ivrigt, med ett leende som kunde tävla med solen. Molly kunde inte låta bli att svara på gesten, och kände hur värmen spred sig vid Claras smittande glädje.

"Molly!" ropade Clara och gjorde tecken åt henne att komma. "Kom och se vad vi har gjort med de vita rosorna!"

Med en sista tacksam handtryckning till Theresa gick Molly ut. Doften av rosor slöt sig kring henne när hon närmade sig sina systrar.

"De är underbara", sa Molly och beundrade de omsorgsfullt beskurna buskarna.

Clara strålade, de blå ögonen glittrade av förväntan. "Visst är de? Jag hoppas att de står i full blom till min debut i London. Kan du tänka dig så ljuvligt de skulle se ut i håret på en bal?"

Molly drog efter andan. "Din debut? I London?"

"Åh ja!" Clara slog ihop händerna. "Pa har äntligen gått med på det. Och jag har en lysande plan, Molly. Jag ska ge Snowdrop i gåva till prinsregenten själv!"

Mollys ögon vidgades. "Prinsregenten? Clara, det där är... ganska djärvt."

Clara nickade ivrigt. "Det är perfekt, förstår du inte? Med en så magnifik gåva kommer han säkert att lägga märke till mig. Och när jag väl har hans gunst, tja... vem vet vilka dörrar som öppnas?"

Medan Clara fortsatte att prata på om sina planer fördjupnades Mollys oro. Hon kände alltför väl till societeten och dess fördomar. Skulle Claras drömmar krossas av verkligheten? Och ändå, när hon såg sin systers strålande ansikte, förmådde Molly inte uttrycka sina farhågor.

I stället framtvingade hon ett leende. "Det låter underbart, Clara. Jag är säker på att du kommer att erövra London."

Mollys påklistrade leende bleknade när hon såg Clara skutta i väg, de gyllene lockarna studsade för varje steg. Knuten i magen drog åt, och hon visste att hon inte kunde hålla oron inom sig längre. Hon behövde tala med Theresa.

När hon fann sin adoptivmor fortfarande i salongen drog Molly ett djupt andetag. "Mamma, får jag prata med dig om Clara?"

Theresa såg upp från boken, de vänliga bruna ögonen fyllda av omtanke. "Självklart, kära du. Vad bekymrar dig?"

Mollys ord vällde fram. "Det är den här London-säsongen. Clara är så upprymd, men jag fruktar att hon bäddar för ett krossat hjärta. Du vet hur grymt samhället kan vara."

Theresa lade ifrån sig boken och rynkade pannan. "Clara är en Bell, Molly."

"Men räcker det?" invände Molly, med rösten på väg upp. "Det är allmänt känt att vi alla är adopterade, skandaler som hänger över var och en av våra födslar. Du vet lika väl som jag att hennes börd kommer att viskas om i varje salong. Hur ska hon kunna hoppas på ett gott parti med en sådan skugga över sig?"

"Molly", sa Theresa milt, "vi kan inte skydda dem från varje sår. Clara är fast besluten att bana sin egen väg."

Molly gick av och an i rummet, frustrationen växte. "Men till vilket pris? Hennes drömmar, hennes rykte? Societeten är obarmhärtig mot dem de anser ovärdiga. Hur ska Clara någonsin kunna övervinna sådana fördomar?"

Theresa reste sig och lade en trygg hand på Mollys arm. "Du underskattar hennes styrka, kära du. Clara är mer motståndskraftig än du ger henne erkännande för."

Mollys ögon sved av återhållna tårar. "Jag vill tro det, det vill jag verkligen. Men tänk om samhällets förväntningar krossar hennes själ? Tänk om hon upptäcker att hur hon än kämpar kan hon inte springa ifrån omständigheterna kring sin födsel?"

"Då har hon oss att komma hem till", sa Theresa bestämt. "Men vi måste ge henne chansen att försöka, Molly. Att göra sina egna val och möta sina egna utmaningar."

Mollys axlar sjönk. "Jag antar att du har rätt. Jag bara... jag önskar att jag kunde skydda henne från den smärta jag vet väntar."

Theresa drog in Molly i en mjuk omfamning. "Din kärlek till dina systrar hedrar dig, min kära. Men ibland är den största kärlekshandlingen att låta dem bre ut sina vingar, även när vi fruktar att de ska falla."

Mollys fingrar följde den grova ådringen i trästaketet medan hon såg Clara leda den unga valacken Snowdrop in i den angränsande hagen. Djurets päls lyste som nysnö i den sena hösteftermiddagens solsken.

"Han utvecklas så fint, Clara", ropade Molly och tvingade fram ett leende för att dölja den vemodighet som hade lagt sig i bröstet. "Prinsregenten kommer att bli djupt imponerad."

Clara strålade, det ljusa håret hade smitit ut under hatten medan hon ledde hästen genom en rad intrikata steg. "Tror du det, Molly? Jag har tränat med honom varje dag, men ibland fruktar jag att det inte räcker. Han är så vacker, men inte den skarpaste av hästar. Kanske blir han för foglig för prinsens smak."

Mollys hjärta knep till vid tonen av osäkerhet i systerns röst. Hon sköt sina egna tvivel åt sidan, fast besluten att stärka Claras självförtroende. "Självklart räcker det. Prinsregenten är ingen stor ryttare, och en mild, foglig häst med Snowdrops skönhet är precis vad som kommer att behaga honom. Du har en gåva, Clara. Societeten kommer inte att veta vad som träffade dem när du anländer till London."

Medan Clara fortsatte sina övningar med hästen for Molly i tankarna till Tim. Värken i bröstet tilltog när hon föreställde sig honom på Sandhurst, kanske undrandes varför hon hade gett sig av så hastigt. Hon suckade, knappt hörbart: "Vad skulle han tänka om han såg mig nu?"

"Sa du något?" frågade Clara och avbröt arbetet för att se på Molly med oro i blicken.

Molly skakade på huvudet och pressade fram ännu ett leende. "Jag pratade bara med mig själv. Berätta mer om dina planer för Säsongen. Jag vill höra varje detalj."

När Clara ivrigt började beskriva sina förhoppningar och drömmar lyssnade Molly uppmärksamt, samtidigt som hon brottades med sin egen inre oro. Avgrunden mellan hennes och Tims samhällsställning tedde sig oöverstiglig, men hennes hjärta vägrade släppa taget om möjligheten.

"Du är så modig, Clara", sa Molly mjukt när systern pausade för att hämta andan. "Att sträcka dig efter dina drömmar trots hindren... det beundrar jag hos dig."

Clara lade huvudet på sned och iakttog Molly noga. "Är allt bra, Molly? Du verkar... frånvarande på sistone."

Molly tvekade, och skakade sedan på huvudet. "Det är bra med mig, på riktigt. Jag bara... funderar på framtiden, antar jag. Men nog om mig. Visa mig den där nya traven du har övat in med Snowdrop. Jag är säker på att den blir snackisen i hela London!" Medan hon betraktade systerns beslutsamhet tändes en gnista av inspiration inom henne.

"Clara", ropade Molly, och rösten bar en nyfunnen beslutsamhet, "du har gett mig något att tänka på."

Clara höll in Snowdrop och vände sig mot Molly med nyfiken blick. "Åh? Vad då?"

Molly steg in i hagen, fingrarna följde frånvarande det väderbitna virket i staketet. "Ditt mod. Din vilja att gå din egen väg, vad än andra må säga eller tänka."

"Men det är ju bara den jag är", svarade Clara och satt graciöst av. "Jag kan inte föreställa mig att leva på något annat sätt."

Molly nickade, med ett litet leende som lekte på läpparna. "Kanske... kanske är det den jag också behöver vara."

Claras ögonbryn for upp i förvåning. "Molly Bell, planerar du något vågat?"

Molly skrattade, och ljudet bar en blandning av nervositet och förväntan. "Jag vet inte riktigt än. Men jag börjar inse att lyckan inte kommer till dem som bara väntar på den. Ibland måste man sträcka ut handen och gripa den själv."

"Det här handlar om din major, eller hur?" frågade Clara mjukt och ledde Snowdrop närmare.

Molly drog efter andan. "Syns det så tydligt?"

Clara log menande. "Bara för dem som känner dig bäst. Nå, vad tänker du göra?"

Molly drog ett djupt andetag, och de mörka ögonen svepte över horisonten som om de sökte ett svar. "Jag vet inte än. Men jag är trött på att låta rädslan styra mina val. Jag måste se mina känslor för Tim i vitögat, även om... även om det innebär att riskera ett krossat hjärta."

"Och om han inte kan erbjuda dig äktenskap?" frågade Clara varsamt.

Mollys hand for instinktivt till hjärtat. "Det är just frågan, eller hur? Kan jag nöja mig med mindre? Jag... jag vet inte. Men jag vet att jag inte kan fortsätta fly från de här känslorna. De följer mig vart jag än går."

Clara sträckte ut handen och tryckte Mollys. "Vad du än bestämmer dig för, så finns jag här för dig. Det gör vi alla."

Molly tryckte tillbaka, tacksam för systerns stöd. Där de stod, medan den sjunkande solen målade himlen i toner av orange och rosa, kände Molly hur en lugn beslutsamhet sänkte sig över henne. Vägen framåt var oviss och fylld av möjlig hjärtesorg, men för första gången sedan hon lämnade Sandhurst kände hon sig redo att möta den.

”Tack, Clara”, sade Molly mjukt. ”Och vad säger du om att vi låter Snowdrop skritta av sig ordentligt nu? Jag skulle behöva förströelsen medan jag funderar ut mitt nästa steg.”

När de ledde hästen tillbaka till stallet rusade tankarna kring alla möjligheter i Mollys huvud. Hon hade inte alla svar än, men en sak visste hon säkert: det var dags att ta sitt eget öde i egna händer, vilka följderna än måtte bli.

Kapitel tretton

DAGEN VID SANDHURST BÖRJADE som alla andra de senaste veckorna, med att Tim intog frukost i officerarnas mäss och fann löjtnant Spurling väntandes på honom utanför.

"God morgon, sir", sa Spurling med en honnör, balanserande på sina kryckor. "Jag har ett meddelande till er från fröken Bell."

Tims hjärta slog snabbare. "Tack, Spurling. Vad står det?"

Löjtnanten tog fram en vikt lapp ur fickan. "Jag är rädd att jag inte känner till innehållet, sir."

Tim vecklade ut papperet och lät blicken snabbt löpa över de få rader som skrivits med Mollys prydliga handstil. Orden verkade flyta samman, men innebörden var tydlig. Hon hade lämnat Sandhurst och tagit med sig Apollo tillbaka till Belle Haven.

”Är allt i ordning, sir?” frågade Spurling, med oron tydlig i ansiktet. Tims känslor måste synas i hans drag.

Tim svalde hårt och tvingade ansiktet till ett neutralt uttryck. ”Ja, alldeles utmärkt. Fröken Bell har återvänt till Belle Haven med Apollo. Eftersom Sir Richard inte hade ordnat med att hästen skulle föras tillbaka, ansåg fröken Bell att hon måste göra det själv.”

Spurlings fräkniga ansikte mörknade. ”Åh. Det var synd, sir. Grabbarna kommer sakna henne något alldeles oerhört. Liksom jag, om jag får säga det.”

”Sannerligen”, svarade Tim, medan tankarna rusade. Varför hade hon gett sig av så plötsligt? Var det på grund av hans agerande i går? Han trodde inte ett ögonblick på ursäkten om Apollo. Han sköt undan tanken och fokuserade på det som låg framför honom. ”Tack för att ni levererade meddelandet, Spurling. Ni kan återgå till era plikter.”

När löjtnanten gick därifrån stod Tim ensam kvar, med lappen hårt knuten i handen. Det myllrade vidare på akademin runt omkring honom, men han kände sig märkligt frikopplad från alltsammans. Mollys frånvaro lämnade ett tomrum han inte hade förutsett, ett som tycktes växa för varje ögonblick. Han läste lappen igen, letade efter minsta antydan om hennes verkliga känslor, men fann bara artig formalia. Minnet av deras kyss vällde över honom

– hennes läppars mjukhet, doften av lavendel i hennes hår, värmen från hennes kropp mot hans. Nu vred sig det lyckliga ögonblicket till en knut av skuld i hans mage.

"Vad har jag gjort?" mumlade han och drog handen genom håret. Stallplanen kändes plötsligt kvävande tom utan Mollys sprudlande närvaro.

Löjtnant Spurlings röst skar genom hans grubblerier. "Sir? Rekryterna är samlade för morgonövningen."

Tim nickade mekaniskt, fortfarande omtumlad. "Tack, Spurling. Jag kommer strax."

När löjtnanten dragit sig tillbaka snurrade Tims tankar. Han hade gått över gränsen, låtit sina begär skymma hans omdöme. Molly stod under hans beskydd, och han hade utnyttjat hennes utsatta ställning. Skammen brände i bröstet.

"Jag borde ha vetat bättre", förebrådde han sig tyst. "Hon litade på mig, och jag svek det förtroendet med mitt impulsiva handlande."

Tims fingrar slöt sig kring lappen så att kanterna skrynklades. Han tyckte sig nästan höra Mollys röst, fylld av besvikelse och sårad stolthet. Bilden av hur hon red bort på Apollo, kanske med tårar i ögonen, plågade honom.

"Sir?" ropade Spurling igen, mer eftertryckligt den här gången.

Tim rätade på sig och tvingade ansiktet till ett samlat uttryck. "Kommer, löjtnant", svarade han med en röst som lät stadigare än han kände sig. När han stegade mot exercisfältet kändes varje steg tungt av ånger, och frånvaron av Mollys glada närvaro blev en ständig påminnelse om vad hans dumhet hade kostat honom. Nu hade han inte tid att grubbla; hans män väntade.

Tim stannade vid kanten av exercisfältet och lät blicken svepa över de samlade rekryterna, som stod med tyglarna i hand, hästarna lika stilla och förväntansfulla som sina ryttare. Kadetternas väntande ansikten vändes mot honom, ett hav av oklanderliga uniformer och alerta hållningar. Tim kände tyngden av deras förtroende pressa mot sina axlar, hotande att spräcka den noggrant uppbyggda fasaden.

"Mina herrar", började han, med en röst som bar över gården med välövade auktoritet. "I dag markerar en betydande milstolpe i er utbildning."

Medan han talade lade Tim märke till de subtila förändringarna i rekrytarnas hållning. Där de tidigare hade stått och skruvat på sig, stod de nu raka i ryggen med stolta hakor. Ett sting av stolthet värmde hans bröst och skingrade för ett ögonblick skuldkänslornas kyla.

"Ni kom hit som pojkar", fortsatte han, medan han gick av och an framför leden. "Oslipade, oprövade. Men se på er nu." Han gjorde en vid gest. "Jag ser inte längre rekryter framför mig, utan soldater. Män redo att tjäna kung och fosterland med heder och utmärkelse."

Kadett Jameson, en ranglig yngling med ett yvigt rött hår, sträckte omärkligt på sig vid Tims ord. "Sir", vågade Jameson, "betyder det att vi ska skeppas ut snart?"

Tims käke spändes till, hans egen frustrerade längtan efter att återvända till slagfältet sköt upp till ytan. Han sköt undan den och fokuserade på de ivriga ansiktena framför sig.

"Inte riktigt ännu, Jameson", svarade han, med mjukare ton. "Men ni är närmare än ni anar. Varje dag, varje övning, för er ett steg närmare det målet."

Medan han fortsatte att skissera dagens övningar gled Tims tankar ett ögonblick. "Molly skulle vara stolt över deras framsteg", tänkte han, innan han tog sig i kragen. Hennes frånvaro högg till i honom, men han tryckte ner känslan och kanaliserade den in i sin instruktion.

"Kom ihåg, mina herrar", avslutade han, med en övertygelse i rösten som han inte helt kände, "ni är Hans Majestäts kavalleris framtid. För er med den stolthet och disciplin som anstår den äran."

Tim unnade sig ett ögonblick av genuin tillfredsställelse när han såg kadetterna svälla av stolthet. Han hade väglett de här unga männen, format dem till soldater. Det var ett arv han kunde vara stolt över, även om andra drömmar gled honom ur händerna.

Tillfredsställelsen blev dock kortvarig när en påtaglig våg av vemod gick genom leden. Tim såg hur kadetterna utbytte blickar, och den tidigare entusiasmen falnade. Han kunde nästan ta på den outtalade frågan i luften.

Till sist harklade sig kadett Thompson. "Sir, angående fröken Bell... kommer hon tillbaka?"

Tims hjärta drogs samman, men ansiktet förblev uttryckslöst. "Nej, Thompson. Fröken Bell har återvänt till Belle Haven för att fortsätta sitt arbete med att förbereda nästa omgång Belle Haven-hästar för Sandhursts rekryter."

En tung tystnad lade sig över gruppen. Tim iakttog hur nyheten sjönk in, lade märke till de sjunkna axlarna och sänkta blickarna. Det var tydligt att Molly hade satt djupa spår hos de här unga männen; hennes vänlighet och tålamod hade berört deras liv på ett sätt som Tim inte fullt ut förstått förrän nu.

Efter en stund klev kadett Llewellyn fram, med sin walesiska ton färgad av sorg. "Det är förfärligt synd, sir. Vi fick inte ens säga adjö."

Tim fäste blicken på Llewellyn och såg den genuina besvikelsen inhuggen i den unge mannens ansikte. Han mindes hur Molly hade ägnat extra tid åt Llewellyn och förvandlat den unge walesaren och hans grå valack Osiris till de självskrivna ledarna bland kadetterna. Tims käke hårdnade, musklerna i nacken stramade när Llewellyns ord väckte en virvelstorm av känslor inom honom. Det ständiga ringandet i öronen tycktes tillta och dränka ljuden från övningsgården.

"Synd?" fräste Tim, med gyllenbruna ögon som blixtrade till. "Tror du att det största bekymret är att få säga adjö, Llewellyn? Låt mig tala om riktiga avsked."

Han tog ett steg närmare kadetten, rösten sjönk till ett dovt, plågat morrande. "Jag fick inte säga adjö till min bäste vän, kapten Edward Hazelrigg. Det fanns ingen tid för ömma farväl eller tårfyllda omfamningar. Bara krigets hårda verklighet och vissheten om att det finns alltför många vänner du aldrig får se igen."

Tims ord hängde kvar i luften, tunga av sorgens tyngd. Han såg hur färgen rann ur Llewellyns ansikte, hur den unge mannens ögon vidgades av chock.

Inombords förbannade Tim sig själv för utbrottet. Han visste att han inte borde belasta de här rekryterna med sin personliga smärta, men förlusten av Ned, tillsammans med Mollys abrupta avfärd, hade lämnat honom hudlös och sårbar.

Han drog ett djupt andetag, rätade på ryggen och tvingade dragen att mjukna. Han drog i sin uniformskavaj, som om de skarpa vecken skulle kunna återge honom fattningen.

"Förlåt mig, mina herrar", sa han med stadig men ansträngd röst. "Det där var... olämpligt. Men det får tjäna som en påminnelse om tyngden i det yrke ni har valt. Fröken Bells frånvaro, hur beklaglig den än är, bleknar i jämförelse med de prövningar som väntar."

Tims blick svepte över de samlade rekryterna och noterade deras allvarliga uttryck. Han kände tyngden av sitt ansvar trycka mot honom och visste att de här unga männen snart skulle möta de hårda verkligheter han själv upplevt på nära håll.

"Nu", fortsatte han och pressade fram en ton av auktoritet, "fokuserar vi på uppgiften. Er utbildning fortsätter, med eller utan fröken Bells hjälp. Är det förstått?"

Ett samfällt "Ja, sir!" ekade över gården, men Tim kunde inte skaka av sig känslan av att han hade blottat för mycket av sitt inre tumult. När han vände sig om för att leda rekryterna till nästa övning bad han tyst om styrka att vägleda dessa män, trots att hans eget hjärta värkte av saknad och längtan.

Frånvaron av Mollys melodiska röst, som så ofta förmedlat frågor eller uppmuntrat, lämnade ett påtagligt tomrum när Tim ledde övningen. Han ansträngde sig för att höra rekrytarnas dämpade frågor och insåg hur mycket han hade kommit att förlita sig på hennes hjälp.

"Kadett Willoughby, kan ni upprepa det?" ropade Tim och kupade handen bakom örat. Den unge mannens svar försvann i smattret av hovar från en närbelägen fålla.

Frustrerad knep Tim om näsroten. "Förbaskat också", muttrade han för sig själv. Medan han kämpade för att hålla ordning bland allt mer rastlösa kadetter närmade sig en ordonnans i rask takt.

"Major Blair-Fortescue, sir", sa den unge menige och slog hälarna ihop. "Ni ska inställa er hos kommendanten omedelbart."

Tims mage knöt sig. "Tack, menige. Lediga!" Han vände sig till sin adjutant och sa: "Löjtnant Spurling, ta över här. Jag bör inte bli borta länge."

När han stegade mot huvudbyggnaden rusade tankarna. Hade ryktet om gårdagens händelse med Molly nått kommendantens öron? Eller hade överstelöjtnant Forebury kanske inlämnat en anmälan om att Tim utmanat honom på duell? Forebury hade lämnat Sandhurst, men karlen var tillräckligt långsint för att pröva lyckan.

Tim stålsatte sig och knackade på den tunga ekdörren till kommendantens tjänsterum.

"Stig in", kom det kärva svaret inifrån.

Tim steg in, med hållningen stel. "Major Blair-Fortescue infinner sig enligt order, sir."

Men när ögonen vant sig vid det dunklare ljuset i rummet kände Tim hur hakan föll i ren förvåning. Där, elegant nedslagen i en stol framför kommendantens skrivbord, satt en välbekant gestalt.

”Mor?” utbrast Tim, och fattningen sprack för ett ögonblick. ”Vad i all världen gör du här?”

Lady Bridgnorth reste sig graciöst, med ett väl inövat leende på läpparna. ”Timothy, älskling, så gott att se dig!”

Tim blinkade snabbt, och försökte förena moderns oväntade uppenbarelse med det allvar han hade väntat sig.

Kommendanten, general Warde, harklade sig. ”Lady Bridgnorth anlände utan förvarning, Blair-Fortescue. Hon var högst angelägen om att träffa er omedelbart.”

”Åh, käre general”, sa Lady Bridgnorth med en lätt ton, men med ett stålstråk under. ”Ska en mor verkligen behöva boka tid för att besöka sin son?”

Tim fick hejda impulsen att himla med ögonen. Lita på att hans mor skulle köra över militärens protokoll.

General Wardes mustasch ryckte till, och röjde en antydan till road min. ”Under normala omständigheter, min lady, ja. Men för er... min hustru skulle bli förtjust om ni ville hedra oss som vår gäst under er vistelse.”

Lady Bridgnorths ögon lyste upp. ”Så älskvärt av er, general. Jag tackar allra ödmjukast och accepterar gärna.”

Tims hjärta sjönk. Han hade hoppats att moderns visit skulle bli kort, men nu verkade det som att hon skulle dröja åtminstone en natt eller två. Han framtvingade ett leende. ”Så... underbart, mor. Ska vi ta en promenad på området? Du vill säkert se Sandhurst.”

”Vilken strålande idé, Timothy”, svarade Lady Bridgnorth och hakade sin arm i hans. ”Visa vägen, älskling.”

När de lämnade tjänsterummet snurrade Tims tankar. Varför var hans mor här? Och hur länge tänkte hon stanna? Han hade en krypande känsla av att hennes besök bådade illa för hans redan tumultartade känslotillstånd.

Tim ledde sin mor längs den våltrampade grusgången, gruset knastrade under deras steg. Eftermiddagssolen kastade långa skuggor över Sandhursts perfekt skötta gräsmattor, och en mild bris bar doften av nyklippt gräs.

”Mor, låt mig presentera löjtnant Spurling”, sa Tim och pekade på den rödhårige officeren som närmade sig på kryckor. ”Min adjutant och en av våra skickligaste instruktörer.”

Spurling bugade så gott han kunde och sa med tydlig yorkshirebrytning: ”Högst hedrad, Lady Bridgnorth.”

Lady Bridgnorths ögon vidgades ett ögonblick vid åsynen av Spurlings saknade lem, men hon hämtade sig snabbt. ”Äran är min, löjtnant. Jag hoppas att ni håller min son i schack?”

Spurling skrattade. ”Snarare tvärtom, ma'am. Majoren är en utmärkt mentor.”

Lady Bridgnorth såg nöjd ut, och Tim nickade åt Spurling till tecken att han kunde gå. Spurling gjorde ännu en av sina klumpiga bugningar och gick vidare.

När de fortsatte promenaden lät Lady Bridgnorth blicken svepa över övningsfälten. ”Nå, Timothy, på tal om att hålla i schack, jag har tänkt tala om din framtid. Har du funderat vidare på att stadga dig?”

Tims käkar bet ihop. ”Mor, jag—”

”Titta där!” avbröt Lady Bridgnorth och pekade på en skimmel som tog ett språng över en häck. ”Vilket magnifikt djur!”

Tim grep chansen att byta ämne. "Det är Osiris, en av våra bästa hästar. Och det är kadett Llewellyn som rider honom."

Lady Bridgnorth nickade uppskattande. "Imponerande. Nå, som jag sa, det finns en älskvärd ung dam, grevinnan av Exmouths dotter..."

"Mor", sköt Tim in, med tålamodet på upphällningen, "jag är mycket nöjd med min nuvarande tillvaro."

"Men älskling", fortsatte hon, "du blir ju inte yngre. Skulle du inte vilja gifta dig?"

Tims tankar gled till Molly, och hennes frånvaro värkte i bröstet. Han sköt undan känslan och höll sig till nuet. "Min plikt är gentemot armén och de här rekryterna, mor. Äktenskapet kan vänta."

Lady Bridgnorth suckade dramatiskt. "Åh, Timothy. Du kan inte skjuta upp dina ansvar i all evighet. Vad sägs om den charmiga fröken Fairfax? Jag hör att hon är mycket duglig."

Tims obehag växte för varje ögonblick, och moderns ord om tänkbara brudar förvandlades till ett avlägset brus. Tankarna återvände gång på gång till Molly – hennes strålande leende, hennes varsamma hand med hästarna, hur de mörka ögonen glimmade när hon talade om träning. Han undrade vad hon gjorde just nu, om hon var i trygghet, om hon saknade Sandhurst... om hon saknade honom.

Senare samma kväll satt Tim vid kommendantens middagsbord, med sin mor på ena sidan och Lady Warde på den andra. Samtalet flöt lätt, men Tim hade svårt att hålla fokus; tankarna var fortfarande upptagna av Molly.

Lady Bridgnorths röst skar genom hans dagdröm. "General Warde, jag kunde inte undgå att lägga märke till hur förträffligt Tim sköter rekryterna. Det är uppenbart att de snart är redo att examineras."

Kommendanten nickade, med ett stolt leende. "Sannerligen, Lady Bridgnorth. Major Blair-Fortescue har gjort ett utomordentligt arbete."

"I så fall", fortsatte Lady Bridgnorth, med rösten ljuvt övertygande, "kanske Tim kan undvaras för ett kort besök i London? Det var så länge sedan han umgicks med familjen."

Tims huvud flög upp, ögonen vidgades av bestörtning. "Mor, jag tror inte..."

General Warde lutade sig tillbaka i stolen, det godmodiga ansiktet eftertänksamt medan han snurrade brandyn i glaset. "Nå, Lady Bridgnorth, ni för ett övertygande resonemang. Herr Blair-Fortescue har sannerligen arbetat outtröttligt de senaste månaderna." Han vände sig mot Tim med ett varmt leende. "Vad säger ni, min gosse? Jag vågar påstå att ni har gjort er förtjänt av en vilostund. Jag kan undvara er en vecka eller två."

Tim kände allas blickar på sig, särskilt moderns genomborrande. Han öppnade munnen för att invända, men fann inga ord. Hur skulle han kunna förklara att blotta tanken på att lämna Sandhurst, om så bara för en kort tid, fyllde honom med en oförklarlig känsla av förlust?

"Jag... jag är inte säker på att det är klokt, sir", fick Tim fram, och rösten lät svag även i hans egna öron. "Rekryterna..."

"— kommer att examineras om en vecka eller två", avslutade general Warde åt honom. "Och vi kommer inte omedelbart att starta en helt ny kurs."

Tims tankar rusade medan han frenetiskt sökte en rimlig ursäkt. Men för varje sekund kände han hur motståndet mattades. Kanske, viskade en förrädisk röst i honom, är miljöombyte precis vad han behöver. Kanske kan han i London, långt från de ständiga påminnelserna om Molly – hennes skratt som ekade i stallarna, hennes närvaros spöke på övningsfälten – finna någon frid.

"Jag antar... att ett kort besök inte kan skada", medgav Tim motvilligt, med ord som smakade bittert.

Lady Bridgnorth klappade händerna av förtjusning. "Underbart! Vi ska få det så förträffligt, älskling. Det finns så många som längtar efter att träffa dig."

Medan modern entusiastiskt räknade upp alla sociala åtaganden som väntade i London lät Tim tankarna vandra. Han såg Molly framför sig, hur hennes mörka hår fångade solljuset när hon arbetade med hästarna. Skulle det verkligen hjälpa honom att glömma henne att lämna Sandhurst? Eller skulle minnet av henne förfölja honom, hur långt han än reste?

Tim nickade frånvarande, medan moderns röst bleknade i bakgrunden och han brottades med sina motstridiga känslor. "Nåväl, mor. Jag kommer till London när rekryterna har examinerats."

Lady Bridgnorths ögon glittrade av triumf. "Utmärkt! Åh, vi ska få det så härligt. Det finns så många förtjusande unga damer som jag bara måste presentera dig för."

Tim kvävde en suck och fångade den självbelåtna nöjdheten i sin mors uttryck. Han kunde nästan se kugghjulen snurra i hennes huvud, där hon sannolikt redan sammanställde en diger lista över lämpliga unga kvinnor att låta defilera förbi honom.

"Mor", började han, med en varnande ton, "jag hoppas att du inte tänker..."

"Tänker? Jag?" avbröt Lady Bridgnorth, med en alltför oskuldsfull ton för att vara trovärdig. "Det skulle jag aldrig drömma om, älskling. Jag vill bara försäkra mig om att du får en angenäm vistelse i London."

Tim höjde på ögonbrynen, föga övertygad. "Naturligtvis. Och jag är säker på att dessa 'förtjusande unga damer' du nämnde är rena tillfälligheter?"

Hans mor avfärdade det med en handrörelse. "Nå, Timothy, var inte besvärlig. Är det så fel av en mor att vilja se sin son lyckligt gift?"

"Gift?" upprepade Tim, med en knut som hårdnade i magen. "Mor, jag har inga planer på att—"

"Vi tar det senare, älskling", sköt Lady Bridgnorth in mjukt. "Nu fokuserar vi på din förestående visit. Jag är säker på att din far också blir glad att se dig."

Det tvivlade Tim på. Greven av Bridgnorth var betydligt mer benägen att mumla en hälsning för att sedan dra sig tillbaka till sitt arbetsrum med sina hundar. Ändå bet han ihop, väl medveten om att alla invändningar skulle vara fruktlösa mot moderns beslutsamhet.

Medan Lady Bridgnorth fortsatte att prata om deras planer gled Tims tankar ännu en gång till Molly. Värken i bröstet tilltog när han insåg att han, genom att gå med på resan, skapade ännu större avstånd mellan dem. Men kanske, tänkte han vemodigt, var det ändå det bästa. För vilken framtid skulle det egentligen kunna finnas för dem två?

Kapitel fjorton

DEN FRISKA MORGONLUFTEN BAR den skarpa doften av putsade stövlar och nervös förväntan när Tim stod i givakt och såg kadetterna marschera ut på exercisfältet. Solljuset glittrade på mässingsknappar och blanka sablar, ett hav av röda rockar bredde ut sig framför honom. Bröstet svällde av stolthet när han betraktade de unga män han hade tränat, nu stående på tröskeln till sina militära karriärer.

När kommendanten började sitt tal, for Tims tankar till Molly. Han kunde nästan se henne stå vid hans sida, de mörka ögonen tindrande av intresse, det tjocka svarta håret prydligt instoppat under huvan. Hon skulle ha uppskattat allt ståhej, hästarna som trippade i formation i fältets utkant.

"Om du ändå kunde se det här, Molly", tänkte han, med en bitterljuv värk i bröstet. "Du skulle förmodligen kritisera deras ridkonst och klia i fingrarna efter att få visa hur det egentligen ska gå till."

Bilden av Molly som självsäkert hanterade en eldig stridshäst fick hans läppar att mjukt dra sig till ett leende. Hennes passion för hästar matchade hans egen hängivenhet för att utbilda de här unga männen.

Medan medaljer fästes och sablar överräcktes lät Tim blicken svepa över de allvarliga ansiktena framför honom. Under de gångna månaderna hade han lärt känna varje kadetts styrkor och svagheter. Nu, när han såg dem stå raka och stolta, sköljde en våg av känslor genom honom.

"Bra gjort, pojkar", mumlade han för sig själv. "Ni har förtjänat den här stunden."

Ceremonin avslutades med ett rungande hurra, hattar kastades högt i luften. När folkmassan började skingras önskade Tim att han kunde dela denna triumf med någon som verkligen förstod dess betydelse. Någon som Molly, vars styrka och beslutsamhet speglade de här unga soldaternas.

"Sannerligen en syn för gudar, major?" anmärkte en kollega och klappade Tim på axeln.

Tim nickade och harklade sig. "Verkligen. De har kommit långt."

"Mycket tack vare era insatser, skulle jag tro."

"Det var de som gjorde arbetet", invände Tim. "Jag pekade bara ut rätt väg."

När han såg kadetterna omfamna familjemedlemmar och ta avsked av kamrater, kände Tim ett sting av ensamhet. Han hade lagt ner hela sin själ på att träna de här männen, men nu skulle de bege sig till sina förläggningar, och lämna honom efter igen.

"Dags att blicka framåt, gamle gosse", sade han strängt till sig själv. "Man kan inte leva i det förgångna."

När Tim vände sig bort från den jublande skaran skyndade en ung man i nypressad uniform mot honom, ansiktet rosigt av upphetsning och tacksamhet. Det var kadett Llewellyn – nej, löjtnant Llewellyn numera – med ögon som glänste av beundran.

"Major Blair-Fortescue, sir!" ropade Llewellyn, rösten knappt hörbar över larmet från firandet. Tim kisade och fäste blicken på kadettens läppar för att uppfatta orden.

"Llewellyn", sade Tim och gav en liten nick. "Gratulerar till er utexaminering."

Den unge mannens ord vällde fram. "Sir, jag ville bara tacka er. Er vägledning, ert tålamod... Jag skulle inte stå här i dag om det inte vore för er."

En värme spred sig i Tims bröst, i skarp kontrast till det ständiga ringandet i öronen. Han lade en hand på Llewellyns axel, lika mycket för att stadga sig själv som den unge officeren. "Det var ni som gjorde arbetet, Llewellyn. Jag pekade bara ut rätt väg."

"Men sir, ni visade oss vad det verkligen innebär att vara officer", insisterade Llewellyn, med fuktiga ögon. "Ert mod, er seghet... det har inspirerat oss alla."

Tim svalde hårt och kämpade mot den plötsliga känslovågen. "Ni är en utmärkt soldat, Llewellyn. Minns er utbildning, lita på era instinkter och, viktigast av allt, ta hand om era män.”

Medan Llewellyn nickade ivrigt lät Tim blicken vandra över havet av unga ansikten omkring dem. Så många ljusa framtider, så mycket potential. Ändå lade sig en tung tyngd i magen när han insåg den karga verklighet som väntade många av dessa ivriga kadetter.

”Gud vare med er, mina herrar”, mumlade Tim, med tjock röst. ”Må ni alla återvända hem välbehållna.”

Orden kändes ihåliga, trots att han uttalade dem. Tim kände alltför väl till krigets brutala verklighet, alla de oräkneliga liv som skars av på fjärran slagfält. Hur många av de här unga männen skulle aldrig få se Englands kuster igen? Hur många familjer skulle få det där fruktade brevet, som meddelade dem om en sons yttersta offer?

När kadetterna började skingras blev Tim stående som fastnaglad, bröstet hårt av en blandning av stolthet och sorg. Han hade gjort sitt bästa för att förbereda dem, men i slutändan vilade deras öden i händer långt bortom hans kontroll.

”Gud bevare er, sannerligen”, tänkte han och såg hur Llewellyn återanslöt till sina kamrater. ”Och måtte lyckan stå er bi.”

Det rytmiska klapprandet av hovar mot kullersten dog bort i bakgrunden medan Tims vagn slingrade sig genom

Londons livliga gator. Han stirrade ut genom fönstret, utan att egentligen se, med tankarna långt från stadens larm.

”Jag överlevde”, funderade han och lät ett finger följa ärret som dolde sig under håret. ”Men till vilken nytta?”

De unga kadetternas ansikten fladdrade förbi hans inre blick, deras ivriga leenden förföljde honom. Tim skakade på huvudet i ett försök att skingra den melankoli som hotade att övermanna honom.

”Kanske är det dags”, mumlade han och rätade till uniformen. ”Dags att se bortom kriget, bortom att bara överleva.”

När vagnen stannade vid föräldrarnas imposanta stadsresidens kände Tim en flämtning av något ovant. Hopp, kanske? Eller en gryende möjlighet?

Innan han hann tänka vidare flög dörren upp och avslöjade Lady Bridgnorth i all sin strålande prakt, klädd i en elegant klänning och med ett förtjust leende för sin son.

”Timothy, älskling!” utbrast hon och svepte nerför trappan. ”Du kommer precis lagom. Jag har ordnat den mest förtjusande soirée i kväll.”

Tim kvävde en suck, tvingade fram ett leende och kysste sin mors kind. ”Mor, jag har just anlänt. Det finns väl ändå ingen anledning att—”

”Struntprat”, avbröt Lady Bridgnorth och manade in honom. ”Lady Ashworths systerdotter är i stan, och jag har hört att hon är en synnerligen skicklig pianist. Du måste helt enkelt träffa henne.”

Tims käkar spändes. ”Mor, jag är inte intresserad av...”

"Och i morgon", fortsatte hon, oberörd av hans protester, "har vi Pembrokes trädgårdsfest, och jag hör att deras yngsta dotter är en syn i rosa."

"Mor", sade Tim, mer bestämt den här gången. "Jag uppskattar din... iver, men jag är inte här för att ledas runt som en premierhingst."

Lady Bridgnorths ögon smalnade. "Nå, varför är du här då? Sannerligen inte för att gå och hänga i huset eller gömma dig i biblioteket som din far."

Tim suckade och drog handen genom håret. "Jag är här för att... för att överväga min framtid", medgav han, orden kändes främmande på tungan.

För ett ögonblick mjuknade Lady Bridgnorths uttryck. "Åh, Timothy. Det är underbara nyheter. Och vad kan vara bättre för att trygga din framtid än ett passande parti?"

Tim öppnade munnen för att säga emot, men fann inga ord. Hur skulle han kunna förklara tomheten han kände, längtan efter något mer än samhällets förväntningar?

"Ge mig bara... lite tid, Mor", sade han till slut. "Jag lovar att jag ska gå på dina tillställningar. Men snälla, låt mig andas."

Lady Bridgnorth knöt läpparna, uppenbart otillfreds. "Nåväl. Men försök vara sällskaplig, älskling. Man vet aldrig var man kan hitta lyckan."

När hon svepte i väg för att färdigställa sina planer lutade sig Tim mot väggen, plötsligt utmattad. "Var, ja?" mumlade han, medan tankarna ovälkommet drev till ett par vänliga ögon och ett mjukt leende. Molly hade aldrig känts längre bort. Han kunde inte föreställa sig henne i societetens glittrande värld, hur vacker hon än varit i sin klänning den där kvällen då hertigen av York kom på besök. Hon hade verkat obekväm redan i den lilla kretsen. Sannerligen såg Molly bara riktigt bekväm ut på hästryggen.

”Jag hoppas att du sitter till häst just nu, Molly”, mumlade Tim och tittade ut genom fönstret på Londons livliga gata. ”Rider fritt över Hampshires gröna kullar. Jag önskar bara att jag vore där med dig!”

Balsalens kakofoni anföll Tims sinnen som en artillerisalva. Glittrande kristallkronor spred ett bländande ljus över ett hav av virvlande klänningar och blanka stövlar, medan orkesterns melodi var ett avlägset, dämpat brus i hans skadade öron. Instinktivt förde han handen till halsduken och kände en svettdroppe rinna nerför nacken. Detta var den tredje balen hans mor släpat med honom på på en vecka, varvat med kvällssoiréer och eftermiddagsmusikaler, ibland alla samma dag. Han var utmattad.

”Major Blair-Fortescue!” skar en gäll röst genom oväsendet. Tim ryckte till och vände sig om, och såg Lady Ashbury närma sig med sin dotter på släp. ”Så förtjusande att se er. Får jag presentera min dotter Amelia, fröken Ashbury?”

Tim bugade stelt och kämpade för att uppfatta den unga damens svar. ”Ett nöje”, fick han fram, med en röst som lät ansträngd även i hans egna öron.

"Jag berättade just för Amelia om era heroiska bedrifter i Spanien", fortsatte Lady Ashbury, hennes ord gled ihop till en obegriplig röra.

Tim lutade sig närmare och kupade handen bakom örat. "Förlåt, min lady?"

Lady Ashburys leende mattades. "Åh, naturligtvis. Så tankspritt av mig. Jag sade..." Hon höjde rösten till en nästan smärtsam nivå, så att dansarna i närheten vände sig om och stirrade.

Tim kände hettan stiga i kinderna. "Tack, men ni behöver inte skrika", sade han och kämpade för att hålla tonen jämn. "Om ni ursäktar mig, tror jag att jag behövs på annat håll."

Han drog sig hastigt undan och sökte skydd vid en pelare i balsalens utkant. Bröstet kändes trångt, andningen kom i korta andetag. "Herre min skapare", tänkte han, "jag möter hellre en anfallande elefant än uthärdar en minut till av detta."

Lady Bridgnorth materialiserade vid hans sida, med en fläkt som slog ogillande. "Timothy, älskling, du kan inte gömma dig här hela kvällen. Kom, fröken Fairfax har frågat efter dig."

Tim bet tillbaka en suck. "Mor, snälla. Jag har dansat med halva Londons giftasvuxna unga damer—det borde räcka för i kväll, väl?"

"Struntprat", sade Lady Bridgnorth och hakade sin arm i hans. "Kvällen är ung, och du har knappt börjat umgås. Försök nu att le. Du ser ut som om du stod inför en exekutionspluton snarare än en balsal full av vackra kvinnor."

Medan modern styrde honom mot ännu en grupp fnittrande debutanter for Tims tankar tillbaka till Sandhurst. Han längtade efter kamratskapet i arbetet med rekryterna, den självklara auktoriteten att kunna gå därifrån när det passade honom. Framför allt saknade han Molly; han längtade efter sällskapet av någon som såg bortom börd och skada, någon som förstod den man han verkligen var.

"Major Blair-Fortescue", pep en gäll röst och avbröt hans funderingar. "Så härligt att se er tillbaka i stan! Får jag rekommendera min dotter för er uppmärksamhet?"

Tim blinkade och fokuserade på de två kvinnorna framför sig, den yngre tittade blygt på honom under ögonfransarna. Han kände igen den äldre efter några ögonblicks febrilt letande i minnet. "Fru Fairfax." Han pressade fram ett leende och, med en resignerad suck, räckte fram armen. "Vill ni skänka mig äran av denna dans, fröken Fairfax?"

"Åh, det skulle vara mig ett nöje, major!" Hennes leende var ljust och förväntansfullt.

När de tog plats för kvadriljen spände sig Tim för ännu en omgång av tröttsam, svårhörd konversation. Musiken svällde, och han fann sig åter driva omkring i ett hav av ljud och förväntningar, längtandes efter en strand han fruktade att han aldrig skulle nå.

Golvurens slag i biblioteket slog tolv när Tim sjönk ner i en läderfåtölj, fingrarna pillade på halsduken. Det rytmiska tickandet tycktes eka med dunkandet i huvudet, en ständig påminnelse om den kakofoni han utstått hela kvällen tills han slutligen flydde balsalen och promenerade hem, desperat efter lite lugn och ro för att rensa tankarna.

Lady Bridgnorth gled in i rummet, sidenklänningen prasslade mjukt. "Timothy, älskling, du gick rätt abrupt. Fröken Fairfax blev ganska stött."

Tim knep om näsroten. "Mor, snälla. Jag har dansat med varenda giftasvuxen ung dam i London. Är inte det nog?"

"Struntprat", svarade hon och slog sig ner på soffan mitt emot. "Du har knappt skrapat på ytan. Nå, vad tyckte du om fröken Amelia Ashbury? Eller kanske fröken Cecilia Hartley? Hon kommer från en utmärkt familj, vet du, hennes bror kommer att ärva ett earldöme från deras farbror..."

"Mor", sade Tim, med ansträngd röst, "jag uppskattar dina ansträngningar, men jag har redan mött den enda kvinna jag över huvud taget skulle stå ut med att vara gift med."

Lady Bridgnorth spärrade upp ögonen. "Har du? Men varför då..." Hon stannade upp, pannan rynkades. "Timothy, vad menar du med 'stå ut med'? Och varför har du inte uppvaktat den här kvinnan?"

Tim suckade och drog handen genom håret. "Därför att hon är olämplig, Mor. Det skulle aldrig gå."

"Olämplig?" Lady Bridgnorths röst steg en oktav. "Gode himmel, Timothy, vad skulle möjligen kunna göra henne olämplig? Hon är väl inte... *en nattfjäril*, är hon?"

Tim for upp med blicken, ögonen blixtrade av förtrytelse. "Naturligtvis inte! Hur kan du ens föreslå något sådant?"

"Nå, jag vet inte vad jag ska tro när du inte berättar något!" utbrast hans mor. "Är hon skådespelerska? En frånskild?" Hon flämtade dramatiskt. "Hon är väl inte *fransyska*, är hon?"

Trots frustrationen kunde Tim inte låta bli att ge till ett kort, humorlöst skratt. "Nej, Mor. Hon är inget av det där. Hon är..." Han tystnade, bilden av Mollys vänliga mörka ögon och milda leende fyllde hans sinne. Hur skulle han någonsin kunna förklara för sin mor hur djupt han kände för en kvinna som stod så långt från deras värld?

"Hon är vad, Timothy?" trängde Lady Bridgnorth på och lutade sig fram. "För allt i världen, säg det bara!"

Tim reste sig tvärt och gick av och an i biblioteket. Det ständiga ringandet i öronen tycktes tillta för varje steg. "Hon är allt, Mor. Hon är god, och intelligent, och hon förstår mig på ett sätt som ingen annan någonsin har gjort. Men hon hör inte till vår värld, och jag kan inte be henne att träda in i den."

Lady Bridgnorth följde honom med blicken, uttrycket mjuknade. "Min käre pojke", sade hon milt, "om den här kvinnan betyder så mycket för dig, varför i all världen skulle du låta något så trivialt som ställning i samhället stå i vägen?"

Tim drog handen genom håret, frustrationen påtaglig. "Hon är föräldralös, Mor. Och hon är... hon är inte engelsk från födseln. Hon är indiska."

Till Tims fullständiga förvåning sprack Lady Bridgnorths ansikte upp i ett brett leende. "Är det allt? Åh, min käre pojke, du hann göra mig orolig för en stund."

Tim blinkade, övertygad om att hörseln nu även störde hans förståelse. "Förlåt, vad sade du?"

Hans mor reste sig graciöst ur stolen, korsade rummet och lade en hand på Tims arm. "Timothy, har du aldrig undrat varför din farbror Edward aldrig kom tillbaka till England?"

Tim skakade på huvudet, fortfarande omtumlad av sin mors oväntade reaktion.

"Nå", fortsatte Lady Bridgnorth, med ögon som glimmade av skalkhet, "Edward orsakade en väldig skandal när han var stationerad i Indien. Han blev handlöst förälskad i en lokal kvinna – en prinsessa, om du kan tro det – och gifte sig med henne där i Calcutta. Han valde att stanna i Indien, till vår fars stora förtret."

Tims haka föll. "Du skämtar." Även om han hade uppskattat sin farbrors brev genom åren, hade han aldrig haft en aning om att hans mors bror gift sig med en indisk prinsessa!

"Jag försäkrar dig, det gör jag inte", svarade hans mor och klappade honom på armen. "Så du förstår, min käre, din Molly skulle inte vara den första indiskan i vår familj.

Och jag vågar säga att hon vore ett välkommet tillskott, särskilt om hon fångat ditt hjärta så fullständigt.”

Tims tankar snurrade, möjligheter han aldrig vågat överväga strömmade plötsligt genom huvudet. ”Men... men vad säger societeten? Skvallret?”

Lady Bridgnorth viftade nonchalant med handen. ”Åh, låt dem skvallra. Det ger dem något att göra. Det som betyder något är din lycka, Timothy. Och om den här Molly gör dig lycklig, så är det allt jag behöver veta.” Lady Bridgnorths leende bredde ut sig när hon såg känslorna spela över sonens ansikte. ”Dessutom”, lade hon till, tonen lättsam men blicken skarp, ”du har ditt eget gods i Oxfordshire, vet du; din farmor Bridgnorths änkesäte. Det har förvaltats tillsammans med Bridgnorths egendomar i åratal, men det är helt och hållet ditt. Det finns ingenting som hindrar dig från att uppvakta den där Molly och skapa ett liv med henne där.”

Tim blinkade häftigt, tankarna hann knappt med. ”Mitt eget gods? I Oxfordshire?” Han drog handen genom håret och rufsade till det ännu mer. ”Jag... jag vet inte ens var det ligger.”

Hans mor skrattade lågt. ”Det ordnar vi lätt. Poängen är, Timothy, att du har valmöjligheter. Om London blir för olidligt har du ett eget ställe att dra dig tillbaka till.”

När hans mors ord sjönk in kände Tim en våg av beslutsamhet strömma genom sig. *Hans eget gods.* En plats där han och Molly kunde bygga ett liv tillsammans, långt från Londons skvaller och förväntningar. Han såg Molly framför sig där, det mörka håret fritt i vinden när hon red över böljande gröna fält, hennes skratt ekande genom deras hems salar.

"Jag måste ge mig av", sade Tim tvärt och reste sig. "Jag måste hitta Molly. Jag måste be henne... Jag måste säga henne..."

"Timothy?" ropade Lady Bridgnorth efter honom när han stegade mot dörren. "Vart är du på väg?"

Tim stannade i dörröppningen, handen på dörrvredet. Han vände sig om mot sin mor, och ett leende spred sig över hans ansikte. "För att fria, Mor. Jag ska be Molly att gifta sig med mig."

Lady Bridgnorths ansikte lyste upp av glädje, ögonen glittrade när hon ropade efter honom: "Glöm inte att meddela mig bröllopsdatumet när hon har svarat ja, Timothy!"

Tims hjärta rusade när han tog trapporna två steg i taget. Föräldrarnas ståtliga entréhall i London, vanligtvis så imponerande, kändes nu som ett enda hinder mellan honom och hans framtid.

"Min häst!" ropade Tim och skyndade mot ytterdörren.

"Major, klockan är över midnatt!" utbrast butlern.

"Inte en minut att förlora", sade Tim.

Medan han otåligt väntade på att hans häst skulle ledas fram gick Tims tankar till Molly. Han kunde nästan se henne, uppe på en av Belle Havens fina hästar, det tjocka svarta håret som smet ut under huvan, de starka händerna säkra om tyglarna. Bilden av hennes strålande leende fick hans hjärta att hoppa över ett slag.

"Sir?" Butlerns röst bröt igenom hans dagdröm när mannen drog upp ytterdörren. "Er häst är redo."

Tim svingade sig upp i sadeln; den välbekanta rörelsen grundade honom, även om upphetsningen hotade att övermanna hans sinnen. Han satte hästen i rörelse och tog sig fram genom Londons trafik med vårdslös iver.

"Jag kommer, Molly", viskade han, mer till sig själv än till vinden som susade förbi öronen. "Vänta på mig."

När stadens gator övergick i landsväg kände Tim en känsla av frihet. Han lämnade Londons societets kvävande förväntningar bakom sig och red mot en framtid fylld av Mollys värme och den delade kärleken till hästar som först fört dem samman.

Förväntan att få se henne igen, att äntligen ge röst åt de känslor han så länge hållit i schack, drev honom vidare. Med varje hovslag kände han sig närmare hemma – inte de stora egendomarna som följde med hans titel, utan den enkla, ärliga värld där Molly hörde hemma.

När London bleknade bort bakom honom tillät sig Tim ett ögonblick av ren, ohämmad glädje. Han red mot sin framtid, mot kärleken, mot ett liv som äntligen gick att förstå. Och vid slutet av den här färden väntade Molly – starka, kapabla, vackra Molly.

Han hoppades bara att det skulle räcka att lägga sitt hjärta för hennes fötter.

Kapitel femton

Major Timothy Blair-Fortescue var inget främmande för väntan. Han hade väntat kvällen före strid, med visshet om att han kanske inte skulle överleva nästa dag. Han hade väntat på kirurgen och hans utlåtande om skadorna, med insikten att ordet "amputation" kunde uttalas. Han hade väntat på besked från sin befälhavare, med känslan av att hans karriär kunde vara över.

Ingen av de stunderna hade varit lika påfrestande som denna.

Tims händer knöt sig om tyglarna, hans häst slängde med huvudet och frustade i protest. Han var nästan framme, vägen mot Belle Haven slingrade sig genom böljande kullar och frodigt gröna fält i Hampshire. Han kunde nästan se godset nu, de vidsträckta stallarna och hagarna där de finaste hästarna i England föddes upp och tränades.

Han kunde nästan se henne.

Molly Bell. Kvinnan han älskade. Kvinnan han hade kommit för att vinna.

Om hon ville ha honom.

Tims hjärta dunkade i bröstet, en dov puls som ekade i öronen. Hans nästan döva hörsel påminde honom ständigt om skadorna; ringandet i öronen avtog aldrig, gav honom aldrig en stunds ro. Han hade lärt sig läsa på läppar, att uppmärksamma minsta rörelse eller gest, men det var ändå en kamp att förstå världen omkring honom.

Han rätade på sig i sadeln och försökte skaka av sig tyngden av sina tankar. Han var soldat, major vid 14:e lätta dragonerna. Han hade stått emot franska kanoner och överlevt. Han kunde stå emot en kvinna.

Även om hon var den vackraste, mest begåvade, mest fulländade kvinna han någonsin känt.

Tim bet ihop käkarna så att musklerna värkte. Han måste sluta tänka så. Molly var inte perfekt. Hon var envis och hade bestämda åsikter och var alldeles för självständig för sitt eget bästa. Hon skulle förmodligen skratta honom rakt i ansiktet när han friade.

Men han var tvungen att försöka. Han måste.

Vägen svängde, och Tim fick sin första skymt av Belle Haven. Godset myllrade av liv; stallpojkar och hästskötare ledde hästar av och an, ryttare jobbade sina hästar i träningsvolten. Doften av hästar, hö och läder fyllde luften, och Tim drog djupt efter andan; en känsla av frid lade sig över honom. Här hörde han hemma. Bland hästarna, ryttarna, människorna som förstod honom.

Han drev på hästen, gruset knastrade under hovarna. Stallbyggnaden reste sig framför honom, portarna stod på vid gavel och avslöjade rader av spilta, var och en upptagen av en ståtlig häst. Tims blick vandrade över djuren och beundrade deras blanka pälsar och kraftfulla muskler.

Och så såg han henne.

Molly Bell. Hon stod längst bort i stallet och ryktade en häst. Det mörka håret var samlat i en enkel fläta, den enkla klänningen täcktes av ett läderförkläde. Hon såg upp när han närmade sig, och Tims hjärta hoppade till.

Hon var ännu vackrare än han mindes.

När Tim svingade sig ur sadeln, beredd att skynda fram och vädja sin sak hos Molly, fick en plötslig kakofoni av skall honom att rycka till. Ett par enorma mastiffer for upp från platsen där de legat lugnt innanför stalldörrarna och störtade mot honom.

”Hej där!” Tim hoppade hastigt bakåt, men utan Mollys snabba ingripande misstänkte han att han hade kunnat råka riktigt illa ut.

Molly gav ifrån sig en skarp vissling, och hundarna tvärstannade bara någon meter från Tim, fortfarande dovt morrande.

Lättnaden sköljde över Tim när Molly kom fram med raska steg. Hon grep hårt om hundarnas halsband. ”Jag ber om ursäkt, major. De är tränade att stoppa inkräktare på ägorna – vi måste skydda oss mot hästtjuvar!”

"Ingen ursäkt behövs. Tvärtom måste jag uttrycka min djupaste tacksamhet, fröken Bell." Tim föll in i en galant bugning och försökte få hjärtat att slå lugnare. "Ni har räddat mig från att bli mastiffmat. Och snälla, kalla mig Tim."

Mollys panna rynkades lätt. "Nåväl... Tim. Varför är du här?" Hon sa det rakt på sak och stirrade på honom som om hon inte hade den ringaste aning om varför han skulle ha kommit.

Plötsligt flög det inövade talet sin kos, sönderslagen av de där genomträngande mörka ögonen. "Jag... nå, det vill säga... kärnan i saken är..." Han drog ett djupt andetag. "Molly, från första stund jag såg dig blev jag förtrollad. Ditt mod, din styrka, din skönhet – jag kan knappt tänka på något annat. Jag har kommit för att öppna mitt hjärta och bekänna min brinnande kärlek till dig." Orden störtade fram, oslipade men uppriktiga.

Till hans fasa blixtrade ilska i Mollys ögon och hon tog ett steg tillbaka. "Jag förstår. Du förmodar att göra mig till din älskarinna, är det så? Ännu en rik herre som vill utnyttja den föräldralösa stallflickan?" Hennes röst darrade och greppet om hundarnas halsband slaknade. "Jag borde släppa dem på dig ändå, din skurk!"

"Nej! Jag skulle aldrig – Det är inte alls min avsikt!" Tim höjde händerna i en vädjande gest och svor över sin klumpiga tunga. Hur kunde han rädda denna katastrofala blunder? "Molly, snälla, om du bara vill låta mig förklara... Jag... jag ber om din hand", brast han ur sig, eldröd i ansiktet. "Jag vill göra dig till min hustru, inte min... inte något annat."

Mollys ögon vidgades, greppet om hundarna lättade ytterligare. ”Din *hustru*?” viskade hon, misstron inristad i hennes ansikte.

Tim nickade allvarligt och tog ett försiktigt steg närmare. ”Ja, min hustru. Jag vet att jag inte uttrycker mig väl, men jag har aldrig känt så här för någon förut. Du är enastående, Molly. Din skicklighet med hästar, din målmedvetenhet, din godhet... Jag vill bygga ett liv med dig, om du vill ha mig.”

Mollys uttryck mjuknade, en blandning av känslor fladdrade över hennes ansikte. Hon öppnade munnen för att tala, men innan hon hann säga något fångade ljudet av närmande steg deras uppmärksamhet.

”Vad i all världen pågår här ute?” dundrade en djup röst, och Sir Richard Bell stegade mot dem, de klarblå ögonen for mellan Molly och Tim. ”Jag hörde hundarna föra oväsen. Är allt i sin ordning, Molly?”

Molly kände hur kinderna brann, smärtsamt medveten om Tims närvaro och tyngden av hans frieri i luften. ”Pa, jag... vi bara...” stammade hon, uppenbart osäker på hur hon skulle förklara situationen för sin adoptivfar.

Tim rätade på ryggen och försökte verka mer samlad än han kände sig under Sir Richards granskande blick. ”Vill ni presentera oss, fröken Bell?” sa han stadigt.

Mollys hjärta rusade när hon insåg hur prekär situationen var. Hon drog ett djupt andetag och tvingade rösten att vara stadig. "Självklart. Pa, det här är major Blair-Fortescue, instruktören från Sandhurst som jag arbetade med. Major, det här är Sir Richard Bell, min... min far."

Medan de två männen utbytte nickar snurrade Mollys tankar. Hur skulle hon kunna förklara Tims närvaro, än mindre hans plötsliga frieri? Hon såg ängsligt på när Richard rynkade pannan, de skarpa blå ögonen granskade Tim med samma blick som när han bedömde hästar.

"Major Blair-Fortescue." Richards röst var artig men kylig. "Ni är givetvis välkommen, men får jag fråga vad som för er till Belle Haven?"

Mollys blick flackade mellan männen, fingrarna vred om tyget i kjolen utan att hon märkte det. Hon kände plötsligt en stark lust att ingripa, att förklara, men orden fastnade i halsen. Vad skulle Richard tycka om Tims frieri? Skulle han godkänna? Frågorna tumlade runt i huvudet, gjorde henne yr och överväldigad.

Tim, synbart rådvill under Richards bistrare blick, utbrast han plötsligt: "Sir Richard, jag har kommit för att be om fröken Bells hand!"

Molly spärrade upp ögonen av häpnad. Hon hade inte väntat sig att Tim skulle vara så rättfram, särskilt inte mot

Richard. En rodnad kröp upp över halsen när hon såg hur Richards uttryck mörknade.

"Jaså?" Richards röst var låg, farlig. De blå ögonen, vanligtvis så vänliga, hade blivit till iskalla skärvor. "Och vad, må jag be att få veta, får er att tro att ni är värdig min dotters hand?"

Mollys hjärta snörde sig. Hon ville tala, försvara Tim, men stod som fastnaglad, rösten fångad i halsen.

Tim rätade på axlarna och försökte tydligt se mer självsäker ut än han kände sig. "Jag försäkrar er, sir, mina avsikter är hederliga. Jag hyser djupa känslor för fröken Bell och önskar sörja för hennes framtid."

Richards ögonbryn höjdes skeptiskt. "Sörja för henne? Och hur ämnar ni göra det, major? Vilka är era utsikter?"

Mollys blick irrade mellan dem, bröstet spänt av oro. Hon längtade efter att lägga sig i, att förklara för Richard hur mycket Tim betydde för henne, men orden ville inte komma. I stället såg hon, med hjärtat bultande, hur Tim kämpade med att svara på Richards prövande frågor.

Tim drog ett djupt andetag, händerna hårt knäppta bakom ryggen. "Jag är anställd vid Sandhurst, sir", började han, rösten stadig trots nervositeten som anades i blicken. "Jag tränar unga kavallerister och deras hästar. Det är en tjänst som passar mig väl, även med mina... hörselproblem."

Molly följde Tim noga, hjärtat svällde av stolthet när han talade om sitt arbete. Hon visste hur hårt han hade kämpat för att övervinna sin nästan döva hörsel och hur mycket tjänsten vid Sandhurst betydde för honom, trots att han tvekat att ta den från början.

Richards uttryck mjuknade en aning, ett skymt av intresse for över hans ansikte. ”Det är en respektabel tjänst.”

Tim nickade ivrigt. ”Ja, sir. Den har låtit mig förena min kärlek till hästar med min militära erfarenhet. Jag har funnit att mitt tillstånd faktiskt har gjort mig mer lyhörd för icke-verbala signaler hos både hästar och ryttare.”

Molly kunde inte låta bli att le åt Tims passion. Hon hade sett med egna ögon hur begåvad han var med hästar, hur de tycktes svara på hans varsamma hand och stillsamma sätt.

”Likväl”, sa Richard med en sidoblick på Molly, ”är jag inte säker på att livet som officershustru vid Sandhurst skulle passa Molly. Hon skulle inte kunna fortsätta sitt arbete med hästar.”

Molly svalde. Hon hade varit på väg att säga ja till Tim utan att tänka på vad det skulle innebära för henne. Kunde hon förlika sig med ett liv av artigt umgänge med andra officersfruar, även för Tims skull?

”Om fröken Bell skulle acceptera mig, skulle jag ta avsked ur tjänsten”, sa Tim, och överraskade Molly igen. ”Jag äger ett gods i Oxfordshire, ett arv från min farmor, även om jag måste tillstå att det har skötts av min fars ombud och att jag aldrig har varit där.” Tim drog ett djupt andetag, blicken vandrade mellan Richard och Molly. ”Det ni har byggt här på Belle Haven, Sir Richard, det är... det är enastående. En dröm, verkligen.” Rösten blev mer livlig när han fortsatte: ”Jag har tänkt att om ni någonsin varit intresserad av att utöka verksamheten, skulle kanske en filial i Oxfordshire kunna vara till gagn.”

Richards ögonbryn höjdes, intresset tydligt väckt. "Fortsätt", sa han, tonen mindre frostig än nyss.

Tims händer rörde sig när han talade, entusiasmen tydlig. "Med min erfarenhet från Sandhurst och godset i Oxfordshire skulle vi kunna skapa en träningsanläggning som kompletterar Belle Haven. Den kunde inrikta sig på att utbilda unghästar och para ihop dem med ryttare, ungefär som jag gör vid akademin, vilket i sin tur frigör utrymme här på Belle Haven för att ni ska kunna utöka avelsverksamheten, kanske."

Mollys hjärta slog snabbare vid möjligheten. Hon kunde se det framför sig: att arbeta sida vid sida med Tim, fortsätta sitt arbete med sina älskade hästar, men på ett nytt och spännande sätt. Hon sneglade på Richard för att avläsa hans reaktion.

Richard strök sig eftertänksamt över hakan. "Det är ett lockande förslag, måste jag säga. Men säg mig, major, hur tänker ni er att Molly passar in i er plan?"

Tims blick mjuknade när han såg på Molly. "Med sin expertis och passion tror jag att Molly skulle vara oumbärlig för att driva en sådan verksamhet. Hennes färdigheter är oöverträffade, och jag... jag kan inte föreställa mig att ge mig in i något sådant utan henne vid min sida."

Molly kände en värme sprida sig i bröstet vid Tims ord. Han friade inte bara; han erbjöd henne en framtid där hon kunde fortsätta att följa sin passion. Hon höll nästan andan och väntade på Richards svar.

Richards klarblå ögon mötte Mollys, en blandning av stolthet och ömhet i blicken. "Jag måste instämma", sa han varmt. "Mollys förmågor är verkligen exceptionella. Hon vore sannerligen den perfekta personen att sköta en sådan verksamhet."

Mollys hjärta svällde av Richards beröm. Hon hade alltid strävat efter att göra honom stolt, och hans ord betydde mer än hon kunde uttrycka.

Richard vände sig åter mot Tim, ett lätt leende spelade på läpparna. "Jag måste säga, major, ert förslag är inte utan förtjänst. Både vad gäller affärsidén och... andra ting." Han lät blicken menande vandra mellan Tim och Molly. "Fast det beslutet är inte mitt att fatta, utan min dotters."

Underförstånden i Richards ord fick det att fladdra till i Mollys mage. Hon kände stundens tyngd pressa mot sig, beslutets tyngd. Bilder av ett liv med Tim dansade genom hennes tankar – morgnar då de tränade hästar tillsammans, kvällar vid elden där de talade om sin gemensamma passion, att bygga ett eget arv.

Ändå, mitt i känslostormen, tvekade Molly. Hon behövde en stund för att samla tankarna, för att vara säker på att hjärta och huvud ville samma sak.

Hon drog ett djupt andetag och vände sig mot Richard. "Pa", sa hon, rösten aningen darrig, "kan jag få en stund ensam med Tim? För att... för att tala vidare om det här?"

Richards blick mjuknade när han såg på Molly, förståelsen inristad i de milda dragen. Han klev närmare, doften av läder och häst omgav honom, en trösterik påminnelse om hemmet.

"Självklart, min kära", sa han lågt och lugnande. Han lutade sig fram och tryckte en öm kyss mot Mollys kind, skägget raspade lätt mot hennes hud.

Molly kände en våg av tacksamhet mot den man som blivit hennes far i allt utom blod. "Tack, Pa", viskade hon.

Richard drog sig tillbaka, ögonen glittrade av en blandning av ömhet och skalkhet. "Du har mitt fulla förtroende och stöd, vad du än väljer, Molly", sa han, och lade till med en skämtsam blinkning: "Men jag måste insistera – även om du skulle avvisa stackaren, sätt inte hundarna på honom igen. Jag vill ogärna förlora en potentiell affärspartner till våra överentusiastiska fyrbenta väktare."

Molly kunde inte låta bli att fnissa, spänningen i axlarna lättade en smula. "Jag ska försöka hålla mig i skinnet", lovade hon med ett snett leende.

Med en sista nick åt Tim och en mild kläm om Mollys axel vände sig Richard om och gick därifrån. När han försvann runt stallhörnet stod Molly ensam med Tim, hjärtat bultade i bröstet som en skenande häst.

Hon vände sig mot honom, smärtsamt medveten om värmen från hans närhet och intensiteten i hans blick. Stunden drog ut mellan dem, fylld av osagda ord och möjligheter.

"Tim", började Molly, "jag tror att vi har mycket att tala om."

"Sannerligen." Tim kastade en blick nedåt. "Men innan vi börjar... kunde du kanske sätta dina hundar någonstans där det är säkert? Jag vill helst inte bli uppäten."

Hans milda skämt lättade på stämningen, och Molly skrattade till. "Ge mig en stund." Det var lätt gjort att stänga in de två mastifferna i en tom spilta, och hon torkade händerna mot kjolen och tog Tims arm med en liten darrning av nervositet. ”Vill du se Apollo?” frågade hon, rösten svagt darrande.

”Väldigt gärna”, svarade han, och Molly vände sig om för att leda Tim till hingststallet där Apollo hade fått en ny plats.

Kapitel sexton

MOLLY LEDDE TIM MOT hingststallet, ivrig att visa upp Belle Havens största skatter. När hon svängde upp stalldörrarna avslöjade hon Apollo, som stod reslig och stolt i sin spilta, hans päls glänsande rödgul i solstrålarna som silade genom brädspjälorna. Hingstens varma frustning när han kände igen henne vittnade om bandet de knutit.

Stolthet och tillfredsställelse fyllde Molly när hon presenterade Apollo för Tim och sträckte ut handen för att varsamt stryka hans man. "Hej, min vackre pojke", mumlade hon, och Apollo puffade henne i axeln så att hon skrattade. "Jag har en godbit till dig, oroa dig inte." Hon plockade fram en morot ur fickan, och Apollo tog den försiktigt ur hennes hand.

”Åh, Molly, han ser makalös ut”, sa Tim varmt och lutade sig över halvdörren för att betrakta Apollo. ”Jag kan inte ens se de där piskränderna på flankerna längre. Du har gjort underverk.”

Mollys stolthet över sitt arbete var tydlig när hon log åt Tims beröm. ”Tack. Jag är väldigt stolt över honom. Han har kommit långt.”

Apollo glänste som polerad koppar, och han stod lugn i sin spilta, med öronen spetsade framåt och ögonen klara av intelligens. Han var en annan häst än den skrämda, nervösa varelse som Forebury hade gjort honom till, och Mollys hjärta svällde av stolthet när hon såg på honom.

Apollo hade svarat på hennes vänlighet och tålamod, och han var en fröjd att rida. Han var fortfarande livlig, men han skyggade inte längre för folk eller ryckte till vid plötsliga rörelser.

Tims uppskattande leende fick hennes hjärta att hoppa till, och hon kände en rodnad av välbehag inför hans beröm. ”Du har gjort ett underbart jobb med honom, Molly. Han är din förtjänst.”

”Tack”, sa hon igen och log mot honom. Hon sträckte upp handen för att stryka Apollo över mulen, och han puffade hennes hand så att hon skrattade. ”Han är en rar pojke, eller hur, Apollo? Han ser fram emot nästa vår och stona han ska få träffa! Pa är så glad att ha honom tillbaka. Ville aldrig släppa honom till Sandhurst över huvud taget, men vi har en kvot hästar vi måste uppfylla till armén, och stofölet som skulle ha åkt hade sträckt en sena och blivit halt. Pa hade inget val annat än att skicka Apollo i stället.”

”Allt blev till det bästa då, eller hur?” sa Tim mjukt.

”Det blev det verkligen.” Hon pressade kinden mot Apollos medan hingsten lade mulen i hennes handflata i hopp om en morot till. ”Och nu kommer hans – och Rufus – blodslinje att leva vidare på Belle Haven för alltid.”

Tim nickade och blev allvarligare vid nämnandet av Rufus. ”Det gläder mig att höra”, sa han. Han tystnade ett ögonblick och fortsatte sedan: ”Du missade examensceremonin. Kadetterna klarade sig strålande, särskilt din skyddsling Llewellyn. Den unge mannen kommer att gå långt, om Osiris kan hålla honom borta från trubbel.”

Molly log. ”Jag var ledsen att missa den.” Hon tvekade och skakade sedan på huvudet. ”Ärligt talat är jag inte säker på att jag hade kunnat se alla de där stolta unga männen rida ut i krig utan att bryta ihop och gråta och skämma ut dem allihop. Kanske var det lika gott att jag tog hem Apollo.”

”Kanske.” Tim räckte ut handen och strök Apollo över öronen. ”Det var synd att du reste just den dagen, bara”, noterade han. ”Du missade chansen att träffa min mor.”

”Din mor!” Mollys ögon blev stora och hon stirrade chockat på Tim.

”Ja, hon överraskade mig genom att dyka upp oanmäld, och förstås rullade general Warde ut röda mattan för henne... min mor är svår att säga nej till när hon vill något.”

”Och vad ville hon?”

”Hon ville att jag skulle åka till London.” Tim log snett. ”Jag lyckades avstyra det till efter examen, men jag har nyss kommit därifrån efter en veckas vistelse.”

Mollys hjärta hoppade till. ”London?” ekade hon, knappt hörbart. Hon vände blicken mot Apollo och strök varsamt hans sammetslena mule, i ett försök att dölja den plötsliga oro som grep henne.

Tim nickade, med ett uttryck som var en blandning av munterhet och uppgivenhet. ”Just det. Min mor hade storslagna planer för mig, verkar det som. En virvelvind-stur genom societetens yppersta sällskap.”

Mollys fingrar slöt sig aningen hårdare om Apollos grimma. ”Och vad tyckte du om det?” frågade hon och försökte hålla tonen lätt och nyfiken.

Tim drog en teatralisk suck och lutade sig mot stall-väggen. ”Utmattande, minst sagt. Baler som pågick till gryningen, ändlöst småprat med människor vars namn jag inte kan minnas, och fler volangprydda klänningar än jag bryr mig om att minnas.”

Trots sin olust kunde Molly inte låta bli att fnissa åt Tims beskrivning. ”Det låter... överväldigande.”

”Det var milt uttryckt”, sa Tim och himlade med ögo-nen. ”Det var en särskilt minnesvärd kväll hos Lady Ash-ton då jag praktiskt taget blev överfallen av en skock ivriga debutanter. Jag kände mig som en avelshingst på auktion.”

Mollys skratt var genuint den här gången, om än med en ton av något annat. ”Stackars Tim”, retades hon, ”omgiven av Londons finaste damer. Hur tog du dig igenom det?”

Tims blick mjuknade när han såg på henne. ”Genom att tänka på dig, förstås. På livet jag verkligen vill ha.”

Molly bet sig i läppen, blicken flackade bort från Tims uppriktiga ögon. Apollos stilla frustningar i spiltan gav en rogivande fond åt tankarnas virvel i hennes huvud.

"Tim", började hon trevande, medan fingrarna pillade på den slitna manschetten, "jag... jag är inte säker på att jag någonsin skulle passa i den världen. Soaréer, baler, ändlösa sällskapsplikter. Det ligger så långt från allt jag känner till."

Tim tog ett steg närmare, pannan veckad av oro. "Molly, du behöver inte..."

Hon höjde handen, tvungen att få lufta sina farhågor. "Min syster Clara förbereder sig för sin London-säsong, och till och med hon är nervös. Och Clara, ja, hon har alltid varit bättre på förnäma sysslor än jag, uppfostrad från födseln i en gentil familj. Jag?" Molly gav ifrån sig ett lågt, självironiskt skratt. "Jag trivs bättre med att mocka spiltor än att dansa kvadrilj."

"Det där stämmer inte", invände Tim, men Molly skakade på huvudet.

"Det gör det ändå. Och det handlar inte bara om dansen eller etiketten. Tim, jag är..." hon tvekade, rösten sjönk till en viskning, "jag är indisk. Hur skulle Londons societet någonsin acceptera mig?"

Tims uttryck mjuknade, ögonen fylldes av värme när han tog Mollys hand. "Molly, min kära, jag måste bekänna en sak", sa han. "Jag avskyr Londons societet."

Molly spärrade ögonen. "Gör du?"

"Fullständigt", bekräftade Tim med ett skratt. "Alla dessa stela tillställningar, det ändlösa småpratet, poserandet... det är utmattande, jag har alltid tyckt det, och ännu mer nu när min hörsel är skadad. Mina drömmar, Molly, de är lantliga drömmar. Ett liv fyllt av öppna fält, hovslag och dig vid min sida.”

Ett fladder av hopp rörde sig i Mollys bröst, men osäkerheten dröjde sig kvar. ”Men din familj...”

”Min familj”, avbröt Tim och kramade hennes hand lugnande, ”är betydligt mer vidsynt än du tror. Visste du att jag har en farbror som gifte sig med en indisk kvinna?”

Molly drog efter andan. ”Verkligen?”

Tim nickade, ögonen glittrade. ”En indisk prinsessa, om min mor minns rätt! Kanske kan vi hälsa på henne och min farbror en dag, eller så kommer de hit för att träffa dig. Molly, min familj kommer att acceptera dig därför att de kommer att se det jag ser – en stark, intelligent, vacker kvinna som gör mig lyckligare än jag någonsin har varit.”

Molly kände hur kinderna hettade, hjärtat bultade nu av helt andra skäl.

”Vad gäller min mor”, fortsatte Tim, ”kan hon ha storslagna idéer om Londons societet, men det hon vill allra mest är att se mig lycklig. Och hon är mycket angelägen om att få träffa dig, vet du.”

”Är hon det?” frågade Molly, med en liten, förundrad röst.

Tims leende strålade. ”Självklart är hon det. Hur skulle hon inte vilja träffa kvinnan som erövrat hennes sons hjärta?”

Molly kunde inte låta bli att skratta åt hans orubbliga självsäkerhet. ”Du målar sannerligen i rosenrött, sir.”

”Jag säger bara sanningen”, svarade Tim med ett flin. Sedan, allvarligare, tillade han: ”Jag tänker inte låtsas att allt alltid blir lätt. Det kommer att finnas prövningar, omställningar. Men tillsammans, Molly, tror jag att vi klarar allt."

"Berätta om Oxfordshire." Intensiteten i hans uttryck blev för mycket; hon kunde inte möta blicken. Hon vände sig bort och sysselsatte sig med att fingra igenom Apollos man i stället; hingsten tålde det stoiskt.

"Jag måste erkänna att jag aldrig har varit där", medgav Tim. "Jag hade i sanning glömt bort det. Det var min farmors änkesäte, men vad jag minns från fars godsredovisningar finns där ett herresäte, ett par små bondgårdar... och omkring åttahundra tunnland åkermark."

"Åttahundra tunnland!" Det var till och med större än Belle Haven! Mollys huvud flög upp och hon stirrade på honom, med munnen öppen.

"Gott om plats för ett så stort träningsprogram som vi kan övertala armén att låta oss bygga upp." Tim log brett. "Jag har till och med tänkt på att starta ett litet avelsprogram, inget som kan mäta sig med Belle Haven förstås, men tillräckligt för att föda upp fina kavallerihästar."

Ett leende drog i Mollys läppar när hon föreställde sig det. "Det låter underbart", mumlade hon.

"Din hästkunskap vore ovärderlig. Vi kunde arbeta sida vid sida och bygga något alldeles särskilt."

Medan Tim talade kände Molly en plötslig våg av känslor. Hans drömmar stämde så fullkomligt överens med hennes egna att det nästan blev överväldigande. Ett liv omgiven av hästar, långt från Londons jäkt och dömande blickar, med en man som så uppenbart älskade henne...

Ändå smög sig en skugga av tvivel på. Var det verkligen möjligt? Kunde hon, en föräldralös flicka från Duke Street, verkligen få ett sådant liv? Allvaret i alltihop fick andan att haka upp sig.

"Molly?" Tims röst var mild, omtanken hördes tydligt. "Vad tänker du?"

Hon tvekade, tankarna en virvel av hopp och rädsla. "Det är bara... det är allt jag någonsin drömt om", medgav hon mjukt. "Men jag kan inte låta bli att undra om jag verkligen är redo för ett sådant liv. Om jag förtjänar det." Molly drog ett djupt andetag, hjärtat dånade när hon mötte Tims blick. "Men... men jag vill det. Jag vill ha det livet, Tim. Med dig." Hennes röst darrade lite, en blandning av hopp och osäkerhet färgade orden. "Om du är säker på att det är mig du vill ha vid din sida, så... ja. Ja, jag gifter mig med dig."

Tims ansikte lyste upp av ren glädje, ögonen gnistrade av känslor. "Åh, Molly", andades han och tog hennes händer i sina. "Du har gjort mig till den lyckligaste mannen i hela England."

Utan att tveka drog han henne in i en fast omfamning, hans starka armar slöt sig om henne. Molly kände värmen från hans kropp mot sin, den stadiga rytmen av hans hjärta som matchade hennes eget, uppjagade slag. Hon slöt ögonen och andades in doften av honom – en blandning av läder, häst och något som bara var Tim.

"Jag lovar dig", viskade Tim innerligt i hennes öra, "att vi ska bygga ett underbart liv tillsammans. Du ska aldrig behöva tvivla på din plats eller ditt värde."

Molly kände tårarna bränna bakom ögonlocken, överväldigad av stundens intensitet. Hon lutade sig lite tillbaka och såg upp på Tim med ett vattnigt leende. "Jag håller dig till det löftet, major Blair-Fortescue", sa hon, med en antydan av sin vanliga skälmighet i rösten.

Tim skrattade, ljudet varmt och fyllt av glädje. Han kupade hennes ansikte mellan händerna, och tummarna strök bort tårarna som smitit nerför hennes kinder. "Jag skulle inte vilja ha det på något annat sätt, blivande fru Blair-Fortescue", svarade han, med mjuk ömhet i rösten.

När de stod där, insvepta i varandras armar, kände Molly en känsla av rättmätighet lägga sig över henne. Ja, det fanns fortfarande ovissheter framför dem, men i den här stunden visste hon att hon hade gjort rätt val. Vilka prövningar de än mötte skulle de möta dem tillsammans.

Mollys blick gled mot de öppna stalldörrarna, där den sena eftermiddagssolen målade gårdsplanen i gyllene toner. De välbekanta ljuden från Belle Haven – hästar som gnäggade, stalldrängar som ropade till varandra, en av hennes systrar som sjöng någonstans i fjärran – fyllde henne med en vemodig saknad. Den här platsen hade varit hennes tillflykt, hennes hem. Nu kallade ett nytt kapitel i hennes liv.

"Nåväl då", sa hon och sträckte på sig, mötte Tims blick med beslutsamhet, "bäst att vi sätter i gång med vårt stora äventyr, eller hur?"

Tims svarande leende var strålande. "Sannerligen, min älskade. Sannerligen."

När de gick hand i hand ut ur stallet kände Molly en våg av förväntan. Vägen framåt kunde vara osäker, men med Tim vid sin sida var hon redo att omfamna allt som väntade. Deras resa tillsammans hade just börjat, och hon längtade efter att se vart den skulle föra dem.

Kapitel sjutton

Solen hängde lågt på eftermiddagshimlen och kastade fläckiga skuggor genom träden medan Tim gick sida vid sida med Richard över Belle Havens frodiga ängar, medan Molly firade inne i huset med sin mor och sina systrar. Doften av nyslaget hö och häst låg tung i luften.

"Jag måste säga att jag inte kunde vara gladare över er förlovning med vår kära Molly." Richard klappade Tim på axeln, de blå ögonen glittrade. "Även om jag inte uppfostrade henne från liten flicka eller baby som mina andra döttrar, är hon mig lika kär, och jag är glad att se henne så lycklig."

"Tack, sir. Jag känner mig oerhört välsignad som har vunnit hennes hjärta — och ert gillande." Tim kände hur kinderna hettade lätt av berömmet. Molly var sannerligen en sällsynt juvel, vacker både till kropp och själ. Hennes medkänsla, hennes skärpa, hennes hand med hästarna — hon hade fullständigt fångat honom, kropp och själ.

"På tal om bröllopet", fortsatte Richard när de rundade en krök på stigen, "så hoppades Theresa och jag att vi kunde göra ett besök på er familjegård i Oxfordshire, för att försäkra oss om att allt är i gott skick för er och Molly att bo där efter vigseln. Med ert tillstånd, förstås."

Tim stannade upp, överraskad och rörd över den omtänksamma gesten. "Jag vore er mycket tacksam för era råd, sir."

Mellan officersutbildningen på Sandhurst och tiden i kavalleriet hade *hem* blivit ett avlägset begrepp. Men nu fyllde tanken på att slå sig till ro med Molly honom med en våldsam, oväntad längtan. Att bygga ett liv tillsammans, kanske uppfostra en familj...

"Strålande!" Richards röst avbröt hans dagdröm. "Theresa kommer att bli förtjust. Hon är mycket fäst vid Molly, som ni säkert har märkt."

"Sannerligen." Tim log, och såg för sin inre blick de båda kvinnorna böjda över varandra i innerligt samtal. "De delar ett särskilt band. Jag är glad att Molly har Lady Bell som kan vägleda henne i det här nya kapitlet."

"Nå, då är det avgjort. Vi gör upp planer för att resa till Oxfordshire omedelbart. Med lite tur har vi allt i ordning så att ni och Molly kan flytta in så snart ni är vigda."

När ekipaget nådde krönet på den sista höjden lade Molly sina behandskade fingrar mot fönstret, andetaget stockade sig vid synen som bredde ut sig. Inbäddat i ett lapptäcke av gröna fält och uråldriga ekar låg Willowbrook Manor, dess honungsfärgade Cotswold-sten glödande i den sena eftermiddagssolen.

Tims hand sökte hennes, beröringen varm och lugnande. "Välkommen hem, min älskade."

Hem. Ordet ekade genom Molly och väckte en djup längtan. Under alla år på barnhemmet på Duke Street, och även efter att hon funnit en fristad hos familjen Bell, hade en del av henne alltid känt sig på drift. Men här, med Tim, lade sig en känsla av tillhörighet över henne som ett kärt, varmt täcke.

Vagnen rullade till stopp på den grusade uppfarten. Tim steg ur först och räckte sedan in handen för att hjälpa Molly ner, med Richard och Theresa efter. Benen ostadiga efter resan snubblade Molly till och föll mot Tims fasta bröstkorg. Lätt förnöjsamhet dansade i hans blick när han stadgade henne. "Försiktigt nu. Vi kan ju inte ha den blivande frun på Willowbrook som tar en kullerbytta."

"Förlåt, jag är bara..." Molly gestikulerade mot det ståtliga huset, för ett ögonblick mållös. "Det är som något ur en dröm."

"Och du, min älskling, är den mest förtrollande delen." Tim strök undan en bångstyrig lock från hennes kind, hans beröring tände en rodnad av välbehag hos Molly.

Hand i hand gick de genom den stora välvda entrén, medan Richard och Theresa medvetet dröjde efter för att ge dem några ögonblick ensamma att ta in sitt framtida hem. Rankor, tunga av sensommarrosor, slingrade sig kring stenverket, deras fina doft blandades med den friska doften av buxbomshäckarna. Molly andades djupt och bevarade varje intryck i minnet. Richard och Theresa hann ifatt, och Molly vände sig mot sina adoptivföräldrar med en ren och skär glädje i leendet.

"Åh, min kära flicka", utbrast Theresa, rösten darrande av känslor. "Jag är så oerhört lycklig för er båda. Det här är början på ett underbart nytt kapitel."

Molly besvarade kramen innerligt, hjärtat svällde av tacksamhet för kvinnan som blivit inte bara hennes bästa vän, utan en andra mor. "Tack, ma. Ditt stöd betyder allt för oss."

Richard kom fram mer värdigt, men ögonen glittrade av oförställd glädje när han grep Tims hand i ett fast handslag. "Gratulerar, min gosse. Jag kunde inte vara stoltare eller mer uppspelt för er och Molly."

Tim sänkte huvudet, ett pojkaktigt grin spred sig över ansiktet. "Tack, Sir Richard. Er vägledning och vänskap är ovärderlig."

Medan de två männen samtalade, hakade Theresa sin arm i Mollys och ledde henne mot stallet. "Kom. Jag vet vad du helst vill se."

Mollys puls ökade av förväntan när de närmade sig den ståtliga stenbyggnaden. Även om den för tillfället stod tom, eftersom hyresgästerna på Willowbrook hade flyttat ut bara några dagar tidigare, dröjde dofterna av hö och häst kvar, välbekanta och trösterika, och fick Molly att känna sig omedelbart hemma.

Tim och Richard hann snart ifatt dem, och tillsammans gick de fyra igenom stallarna, beundrade det blanka mässingsbeslaget och de generöst tilltagna spiltorna. Molly drog handen över det släta träet och såg framför sig fölen som snart skulle fylla dessa spiltor med sina rangliga ben och upptåg.

"Jag tänkte att vi kunde bygga ut stallen åt öster", föreslog Tim och pekade mot en öppen yta. "Uppföra en ny flygel för att rymma vår växande flock."

Molly nickade, tankarna snurrade redan av möjligheter. "Och kanske ett separat fölstall, med extra breda spiltor och en egen rasthage. Och en inhägnad träningsarena, precis där borta..."

Medan de stod där, omgivna av det påtagliga beviset på deras gemensamma drömmar, kände Molly hur en våg av tillhörighet och rättmätighet sköljde över henne. Det här var hennes framtid, och hon längtade efter att få ge sig ut på den här hisnande resan med mannen hon älskade vid sin sida.

De tillbringade en natt på ett bekvämt värdshus och återvände till Belle Haven dagen därpå, fyllda av planer för att förvandla Willowbrook. Molly kunde inte låta bli att förundras över hur långt hon hade kommit. Från utfattigt föräldralös till blivande fru på ett eget gods — det tedde sig som något ur en saga.

"Nu", började Theresa, ögonen glittrade av förväntan, "ska vi tala om bröllopet. Har du funderat på några detaljer?"

Molly bytte en blick med Tim, ett leende drog i mungipan. "Även om Tims familj är i London, hoppades jag få vigas från Belle Haven, med herr Fallon som förrättar ceremonin och mina systrar vid min sida."

Richard nickade, uttrycket varmt. "Det vore en ära att få stå värd för er stora dag. Säg bara till, så ordnar vi det."

Allteftersom samtalet flöt på fann Molly sig mer uppslukad av glädjen i planeringen än hon hade väntat. De diskuterade allt från gästlista till meny, från blommor till musik. Tims hand fann hennes, fingrarna flätades samman medan de formade bilden av sin perfekta dag.

"Jag skriver till mina föräldrar och min bror i kväll", sade Tim, rösten sprängfylld av lycka. "De kommer att bli överlyckliga över nyheten och över att få vara med och fira."

Mollys hjärta svällde av kärlek till den här mannen, till den familj hon hade funnit. Mitt i skrattet och pratet mötte hon Theresas blick och såg stoltheten och ömheten lysa där.

"Tack", formade Molly med läpparna, tacksamheten för stor för ord.

Theresa log bara, blicken förmedlade all den kärlek och det stöd som Molly någonsin kunde behöva.

När kvällen fortskred och planerna tog form, fann Molly sig själv drömma om framtiden som väntade dem. Ett liv fyllt av kärlek, av mening, av dånande hovar och vind i håret. Och i centrum av allt, det obrytbara band hon delade med Tim, en kärlek som hade stått pall genom varje storm och kommit ut starkare än någonsin.

Tim stod bredvid Richard, de båda männen betraktade Belle Havens frodiga betesmarker där hästarna betade fridfullt. En mild bris bar med sig den söta doften av gräs och flockens avlägsna gnäggningar.

Richard vände sig till Tim, ett leende lekte i mungipan. "Jag har något till er och Molly, min gosse. En bröllopsgåva för att fira er nya början."

Tims panna rynkades, nyfikenheten väcktes. "En gåva? Ni har redan gett oss så mycket, Sir Richard! Jag kan omöjligt..."

Men Richard höjde handen och tystade Tims invändningar. "Nonsens. Det här är något särskilt, något jag har sparat för precis rätt ögonblick."

Med en vissling kallade Richard fram en stalldräng från stallen intill. Den unge mannen kom ut, ledande en magnifik hingst, med en glänsande fuxfärgad päls och man och svans som flöt som silke i brisen. Hästen rörde sig med kunglig grace, musklerna spelade under huden.

Tims ögon vidgades, andetaget fastnade i halsen. "Apollo?"

"Apollo", bekräftade Richard, rösten mjuk av vördnad. "Hermes sista son, den finaste hingst jag någonsin ägt. Och nu är han er."

Tim skakade på huvudet, överväldigad av generositeten i gesten. "Jag kan inte... Jag vet inte vad jag ska säga."

Richard klappade Tim på axeln, greppet fast och lugnande. "Säg att ni tar honom, Tim. Säg att ni gör honom till hörnstenen i ert avelsprogram, far till framtida mästare."

Tim svalde hårt, ögonen stack av känslor. Det fanns inget annat att säga än: "Det ska jag. Jag lovar. Jag ska göra er stolt."

Richards leende bredde ut sig, ögonen veckade sig i ytterkanten. "Åh, Molly kommer inte att låta er göra något annat."

När Tim närmade sig Apollo betraktade hingsten honom med kloka ögon, öronen spetsade av intresse. Tim räckte fram handen, lät Apollo nosa på handflatan och kände den varma andedräkten mot huden.

”När jag först såg dig trodde jag att du var Rufus som kommit tillbaka”, sade han mjukt. ”Men jag ser nu att du inte är det. Du är ännu mer speciell. Han var det förgångna; du är framtiden.”

Apollo frustade lågt, som till svar, och Tim kände en våg av upprymdhet och målmedvetenhet. Med detta magnifika djur vid sin sida, med Mollys kärlek, tedde sig allt möjligt.

Mollys hjärta svällde av glädje när hon såg Tim och Apollo, bandet mellan människa och häst så tydligt, så djupt. *Det är detta allt handlar om,* tänkte hon, *detta band, denna förståelse. Det är kärnan i vad vi gör.*

Richards hand på hennes axel drog hennes uppmärksamhet till sig, och hon vände sig om och fann honom le mot henne, ögonen glödde av bus. ”Jag har en överraskning åt dig också, min kära”, sade han, med konspiratorisk ton.

Molly höjde på ögonbrynet, nyfikenheten väckt. ”Åh? Vad kan det vara, pa?”

Richard pekade mot den bortre hagen där en grupp unghästar betade. ”Fyra treåriga ston, handplockade av undertecknad. De är dina, Molly. Dina att matcha med Apollo, för att börja ditt eget arv. Den enda hemgift jag kan ge dig, men jag tror att du vet vad den är värd.”

Molly drog efter andan, ögonen vidgades. "Mina? På riktigt?" Hon lät blicken svepa över fältet, tog in de blanka pälsarna, de starka benen, potentialen i varje ungt sto. "Min egen avelsbas, grunden till en ny linje." Rösten var knappt mer än en viskning.

Richard skrattade och kramade hennes axel. "På riktigt. Du har förtjänat det här, Molly. Du har arbetat så hårt, lärt dig så mycket. Det är dags att du tar tyglarna själv, att du formar framtiden vid Tims sida."

Tårar stack i Mollys ögon, tacksamheten och kärleken vällde upp inom henne. "Vad har jag gjort för att förtjäna den här familjen, det här livet?"

Hon vände sig om, kastade armarna om Richard och höll honom hårt. "Tack, pa", viskade hon, rösten tjock av känslor. "Tack för allt."

Richards armar slöt sig om henne, starka och stadiga, och höll henne nära. "Varsågod, min flicka. Jag är så stolt över dig, över den kvinna du har blivit."

Så stod de länge, far och dotter, förenade av kärlek och gemensamt syfte. När de till slut löste upp omfamningen var Mollys kinder våta av tårar, men leendet lyste klart.

"Nå", sade hon och sträckte på ryggen, medan förväntan pulserade genom blodet. "Jag får väl gå och titta närmare på mina nya flickor. Vill du följa med, pa?"

Richard log brett och erbjöd henne sin arm. "Jag trodde aldrig att du skulle fråga." Han kallade på Tim att göra dem sällskap, och de tre begav sig ut över de solbelysta ängarna, skrattande tillsammans.

Ljudet av vagnshjul på grus kallade dem tillbaka till huset en stund senare, och Mollys hjärta hoppade upp i halsgropen när dörren öppnades och Tims familj steg ur.

Hans mor kom först, en ståtlig kvinna med Tims varma ögon och vänliga leende. Hon omfamnade sin son, vände sig sedan till Molly och tog hennes händer i sina.

"Välkommen till familjen, min kära", sade hon, rösten mjuk och uppriktig. "Vi har hört så mycket om dig, och jag är så glad att äntligen få träffa dig."

Molly blinkade bort tårarna, halsen snörptes av känslor. "Tack", fick hon fram och kramade den äldre kvinnans händer. "Det betyder mer för mig än du anar."

Tims far kom därefter, lång och imponerande, med hållningen hos en man van att befalla. Molly tog sats, men när han talade var rösten varm.

"Fröken Bell", sade han och nickade. "Det är ett nöje att äntligen få möta kvinnan som fångat min sons hjärta."

Lättnad for genom henne, och Molly neg. "Nöjet är mitt, sir. Sannerligen."

När Theresa kom ut och förde in Tims familj i huset fylldes luften av skratt och röster, och Molly kände hur de sista rädslorna smälte bort. "De accepterar mig", viskade hon, förundran och glädje blandade i hjärtat. "De accepterar mig verkligen."

Tims arm gled runt hennes midja och han tryckte en kyss mot hennes tinning. "Jag sa ju att de skulle älska dig", mumlade han, andedräkten varm mot hennes hud.

Molly lutade sig mot honom, ett leende spelade över läpparna. "Och jag har aldrig varit gladare över att ha fel."

Morgonen för bröllopet grydde klar och ljus, solen spred ett gyllene sken över Belle Havens vidsträckta marker. Molly stod vid fönstret och såg hästarna beta i hagarna, synen som aldrig hade slutat fylla hennes hjärta med glädje sedan den första dagen hon kom till Belle Haven.

"Du strålar, min kära", sade Theresa och kom för att ställa sig bredvid henne. Den äldre kvinnans ögon gnistrade av känsla när hon lät blicken vandra över Mollys brudklänning, den blekgröna sidenkjolen skimrade i ljuset.

Molly vände sig om, ett leende darrade på läpparna. "Jag kan knappt tro att det är verkligt", erkände hon och strök med handen över den skira spetsen vid livet. "Efter allt vi gått igenom, att stå här och snart få gifta mig med mannen jag älskar..."

Theresa kramade henne, varsam om klänningen. "Du förtjänar all lycka, Molly. Både du och Tim."

Det knackade på dörren, och Richard stack in huvudet, ögonen vidgades när han fick syn på Molly. "Min kära flicka", sade han, rösten sträv av känslor. "Du är fullkomligt bedårande."

Molly blinkade bort tårar, hjärtat svämmade över. "Tack, pa", viskade hon och använde smeknamnet som kommit att betyda så mycket.

Richard erbjöd sin arm, leendet varmt och stolt. ”Är du redo?”

Molly drog ett djupt andetag och nickade. ”Det är jag.”

Tillsammans gick de nerför trappan och Richard hjälpte henne och Theresa upp i den väntande vagnen för den korta färden till kyrkan där gästerna samlats, ett hav av leende ansikten vända mot henne. Längst fram i gången stod Tim, stilig i sin uniform, ögonen lysande av kärlek och förundran när han såg henne nalkas.

När Richard lade hennes hand i Tims började prästen tala, orden sköljde över dem i vördnadsfull tystnad. Molly förlorade sig i Tims blick, i löftet om det liv de skulle bygga tillsammans, deras kärlek en kraft som övervunnit varje hinder i sin väg.

När det blev dags för löftena ljöd Mollys röst klar och stark, hennes ord vittnade om hennes djupa hängivenhet. ”Jag, Molly Bell, tar dig, Timothy Blair-Fortescue, till min äkta man. Att älska och ära, i nöd och lust, i rikedom och fattigdom, i sjukdom och hälsa, från denna dag och tills döden skiljer oss åt.”

När prästen förklarade dem för man och hustru drog Tim henne intill sig, hans läppar fann hennes i en kyss som beseglade deras förbund, ett löfte om för evigt.

Runt dem bröt jubel och applåder ut, rosenblad regnade över dem när de vände sig mot sina kära, hand i hand, redo att ge sig ut på sitt livs största äventyr.

Mottagningen var en livlig tillställning, luften fylld av musik och skratt när gästerna firade de nygifta. Belle Haven hade förvandlats, lyktor spred ett varmt sken över bord dignande av läckerheter och blommor. Molly kunde inte annat än förundras över synen, hjärtat svällde av glädje och tacksamhet.

När tonerna av en vals fyllde luften förde Tim ut henne på dansgolvet, handen vilade lätt i svanken, blicken lämnade aldrig hennes. De rörde sig som en, kropparna fullkomligt samstämda, världen föll bort tills det bara var de två, förlorade i stunden.

"Jag älskar dig, fru Blair-Fortescue", mumlade Tim med låg, öm röst. "Mer än ord kan säga."

Mollys hjärta gjorde ett glädjeskutt, ögonen glittrade av tårar som ännu inte fallit. "Och jag älskar dig, min älskade make. För alltid och för evigt."

Runt dem anslöt andra par till dansen, men Molly märkte det knappt; hela hennes väsen var fokuserat på mannen i hennes armar, mannen som stulit hennes hjärta och givit henne en framtid hon aldrig vågat drömma om.

När kvällen led drog Tim henne bort från festligheterna, de smög iväg till arbetsrummet där han kunde lyssna till hennes röst i lugn och ro.

"Kan du fatta det, min älskade?" frågade han och flätade samman sina fingrar med hennes. "Efter allt vi har gått igenom är vi äntligen här. Man och hustru."

Molly lutade sig mot honom, huvudet fann hans axel. "Det känns som en dröm", erkände hon. "En vacker, perfekt dröm."

Tims armar slöt sig tätare om henne, hans läppar snuddade vid hennes tinning. "Jag glömmer aldrig dagen vi möttes", mumlade han. "Du var som en naturkraft, bara eld och beslutsamhet. Jag visste då att mitt liv aldrig skulle bli detsamma."

Molly log åt minnet, hjärtat fullt. "Och se på oss nu", sade hon mjukt. "Vi har kommit så långt, mött så mycket. Men vi gjorde det tillsammans, och det är det som räknas."

Tim nickade, ögonen blanka av känslor. "Jag hade aldrig klarat det utan dig, Molly. Din kärlek, din styrka, din orubbliga tro på mig. Det har varit mitt ledljus genom allt."

Molly vände sig i hans famn, händerna lyftes för att rama in hans ansikte. "Och du, min älskling, har varit min klippa, mitt skydd i stormen. Jag är så tacksam för dig, för den kärlek vi delar."

Deras läppar möttes i en kyss som var både öm och het, ett löfte om den framtid de skulle bygga tillsammans. Och medan de höll om varandra, festens ljud tonade bort, visste Molly att vilka prövningar som än väntade skulle de möta dem hand i hand, med en kärlek som kunde övervinna allt.

"Kom", viskade Tim efter några ögonblick. "Vi borde gå tillbaka, annars kommer våra mödrar att börja leta efter oss."

"Bevare oss väl", skrattade Molly. Deras mödrar verkade så olika på ytan, grevinnan en formidabel naturkraft och Theresa mild och stilla, men de två kvinnorna hade redan blivit goda vänner; Theresa hade bett grevinnan hjälpa till med Claras debut i London nästa säsong. Grevinnan hade verkat överförtjust över att bli tillfrågad, sagt att hon alltid velat ha några döttrar att föra ut i societeten, och kastat sig in i planerna med stor iver.

Richards röst ljöd över rummet när Tim och Molly smög tillbaka in, och drog allas uppmärksamhet till sig. "Om jag kunde få ett ögonblick av er tid", sade han med varmt, uppriktigt leende. "Jag skulle vilja säga några ord till det lyckliga paret."

Tim och Molly vände sig mot honom, händerna sammanflätade, ögonen lyste av kärlek och förväntan.

"Till Tim och Molly: må er kärlek fortsätta att vara ett hoppets och inspirationens fyr för alla som känner er. Må er framtid fyllas av glädje, skratt och ändlösa äventyr. Och må det arv ni bygger tillsammans bli ett som består i generationer."

Ett samstämmigt hurra och applåder bröt ut när alla höjde sina glas till en skål. Tim och Molly log mot varandra, hjärtana nära att brista av lycka.

Allt eftersom firandet fortsatte samlades Theresa och Mollys systrar kring henne, ögonen dimmiga av tårar. "Åh, Molly", viskade Theresa och drog henne in i en tät omfamning. "Jag är så lycklig för din skull, min älskade flicka. Men jag måste erkänna att en del av mig är ledsen över att se dig resa."

Molly besvarade kramen, de egna ögonen fylldes. "Jag kommer att sakna er också", sade hon mjukt. "Men Belle Haven kommer alltid att vara mitt hem, vart jag än går."

Systrarna nickade instämmande, leendena bar en aning vemod. "Du har alltid en plats här, Molly", sade Clara och kramade hennes hand. "Och vi finns alltid här för dig, vad som än händer."

Molly lät blicken vandra över ansiktena på de kvinnor som varit hennes familj så länge, hjärtat svällde av kärlek och tacksamhet. "Jag vet", sade hon, rösten sprack lätt. "Och jag bär det med mig, alltid. Ni har gett mig så mycket, lärt mig vad det är att bli älskad och värnad. Jag kan aldrig tacka er nog."

De kramades ännu en gång, tårar blandades med skratt medan de höll varandra hårt. Och när Molly steg tillbaka och blicken fann Tim, visste hon att även om hon lämnade ett hem bakom sig, gav hon sig ut på ett nytt äventyr med mannen hon älskade, redo att bygga ett eget arv.

Epilog

FYRA VECKOR SENARE

HAND I HAND GICK Molly och Tim genom Willow-brooks frodiga gröna fält medan en mild bris fick trädtopparna att vaja. Apollo, den magnifika fuxhingsten, betade belåtet med sin lilla flock av ston, en symbol för det löfte och den potential som låg framför dem.

Molly lutade huvudet mot Tims axel, och en belåten suck undslapp henne. "Jag kan knappt tro att det är sant", viskade hon med ögon som lyste av glädje. "Det här är verkligen vårt, eller hur?"

Tim log ner mot henne och hans arm slöt sig hårdare om hennes midja. ”Det är det, min älskade. Och tillsammans ska vi göra det till något alldeles särskilt.”

De stod tysta ett ögonblick och insöp lugnet i scenen framför dem. Mollys tankar vandrade till resan som hade fört henne hit, från Londons gator till Belle Havens stall och Sandhursts träningsfält, och till sist till armarna på mannen hon älskade. Det hade varit en väg fylld av utmaningar och hinder, men genom allt hade hon funnit styrkan och motståndskraften att härda ut.

Även Tims tankar var hos framtiden. Han såg ut över marken framför sig och såg inte bara fälten och stallen, utan de möjligheter de rymde. Med Molly vid sin sida visste han att allt var möjligt. De skulle bygga ett liv här, ett arv som skulle bestå i generationer.

Som om hon läste hans tankar vände sig Molly mot honom, ögonen tindrande av förväntan. ”Jag längtar efter att få se vad framtiden bär i sitt sköte för oss, Tim. Med Apollo och våra ston ska vi skapa något extraordinärt.”

Tim log brett, och hjärtat svällde av kärlek och stolthet. ”Det ska vi, Molly. Och vi ska göra det tillsammans, vartenda steg på vägen.”

Han drog henne in i sin famn, och deras läppar möttes i en öm kyss. I det ögonblicket föll världen runt omkring dem bort, och allt som betydde något var den kärlek de delade och löftet om det liv de skulle bygga tillsammans.

När de skildes åt såg Molly upp på honom, ansiktet strålande av lycka. ”Jag älskar dig, Tim. Mer än jag någonsin trodde var möjligt.”

”Och jag älskar dig, Molly. För evigt och alltid.”

De stod där, insvepta i varandras famn, medan solen sjönk under horisonten och stjärnorna började tindra på himlen ovanför. Framtiden bredde ut sig framför dem, fylld av oändliga möjligheter och den orubbliga kärlek de hade funnit hos varandra. Vilka prövningar som än väntade skulle de möta dem tillsammans, deras hjärtan förenade av en kärlek som kunde övervinna allt.

SLUT

Fröknarna från Belle Haven är tillbaka med *Fröken Clara och markisen*, där Clara Bell upptäcker att London inte alls är vad hon hade föreställt sig. Kan en dotter från Belle Haven, född ur skandal, hitta sin plats bland den förnäma societeten?

Fler böcker av
Catherine Bilson

Rodnande unga damer

En greve för Ellen

En markis för Marianne

En hertig för Diana

En kapten för Clarissa

Fröknarna från Belle Haven

En brud för Belle Haven(gratis förhistoria)
    Fröken Molly och kavallerimajoren
    Fröken Clara och markisen
    Fröken Annas misstag
    Fröken Eliza tar kommandot
    Fröken Charlotte ställer till det (kommer snart)
    Fröken Laura förälskar sig (kommer snart)
    Fröken Louise lägger sig i (kommer snart)

Kärlek på Gränsen

Lärarinnan och Cowboyen
    Ranchägarens Dotter och Bankägaren

Bokhandelns Skönheter (med Ebony Oaten)

Matthews Villiga Änka(gratis förhistoria)
    Estelles Eldiga Beundrare
    Maries Glada Herre
    Louises Julhjälte
    Bernadettes Stiliga Läkare

Exklusivt för nyhetsbrevsprenumeranter

St. George och Besten i Floden

Upptäck alla Shenanigans Press-utgivningar på vår webbplats(https://www.shenaniganspress .com/se) !

Eller följ oss på sociala medier – vi finns på Facebook och Instagram (@ShenanigansPressSvenska).

Och glöm inte att prenumerera på vårt nyhetsbrev för att få veta mer om nya släpp, erbjudanden, utlottningar och mycket mer!